CW01664910

ΕΚΔΟΣΕΙΣ ΑΙΟΛΟΣ   ΞΕΝΗ ΛΟΓΟΤΕΧΝΙΑ
Χ.Φ. ΛΑΒΚΡΑΦΤ:
Ο ΙΣΚΙΟΣ ΠΑΝΩ ΑΠΟ ΤΟ ΙΝΣΜΟΥΘ

Τίτλος πρωτοτύπου: Howard Phillips Lovecraft: The Shadow over Insmouth (1936), The Moon Bog (1926), The Hound (1924), Imprisoned with the Pharaohs (1924), Ibid (1938).
α' έκδοση στην ελληνική γλώσσα: εκδόσεις ΑΙΟΛΟΣ, 2011

Επιμέλεια κειμένου - διόρθωση: Σπύρος Καρυδάκης

© 2011, για την ελληνική γλώσσα και μετάφραση: εκδόσεις ΑΙΟΛΟΣ
Χαριλάου Τρικούπη 25, 106 81 Αθήνα, τηλ.: 210-33.01.553, fax: 210-33.01.554
http: www.aiolos.com.gr, e-mail:info@aiolos.com.gr

ISBN 978-960-521-231-5

Η αναπαραγωγή μέρους ή ολόκληρου του βιβλίου, επιτρέπεται μόνο μετά από έγγραφη άδεια του εκδότη.

Χ.Φ. ΛΑΒΚΡΑΦΤ

Ο ΙΣΚΙΟΣ ΠΑΝΩ ΑΠΟ ΤΟ ΙΝΣΜΟΥΘ

και τα διηγήματα:

Ο Βάλτος του Φεγγαριού

Το κυνηγόσκυλο

Φυλακισμένος με τους φαραώ

Ίβιδος

μετάφραση

ΘΩΜΑΣ ΜΑΣΤΑΚΟΥΡΗΣ

ΕΚΔΟΣΕΙΣ ΑΙΟΛΟΣ

ΑΘΗΝΑ 2011

ΠΕΡΙΕΧΟΜΕΝΑ

ΠΡΟΛΟΓΟΣ ΤΟΥ ΜΕΤΑΦΡΑΣΤΗ

Για τον μεγάλο μα αδικημένο στην εποχή του Χάουαρντ Φίλιπς Λάβκραφτ (1890-1937) πολλά έχουν ήδη γραφτεί σε προλόγους των έργων του από τις εκδόσεις Αίολος και είναι περιττό να επαναληφθούν εδώ. Περιορίζομαι, λοιπόν, σε ορισμένες πληροφορίες για τη νουβέλα και τα διηγήματα που περιέχει αυτός ο τόμος. Θα ακολουθήσουν από τις εκδόσεις μας τουλάχιστον άλλοι δύο τόμοι, οι οποίοι, μαζί με τα υπόλοιπα έργα του Λάβκραφτ που έχουμε παρουσιάσει κατά το παρελθόν, θα δώσουν στον Έλληνα αναγνώστη το πλήρες έργο του συγγραφέα, με τα αυθεντικά του κείμενα, χωρίς τις περικοπές ή τις αλλοιώσεις που επέφεραν κατά καιρούς σ' αυτά κάποιοι από τους Αμερικανούς εκδότες του.

Η ναυαρχίδα του τόμου είναι ασφαλώς η νουβέλα «Ο Ίσκιος πάνω από το Ίνσμουθ» («The Shadow over Insmouth»). *Πρόκειται για μια σκοτεινή ιστορία που εξελίσσεται στις ανατολικές ακτές των Ηνωμένων Πολιτειών, σε μια από τις πόλεις και κωμοπόλεις που επινόησε η φαντασία του συγγραφέα, το λιμάνι του Ίνσμουθ. Συναρπαστικές αφηγήσεις εναλλάσσονται με περιόδους αγωνιώδους δράσης και καταδίωξης, κατά τις είκοσι τέσσερις ώρες μέσα στις οποίες ξετυλίγεται το μεγαλύτερο μέρος της ιστορίας. Ανήκουστες λατρείες όπου αναφαίνονται βασικά στοιχεία της περίφημης, λαβκραφτικής Μυθολογίας Κθούλου, μυστηριώδεις εξωανθρώπινες ράτσες, ακατονόμαστες συμφωνίες μετατρέπουν το Ίνσμουθ σε μια πραγματική Κόλαση επί της Γης, όπου ο πρωταγωνιστής μας βρίσκεται αποκλεισμένος και ολομόναχος, έχοντας να αντιμετωπίσει το αβυσσαλέο μίσος των κατοίκων, που επιμένουν να κρύβουν το τρομερό μυστικό τους.*

Ο Λάβκραφτ έγραψε τη νουβέλα το 1931 και είναι το μοναδι-

κό του έργο το οποίο είδε όσο ζούσε να εκδίδεται με τη μορφή –ενός έστω λεπτού– βιβλίου το 1936, έναν χρόνο πριν από τον θάνατό του, εφόσον όλες οι άλλες ιστορίες του είχαν δημοσιευτεί μόνο σε περιοδικά. Ο Φάρνσγουορθ Ράιτ, επιμελητής του Weird Tales, του περιοδικού με το οποίο είχε σταθερή συνεργασία ο Λάβκραφτ επί δεκαετίες, αρνήθηκε να το δεχτεί για δημοσίευση αν και το είχε βρει «συναρπαστικό», επειδή θεωρούσε πως ήταν υπερβολικά μεγάλο για να παρουσιαστεί σε ένα τεύχος και όχι κατάλληλα δομημένο για να δημοσιευτεί σε συνέχειες. Τελικά, ο Λάβκραφτ κατόρθωσε να το εκδώσει το 1936 από τον αμερικανικό εκδοτικό οίκο Visionary Publishing Company, σε 200 μόλις αντίτυπα!

Ο «Ίσκιος πάνω από το Ίνσμουθ» αποτέλεσε πηγή έμπνευσης για πολλούς συγγραφείς, όπως ο Όγκοστ Ντέρλεθ (διαβάστε το διήγημα «Η Σφραγίδα της Ρ'λιέχ» στο βιβλίο του Η Μάσκα του Κθούλου από τις εκδόσεις Αίολος). Στις μέρες μας, στην ιστορία αυτή βασίστηκε το σενάριο της ταινίας Dagon 2001, αλλά και ένα από τα πιο τρομακτικά παιχνίδια για υπολογιστή, το Call of Cthulhu, Dark Corners of the Earth (2005).

Ο «Βάλτος του Φεγγαριού» («The Moon Bog») γράφτηκε κάπου στις αρχές του 1921, αλλά δημοσιεύτηκε στο Weird Tales στο τεύχος Ιουνίου 1926. Οι επιρροές του νεαρού Λάβκραφτ από τον Λόρδο Ντάνσανι, που έργα του οι εκδόσεις Αίολος έχουν παλιότερα παρουσιάσει, είναι εμφανείς. Η ιστορία διαδραματίζεται στην ύπαιθρο της Ιρλανδίας σε κάποιο μεσαιωνικό πύργο, εκφράζοντας παράλληλα κι έναν κρυφό πόθο του Λάβκραφτ, που λαχταρούσε να αγοράσει και αυτός κάποτε τα κτήματα των προγόνων του στην Αγγλία. Οι αναφορές στην ελληνική μυθολογία είναι πολλές, αντλούμενες από την παλιά, ρομαντική παράδοση που ήθελε τους Έλληνες και τους Τρώες να έχουν αποικίσει κατά την αρχαιότητα τη Βρετανία και την Ιρλανδία.

Το «Κυνηγόσκυλο» («The Hound») γράφτηκε από τον Λάβκραφτ το 1922 και δημοσιεύτηκε στο περιοδικό Weird Tales στο τεύχος Φεβρουαρίου 1924. Είναι ενδιαφέρον, πέρα από την καθαυτή αξία του, και για το γεγονός πως σε τούτο για πρώτη φορά γίνεται αναφορά στο τρομερό –αλλά εντελώς φανταστικό–Νεκρονομικόν, γραμμένο υποτίθεται από τον «τρελό Άραβα Αμπντούλ Αλχαζρέντ», το οποίο έμελλε να αποτελέσει ένα από τα βασικά θεμέλια της Μυθολογίας Κθούλου. Αυτό το περιβόητο, επινοημένο από τον Λάβκραφτ βιβλίο έγινε στα χρόνια που ακολούθησαν αντικείμενο εκμετάλλευσης από επιτήδειους, οι οποίοι παρουσίασαν έργα τους ως δήθεν το... αυθεντικό πόνημα του «τρελού Άραβα». Έγινε, όμως, και πηγή έμπνευσης για εξαιρετικά βιβλία, όπως για παράδειγμα το ανατριχιαστικό Νεκρονομικόν, του Ντόναλντ Τάισον, εκδόσεις Αίολος, στον πρόλογο του οποίου αναφέρομαι εκτεταμένα και στις υπόλοιπες συγγραφικές προσπάθειες που κατέβαλαν επώνυμοι και ανώνυμοι είτε για να εκμεταλλευτούν, είτε για να τιμήσουν ειλικρινά τη λαβκραφτική φαντασία.

Το διήγημα «Φυλακισμένος με τους φαραώ» («Imprisoned with the Pharaohs»), το οποίο διαδραματίζεται στις πυραμίδες της Γκίζας, έχει τη δική του μεγάλη και ενδιαφέρουσα ιστορία, αφού για μια περίπου δεκαπενταετία η πατρότητά του αποδιδόταν στον μεγάλο Αμερικανό μάγο του 20ού αιώνα, Χάρι Χουντίνι. Ο ιδρυτής και εκδότης του Weird Tales, Τζέικομπ Χενεμπέργκερ, είχε προσεγγίσει τον ήδη διάσημο Χουντίνι, θέλοντας να τον παρουσιάσει ως συνεργάτη του περιοδικού ώστε να αυξήσει τις πωλήσεις του. Επειδή ο Χουντίνι δεν ήταν συγγραφέας, ο Χενεμπέργκερ ζήτησε από τον Λάβκραφτ να γράψει με το δικό του λογοτεχνικό ύφος μια ιστορία του μάγου, που υποτίθεται περιέγραφε κάποια πραγματική εμπειρία του στην Αίγυπτο. Ο Λάβκραφτ δεν πίστεψε ασφαλώς πως η ιστορία ήταν αληθινή, αλλά το χρηματικό ποσό που προσέφερε ο εκδότης ήταν πολύ μεγάλο για τον φτωχό συγγραφέα, ο οποίος εκείνη την εποχή προσπαθούσε να βρει χρήματα για να παντρευτεί: ήταν κάπου εκατό δολάρια, δηλαδή περίπου χίλια σημερινά ευρώ. Ο Λάβκραφτ ολοκλήρωσε την ιστορία τον Φεβρουάριο του 1924 με τον αρχικό τίτλο «Κάτω από τις πυραμίδες» («Under the Pyramids»), μα έχασε το χειρόγραφο στον σταθμό του Πρόβιντενς, ενώ ετοιμαζόταν να πάει στη Νέα Υόρκη για τον γάμο του! Έτσι, ξόδεψε μεγάλο μέρος από τον μήνα του μέλιτος ξαναγράφοντας την ιστορία από την αρχή. Τελικά η «εμπειρία του Χουντίνι» δημοσιεύτηκε στο τεύχος

Μαΐου-Ιουνίου-Ιουλίου 1924 με τον τίτλο «Φυλακισμένος με τους φαραώ», χωρίς βέβαια να αναφέρεται πουθενά το όνομα του Λάβκραφτ. Μόνο το 1939, μετά τον θάνατο του συγγραφέα και σε μια ανατύπωση της ιστορίας, ο εκδότης παραδέχτηκε ποιος ήταν ο αληθινός δημιουργός.

Το αφήγημα «Ίβιδος» («Ibid»), τέλος, είναι ένα πραγματικά αλλόκοτο κείμενο, που εκ πρώτης όψεως δεν φαίνεται να έχει καμιά σχέση με το λαβκραφτικό έργο. Γράφτηκε από τον Λάβκραφτ μάλλον κάπου στα τέλη της δεκαετίας του 1920 και δημοσιεύτηκε μετά τον θάνατό του στο περιοδικό O-Wash-Ta-Nong, *τον Ιανουάριο του 1938. Πρόκειται για μια παρωδία ιστορικής και βιογραφικής μελέτης, γραμμένη υποτίθεται από κάποιον σχολαστικό, ακαδημαϊκό ερευνητή, η οποία διηγείται τις περιπέτειες του κρανίου ενός φανταστικού λόγιου της ύστερης ρωμαϊκής εποχής εμπλέκοντας πραγματικά ιστορικά πρόσωπα και γεγονότα.*

Ενδιαφέρον έχει στο διήγημα τούτο η ονοματολογία, με την οποία είχε πάθος ο Λάβκραφτ όπως άλλωστε εξηγεί ο ίδιος στην Αλληλογραφία *του (εκδόσεις Αίολος) κι όπως φαίνεται στη Μυθολογία Κθούλου, μα που εδώ χρησιμοποιείται με άκρως χιουμοριστική διάθεση. Έτσι, το «περίφημο» έργο του υπερσχολαστικού λόγιου Ίβιδου που, υποτίθεται, βιογραφείται στο αφήγημα, έχει ως τίτλο τη συντομογραφία Ό.π., (στα Λατινικά* Op. Cit.*), που χρησιμοποιείται σε μελέτες, κυρίως στις υποσημειώσεις, και σημαίνει «(δες) όπου προηγουμένως». Τα ονόματα των «σπουδαίων» ιστορικών Σβάινκοπφ, Λίτλγουικ και Μπετενουάρ σημαίνουν αντίστοιχα στα Γερμανικά, Αγγλικά και Γαλλικά «Γουρουνοκέφαλος», «Μικρόμυαλος» και «Μαύρο ζώον», Δεκιοφουνιανός, Deciusfunianus, σημαίνει στα Λατινικά περίπου «Φονιάς του Δέκιου», ενώ ένας Ρωμαίος ύπατος λέγεται Deodamnatus, Ντεοδαμνάτος, δηλαδή «Θεοκατάρατος»!*

Επίσης, με τους στρατιώτες του Κρόμβελ «Διάβασέ-με-και-Θρήνησε» Χόπκινς και «Αναπαύσου-εν-Ιεχωβά» Σταμπς (Read-'em-and-Weep Hopkins και Rest-in-Jehovah Stubbs) ο Λάβκραφτ σατιρίζει τη μανία των πρώτων προτεσταντών να παίρνουν αλλόκοτα ονόματα από την Παλαιά Διαθήκη, μεταφράζοντας κατά λέξη από τα Εβραϊκά, με πολύ κωμικά αποτελέσματα.

Δεν γνωρίζουμε αν ο Λάβκραφτ σκόπευε να δημοσιεύσει το διήγημα ή το είχε γράψει μόνο για προσωπική ευχαρίστηση, πάντως, παρά το λεπτό μα ξεκαρδιστικό χιούμορ του, η μεθοδολογία της γραφής του μας θυμίζει την «Ιστορία του Νεκρονομικού» («History of the Necronomicon»), *που την έγραψε το 1927, δημοσιεύτηκε μετά τον θάνατό του και έμελλε να πείσει ακόμα περισσότερους αναγνώστες πως το σκοτεινό βιβλίο ήταν υπαρκτό.*

Ακολουθήστε λοιπόν την πένα του Χάουαρντ Φίλιπ Λάβκραφτ σε μελαγχολικά δειλινά και τρομερές ανεμοδαρμένες νύχτες, πλάι σε απειλητικές θάλασσες νερού ή άμμου. Τα φτερά της φαντασίας μπορούν να μας μεταφέρουν παντού.

Θωμάς Μαστακούρης
Αθήνα, 2011

Ο Ίσκιος πάνω από το Ίνσμουθ

Ι

Στη διάρκεια του χειμώνα του 1927-1928 αξιωματούχοι της ομοσπονδιακής κυβέρνησης διενέργησαν μια παράξενη, απόρρητη έρευνα στο Ίνσμουθ, την παλιά παραθαλάσσια πόλη της Μασαχουσέτης. Το κοινό πρωτοέμαθε για τα γεγονότα τον Φεβρουάριο, όταν εξελίχτηκε μια μεγάλη σειρά εφόδων και συλλήψεων, ακολουθούμενη από το εσκεμμένο κάψιμο και την ανατίναξη –κάτω από ελεγχόμενες συνθήκες– ενός τεράστιου αριθμού ετοιμόρροπων, σαρακοφαγωμένων και, υποτίθεται, άδειων οικιών κατά μήκος της εγκαταλειμμένης αποβάθρας. Όσοι δεν θέλουν να χώνουν παντού τη μύτη τους, απέδωσαν το γεγονός σε μια από τις μεγαλύτερες συγκρούσεις του ανορθόδοξου πόλεμου της ποτοαπαγόρευσης.

Ωστόσο, όσοι παρακολουθούσαν καλύτερα τις ειδήσεις, απόρησαν με τον τεράστιο αριθμό συλλήψεων, την αφύσικα μεγάλη δύναμη των ανδρών που τις εκτέλεσε και τη μυστικότητα που περιέβαλλε τη μετακίνηση των συλληφθέντων. Δεν αναφέρθηκε η διεξαγωγή δικών, ούτε καν η απαγγελία κάποιων συγκεκριμένων κατηγοριών. Ούτε οι συλληφθέντες παρουσιάστηκαν σε κάποια από τις συνηθισμένες φυλακές της χώρας. Κυκλοφορούσαν αόριστες φήμες σχετικά με κολλητικές ασθένειες και στρατόπεδα συγκέντρωσης, αργότερα για τη διασκόρπιση των κρατουμένων σε διάφορες ναυτικές και στρατιωτικές φυλακές, αλλά τίποτε δεν διευκρινίστηκε απόλυτα. Το ίδιο το Ίνσμουθ σχεδόν ερημώθηκε και μόλις τώρα αρχίζει να δείχνει κάποια νωθρά σημάδια αναβίωσης.

Οι διαμαρτυρίες πλήθους φιλελεύθερων οργανώσεων αντιμετωπίστηκαν μέσω εμπιστευτικών διασκέψεων με εκπροσώπους τους, οι οποίοι στη συνέχεια ξεναγήθηκαν σε διάφορα στρατόπεδα και φυλακές. Μετά από αυτό, κατά περίεργο τρόπο, οι συγκεκριμένοι σύλλογοι ξαφνικά έπαψαν να διαμαρτύρονται και παρέμειναν αδρανείς. Ο έλεγχος της αρθρογραφίας των εφημερίδων ήταν μια πιο δύσκολη υπόθεση, αλλά κι αυτές φαίνεται ότι συνεργάστηκαν τελικά εν πολλοίς με την κυβέρνηση.

Μόνο μια εφημερίδα –μια φυλλάδα όχι ιδιαίτερα αξιόπιστη εξαιτίας της επιθετικής αρθρογραφίας της– ανέφερε για το υποβρύχιο μεγάλου βάθους που εκτόξευσε τορπίλες στη θαλάσσια άβυσσο λίγο πιο πέρα από τον Ύφαλο του Διαβόλου. Η πληροφορία αυτή, που ο δημοσιογράφος την έμαθε τυχαία από μια παρέα ναυτικών, φάνηκε στο κοινό πραγματικά παρατραβηγμένη, αφού εκείνος ο χαμηλός, μαύρος ύφαλος βρίσκεται ένα ολόκληρο και μισό ναυτικό μίλι έξω από το λιμάνι του Ίνσμουθ.

Οι άνθρωποι στη γύρω ύπαιθρο και στις γειτονικές κωμοπόλεις μουρμούριζαν πολλά μεταξύ τους, μα αποκάλυψαν ελάχιστα στον έξω κόσμο. Μιλούσαν για ένα Ίνσμουθ που αργοπέθαινε μισοεγκαταλειμμένο εδώ κι έναν σχεδόν αιώνα, ενώ τίποτε καινούργιο δεν θα μπορούσε να είναι πιο απίθανο ή πιο απαίσιο απ' αυτά που ψιθύριζαν και υπαινίσσονταν για τα παλιά. Πολλά πράγματα ήδη τους είχαν διδάξει μυστικοπάθεια, οπότε δεν χρειαζόταν να τους ασκηθεί πίεση. Έτσι κι αλλιώς γνώριζαν εξάλλου ελάχιστα, εφόσον μεγάλα αλμυρά έλη, έρημα και ακατοίκητα, απομονώνουν το Ίνσμουθ από τους γείτονές του στην ενδοχώρα.

Ήρθε όμως η στιγμή να αψηφήσω την απαγόρευση που έχει επιβληθεί στις συζητήσεις σχετικά με αυτή την υπόθεση. Είμαι σίγουρος πως τα αποτελέσματα υπήρξαν ήδη τόσο οριστικά, ώστε καμιά δημόσια βλάβη, εκτός ίσως από ένα σοκ απέχθειας, να μην μπορεί να προκληθεί από ορισμένες υπόνοιες σχετικά με όσα οι άνθρωποι της κυβέρνησης ανακάλυψαν με φρίκη στο Ίνσμουθ. Από την άλλη πλευρά, τα όσα αποκαλύφθηκαν ίσως να έχουν περισσότερες από μια ερμηνείες. Δεν ξέρω, όπως και να 'ναι, πόσο μεγάλο μέρος της ιστορίας μεταφέρθηκε ως τώρα σ' εμένα και έχω πολλούς λόγους να μη θέλω να σκαλίζω περαιτέρω τα πράγματα. Δεδομένου ότι έζησα αυτήν την υπόθεση πιο κοντά από οποιονδήποτε άλλο κανονικό άνθρωπο, έχω αποκομίσει εντυπώσεις που ίσως μελλοντικά με παρωθήσουν σε δραστικά μέτρα.

Εγώ ήμουν αυτός που, αφού έφυγε σαν τρελός από το Ίνσμουθ τα ξημερώματα της 16ης Ιουλίου 1927, με τις πανικόβλητες εκκλήσεις του προς τις αρχές για έρευνα και δράση προκάλεσε τα προαναφερθέντα γεγονότα. Ήμουν πρόθυμος να κρατήσω το στόμα μου κλειστό όταν αυτή η ιστορία ήταν ακόμη πρόσφατη και ασαφής, τώρα όμως που πάλιωσε και το δημόσιο ενδιαφέρον κι η περιέργεια έχουν σβήσει, αισθάνομαι μια παράξενη λαχτάρα να ψιθυρίσω για κείνες τις λιγοστές τρομακτικές ώρες που πέρασα στο κακόφημο, διαβολικό λιμάνι του θανάτου και του βλάσφημου αφύσικου. Η αφήγηση, από μόνη της, θα με βοηθήσει να ανακτήσω την εμπιστοσύνη μου στα λογικά μου· να βεβαιωθώ πως δεν ήμουν απλά και μόνο ο πρώτος που υπέκυψε σε μια ομαδική εφιαλτική παραίσθηση. Θα με βοηθήσει, επίσης, να αποφασίσω σχετικά με ένα ορισμένο, τρομερό βήμα που θα πρέπει να πάρω στο μέλλον.

Δεν είχα ποτέ ακούσει για το Ίνσμουθ μέχρι τη μέρα που το αντίκρισα για πρώτη –και ως τώρα– στερνή φορά. Γιόρταζα την ενηλικίωσή μου με μια περιήγηση στη Νέα Αγγλία –αξιοθέατα, αρχαιότητες και γενεαλογικά– και σκόπευα να πάω μέσω του παλιού λιμανιού του Νιουμπέριπορτ κατευθείαν στο Άρκαμ, απ' όπου καταγόταν η οικογένεια της μητέρας μου. Δεν είχα δικό μου αυτοκίνητο αλλά ταξίδευα με τρένο, τρόλεϊ και λεωφορείο, αναζητώντας πάντα τις φτηνότερες δυνατές διαδρομές. Στο Νιουμπέριπορτ μου είπαν πως το καλύτερο μέσο για να πάω στο Άρκαμ ήταν το ατμοκίνητο τρένο. Μόνο όταν βρέθηκα στο εκδοτήριο εισιτηρίων του σταθμού και τρόμαξα από την τιμή του εισιτηρίου, έμαθα για το Ίνσμουθ. Ο γεροδεμένος υπάλληλος με την πονηρή έκφραση, του οποίου η προφορά έδειχνε πως δεν ήταν ντόπιος, φάνηκε να κατανοεί την επιθυμία μου να εξοικονομήσω χρήματα και μου πρότεινε μια δυνατότητα που κανείς άλλος δεν μου είχε προτείνει.

«Μπορείς να πάρεις το παλιό λεωφορείο, νομίζω», είπε με κάποιο δισταγμό, «αν κι οι ντόπιοι το αποφεύγουν. Περνάει από το Ίνσμουθ –ίσως το έχεις ακουστά– γι' αυτό οι άνθρωποι δεν το συμπαθούν. Το έχει ένας τύπος από το Ίνσμουθ, ο Τζο Σάρτζεντ, αλλά σχεδόν ποτέ δεν βρίσκει επιβάτες από δω ή από το Άρκαμ. Απορώ που συνεχίζει και το δουλεύει ακόμα. Μάλλον του κοστίζει αρκετά φτηνά, πάντως ποτέ δεν έχω δει παραπάνω από δυο ή τρεις επιβάτες, κι αυτοί είναι πάντα κάτοικοι του Ίνσμουθ. Φεύγει από την πλατεία μπροστά από το φαρμακείο του Χάμοντ στις 10 το πρωί και στις 7 το απόγευμα, εκτός κι αν τα δρομολόγια έχουν αλλάξει τελευταία. Εμένα, βέβαια, μου φαίνεται σαν μια πελώρια ποντικοπαγίδα – δεν έχω ταξιδέψει ποτέ μ' αυτό».

Εκείνη ήταν η πρώτη φορά που άκουσα για το ζοφερό Ίνσμουθ. Οποιαδήποτε αναφορά σε μια κωμόπολη που δεν εμφανιζόταν στους συνηθισμένους χάρτες ή στους πρόσφατους ταξιδιωτικούς οδηγούς με ενδιέφερε, φυσικά, και τα παράξενα υπονοούμενα του υπάλληλου διέγειραν τώρα στ' αλήθεια την περιέργεια μέσα μου. Σκέφτηκα πως ένα μέρος που μπορεί να προκαλεί τόση αντιπάθεια στους γείτονες, θα έπρεπε να είναι τουλάχιστον ασυνήθιστο και να αξίζει την προσοχή ενός τουρίστα. Αν υπήρχε εκεί στάση πριν από το Άρκαμ θα ήθελα να σταματήσω για λίγο κι έτσι ζήτησα από τον υπάλληλο να μου εκθέσει μερικά πράγματα σχετικά με το μέρος. Εκείνος μίλησε με μεγάλη προσοχή, καθώς και ένα κάποιο ύφος ανωτερότητας για όσα έλεγε.

«Το Ίνσμουθ; Είναι μια αλλόκοτη κωμόπολη στις εκβολές του Μανουξέτ. Κάποτε ήταν σχεδόν κανονική πόλη – σημαντικό λιμάνι πριν τον πόλεμο του 1812, αλλά τα τελευταία εκατό χρόνια έχει πάει κατά διαβόλου. Δεν έχει σύνδεση με τρένο – οι γραμμές Β. και Μ. δεν πέρασαν ποτέ από εκεί, ενώ η γραμμή από το Ρόλεϊ εγκαταλείφθηκε πριν από χρόνια.

»Νομίζω πως τα άδεια σπίτια είναι περισσότερα σε αριθμό από τα κατοικούμενα και δεν υπάρχουν άλλες σημαντικές δουλειές πέρα από την αλιεία ψαριών και αστακών. Όλοι ψωνίζουν κυρίως από δω ή από το Άρκαμ, ή το Ίπσγουιτς. Άλλοτε υπήρχαν αρκετές βιομηχανίες, μα τώρα δεν έχει απομείνει τίποτε άλλο εκτός από ένα εργοστάσιο επεξεργασίας χρυσού που υπολειτουργεί.

»Πάντως, αυτό το συγκεκριμένο εργοστάσιο ήταν κάποτε μια σπουδαία επιχείρηση και ο γέρο-Μαρς που το έχει θα πρέπει να είναι πλουσιότερος κι από τον Κροίσο. Είναι όμως κι αυτός ένας παράξενος γέρο-ξούρας, που δεν το κουνάει από το σπίτι του. Λένε πως έχει αποκτήσει στα γεράματα κάποια δερματοπάθεια ή παραμόρφωση, που τον αναγκάζει να κρύβεται. Είναι εγγονός του καπετάνιου Όμπεντ Μαρς, ο οποίος ίδρυσε την επιχείρηση. Η μάνα του ήταν μάλλον ξένη –κάποιοι λένε από ένα νησί της Νότιας Θάλασσας– κι έτσι υπήρξε μεγάλη κατακραυγή όταν παντρεύτηκε μια κοπέλα από το Ίπσγουιτς πριν από πενήντα τόσα χρόνια. Πάντα συμβαίνει αυτό με τους κατοίκους του Ίνσμουθ κι οι ντόπιοι στα μέρη μας προσπαθούν να κρύψουν οποιαδήποτε συγγενική σχέση μαζί τους. Όμως τα παιδιά και τα εγγόνια του Μαρς είναι φυσιολογικοί άνθρωποι, απ' όσο τουλάχιστον μπορώ να ξέρω. Κάποιοι μου τα έδειξαν παλιότερα, αν και, τώρα που το σκέφτομαι, τα πιο μεγάλα από αυτά τα παιδιά έχουν καιρό να εμφανιστούν στα μέρη μας. Τον ίδιο τον γέρο δεν τον έχω δει ποτέ.

»Και γιατί όλοι είναι εναντίον του Ίνσμουθ; Λοιπόν, νεαρέ, δεν πρέπει να παίρνεις και πολύ τοις μετρητοίς όσα λένε οι άνθρωποι. Δύσκολα ξεκινούν να μιλάνε, αλλά έτσι κι αρχίσουν δεν κλείνουν το στόμα τους. Λένε διάφορα για το Ίνσμουθ –τις περισσότερες φορές ψιθυριστά– τα τελευταία εκατό χρόνια και πιστεύω πως το μέρος πραγματικά τους φοβίζει. Μερικές από τις ιστορίες θα σε έκαναν να γελάσεις – όπως ότι ο καπετάν Μαρς είχε κάνει συμφωνία με τον Διάβολο και είχε φέρει δαίμονες από την Κόλαση για να ζήσουν στο Ίνσμουθ ή πως οι κάτοικοι λάτρευαν τον Σατανά και έκαναν φριχτές θυσίες σε κάποιο σημείο κοντά στις αποβάθρες, ξεκινώντας περίπου γύρω στο 1845. Εγώ, όμως, είμαι από το Πάντον του Βερμόν και δεν χάφτω τέτοιου είδους παραμύθια.

»Θα έπρεπε όμως να ακούσεις ορισμένα από όσα λένε οι παλιοί για τον μαύρο ύφαλο έξω από την ακτή – Ύφαλο του Διαβόλου τον ονομάζουν. Μεγάλο μέρος του ξεπροβάλλει πάνω από το νερό τον περισσότερο χρόνο, αν και δεν θα μπορούσες βέβαια να τον ονομάσεις νησί. Οι φήμες λένε πως υπάρχει μια λεγεώνα από δαίμονες, που μερικές φορές εμφανίζονται πάνω στον ύφαλο και τριγυρίζουν εκεί ή μπαινοβγαίνουν σε σπηλιές που υπάρχουν κοντά στην κορυφή του. Το σχήμα του είναι ακανόνιστο, βρίσκεται πάνω από ένα μίλι έξω από την ακτή και τον παλιό καιρό, πριν σταματήσει η ναυσιπλοΐα προς το λιμάνι, οι ναυτικοί έκαναν μεγάλες παρακάμψεις για να τον αποφύγουν.

»Μιλώ ασφαλώς για ναυτικούς που δεν προέρχονται από το Ίνσμουθ. Κάτι για το οποίο κατηγορούσαν τον γέρο-καπετάν Μαρς, ήταν πως τάχα πήγαινε με το καράβι του και άραζε κοντά στον ύφαλο τις νύχτες που είχε την κατάλληλη παλίρροια. Μπορεί και να το έκανε επειδή οι σχηματισμοί των πετρωμάτων ήταν ενδιαφέροντες, τολμώ να πω, ενώ υπάρχει μια μικρή πιθανότητα να έψαχνε για θησαυρούς πειρατών και ίσως και να τους βρήκε, αφού οι φήμες λένε πως είχε δοσοληψίες πάνω στον ύφαλο με δαίμονες. Τελικά, μου φαίνεται πως ο καπετάνιος ήταν εκείνος που προσέδωσε την κακή φήμη στο μέρος.

»Όλα αυτά συνέβησαν πριν από τη μεγάλη επιδημία του 1846, τότε που πέθαναν πάνω από τους μισούς κατοίκους του Ίνσμουθ. Κανείς δεν κατάλαβε ποτέ τι ακριβώς τους χτύπησε, αλλά πιθανώς να ήταν κάποια ξένη αρρώστια που έφεραν οι ναυτικοί από την Κίνα ή από κάπου αλλού. Τα πράγματα ήταν αρκετά άσχημα –έγιναν ταραχές και κάθε είδους φριχτές πράξεις που δεν πιστεύω πως μαθεύτηκαν ποτέ έξω από την πόλη– οπότε ο τόπος έγινε χάλια. Ποτέ δεν ανέκαμψε και δεν πιστεύω να ζουν πια εκεί παραπάνω από τριακόσιοι ή τετρακόσιοι άνθρωποι.

»Όμως η αληθινή αιτία της αντιπάθειας είναι απλώς η ρατσιστική προκατάληψη – δεν κατηγορώ όσους τη νιώθουν, γιατί κι εγώ ο ίδιος σιχαίνομαι τους κάτοικους του Ίνσμουθ και δεν έχω καμιά όρεξη να επισκεφθώ την πόλη τους. Μάλλον όμως θα ξέρεις –παρ' ότι, όπως καταλαβαίνω από την προφορά σου, έρχεσαι από τα Δυτικά– πως πλήθος από τα καράβια μας της Νέας Αγγλίας συνήθιζαν να επισκέπτονται παράξενα λιμάνια της Αφρικής, της Ασίας, των Νότιων Θαλασσών και πολλών άλλων τόπων του κόσμου, και πολλές φορές οι ναυτικοί έφερναν απ' αυτούς αλλόκοτα πράγματα. Πιθανώς θα έχεις α-κούσει για έναν ναυτικό από το Σάλεμ που γύρισε πίσω με Κι-νέζα σύζυγο, και ίσως θα γνωρίζεις πως κάμποσοι κάτοικοι των Νησιών Φίτζι ζουν ακόμα κάπου κοντά στο Ακρωτήρι Κοντ.

»Κάτι τέτοιο θα πρέπει να έγινε τότε και με τους ντόπιους του Ίνσμουθ. Αυτό το μέρος ήταν πάντα αποκομμένο από την υπόλοιπη χώρα με έλη και φαράγγια, ώστε δεν μπορούμε να είμαστε σίγουροι για το τι πραγματικά έχει συμβεί. Είναι όμως μάλλον φανερό πως ο καπετάν Μαρς θα πρέπει να είχε φέρει μαζί του αλλόκοτα πράγματα όταν τα τρία καράβια του ταξί-δευαν, πριν από εκατό περίπου χρόνια.

»Το βέβαιο είναι πως όλοι οι κάτοικοι του Ίνσμουθ έχουν σήμερα κάποια παράξενα χαρακτηριστικά – δεν ξέρω πώς να στο εξηγήσω, αλλά με κάποιον τρόπο σου φέρνουν ανατριχίλα. Θα τα παρατηρήσεις και στον Σάρτζεντ, αν τελικά πάρεις το λεωφορείο του. Κάποιοι από δαύτους έχουν περίεργα στενά κεφάλια με επίπεδες μύτες και πεταχτά, διαπεραστικά μάτια που δεν φαίνεται ποτέ να κλείνουν. Το δέρμα τους δεν είναι κι αυτό φυσιολογικό – είναι τραχύ και ξερό, ενώ τα πλάγια του λαιμού τους είναι ζαρωμένα, γεμάτα δίπλες. Χάνουν όλοι τα μαλλιά τους από πολύ νέοι. Οι πιο μεγάλοι σε ηλικία είναι και οι χειρότεροι στην όψη – παρ' ότι η αλήθεια είναι πως δεν έχω δει ποτέ κάποιον πραγματικά γέρο απ' αυτούς. Μάλλον πε-θαίνουν από την τρομάρα τους καθώς κοιτάζονται στον κα-θρέφτη! Τα ζώα τούς αντιπαθούν – πριν εμφανιστούν τα αυτο-κίνητα, είχαν πολλά προβλήματα με τα άλογά τους.

»Κανένας εδώ, στο Άρκαμ ή στο Ίπσγουιτς δεν θέλει να έχει σχέση μαζί τους κι οι ίδιοι φέρονται πολύ άσχημα όταν έρχο-νται στην πόλη ή όταν κάποιος προσπαθήσει να επισκεφθεί τα μέρη τους. Από την άλλη, είναι παράξενο πόσο καλές είναι οι ψαριές έξω από το λιμάνι του Ίνσμουθ, όταν δεν υπάρχει σχε-δόν κανένα ψάρι πουθενά αλλού εδώ γύρω – δοκίμασε όμως να πας να ψαρέψεις εκεί κάτω και θα δεις πώς οι ντόπιοι θα σε κυνηγήσουν! Κάποτε έρχονταν εδώ χρησιμοποιώντας το τρένο μέχρι το Ρόουλι κι από εκεί συνεχίζοντας με τα πόδια. Μα τώρα που η σύνδεση διακόπηκε, χρησιμοποιούν το λεωφορείο.

»Ναι, υπάρχει ένα ξενοδοχείο στο Ίνσμουθ – το λένε Γκίλμαν

Χάουζ, αλλά δεν πιστεύω να λέει και πολλά πράγματα. Θα σε συμβούλευα να μην το χρησιμοποιήσεις. Καλύτερα μείνε εδώ και πάρε αύριο το πρωινό λεωφορείο. Ύστερα, μπορείς να πάρεις γύρω στις οκτώ το απογευματινό λεωφορείο από κει για το Άρκαμ. Ένας επιθεωρητής εργοστασίων είχε μείνει στου Γκίλμαν πριν από δυο χρόνια και άφησε πολλά κακά υπονοούμενα για κείνο το ξενοδοχείο. Φαίνεται πως είναι παράξενο, γιατί αυτός ο τύπος άκουγε φωνές στα γύρω δωμάτια –αν και τα περισσότερα ήταν άδεια– που τον έκαναν να ανατριχιάσει. Του φάνηκε πως μιλούσαν σε κάποια ξένη γλώσσα, μα το πιο τρομακτικό ήταν ο τύπος της φωνής που μερικές φορές ακουγόταν: αφύσικη και αργή, έτσι ώστε δεν τόλμησε να ξεντυθεί και να πέσει για ύπνο. Απλώς περίμενε να ξημερώσει κι έφυγε πρωί-πρωί. Οι ομιλίες συνεχίζονταν σχεδόν όλη τη νύχτα.

»Αυτός ο άνθρωπος –Κέιζι τον έλεγαν– είπε πως οι κάτοικοι του Ίνσμουθ τον παρακολουθούσαν και φαίνονταν να βρίσκονται συνεχώς σε επιφυλακή. Είπε επίσης πως το εργοστάσιο των Μαρς ήταν ένα πολύ αλλόκοτο οικοδόμημα: ένας παλιός νερόμυλος στους χαμηλότερους καταρράχτες του Μανουξέτ. Ξέρεις, είναι πάντα μυστήριο πού βρίσκουν οι Μαρς το χρυσάφι που επεξεργάζονται. Δεν φαίνεται να αγοράζουν μετάλλευμα από πουθενά, κι όμως ακόμα και πριν λίγα χρόνια πούλησαν μια τεράστια ποσότητα ράβδων χρυσού.

»Παλιότερα υπήρχαν φήμες για παράξενα εξωτικά κοσμήματα που οι ναυτικοί και οι εργάτες του εργοστασίου πουλούσαν μερικές φορές λαθραία ή που μερικές φορές έβλεπε κανείς να φορούν οι γυναίκες της οικογένειας Μαρς. Οι άνθρωποι πίστευαν πως ίσως ο καπετάν Όμπεντ να τα είχε βρει σε κάποιο βαρβαρικό λιμάνι, μάλιστα εφόσον πάντα παράγγελνε γυάλινες χάντρες κι άλλα παρόμοια μπιχλιμπίδια απ' αυτά που οι ναυτικοί χρησιμοποιούν για να κάνουν ανταλλαγές με τους ιθαγενείς. Άλλοι πίστευαν, κι ακόμα πιστεύουν, πως ανακάλυψε κάποιον παλιό πειρατικό θησαυρό κρυμμένο στον Ύφαλο του Διαβόλου. Όμως το αστείο είναι πως ο γέρο-καπετάνιος έχει πεθάνει εδώ και εξήντα χρόνια, ενώ πλοίο της προκοπής δεν έχει αράξει σ' αυτό το λιμάνι από τον καιρό του Εμφύλιου Πολέμου.

»Παρ' όλα αυτά, όπως μου λένε, οι Μαρς συνεχίζουν ακόμα να αγοράζουν κάποια τυπικά είδη ανταλλαγής με ιθαγενείς – κυρίως γυάλινα και λαστιχένια μπιχλιμπίδια. Ίσως να αρέσουν και στους ίδιους τους κάτοικους του Ίνσμουθ, αφού έχουν γίνει κι αυτοί όμοιοι με τους κανίβαλους της Νότιας Θάλασσας και τους άγριους της Γουινέας.

»Η επιδημία του '46 θα πρέπει να εξαφάνισε το καλύτερο αίμα του τόπου. Σε κάθε περίπτωση, τώρα πρέπει να τους φοβάσαι όλους, αφού τόσο οι Μάρς όσο και οι άλλες πλούσιες οικογένειες είναι ίδιοι με τους υπόλοιπους. Όπως ήδη σου είπα, δεν πρέπει να ζουν πια παραπάνω από τετρακόσιοι άνθρωποι σε ολόκληρη την πόλη, στους τόσους δρόμους που λένε πως υπάρχουν εκεί. Μάλλον είναι κι αυτοί «λευκά σκουπίδια» όπως λένε στον Νότο, άνθρωποι παράνομοι, ύπουλοι και μυστικοπαθείς. Πάντως, πιάνουν πολλά ψάρια και αστακούς, που τα εξάγουν με φορτηγά. Είναι παράξενο που τα ψάρια πέφτουν στα δίχτυα μονάχα εκεί και πουθενά αλλού.

»Κανείς δεν έχει καταγράψει ποτέ αυτούς τους ανθρώπους, εφόσον οι υπάλληλοι της κρατικής εκπαίδευσης κι αυτοί της απογραφής συναντούν μεγάλες δυσκολίες μαζί τους. Να είσαι σίγουρος πως κανένας περίεργος άγνωστος δεν είναι καλοδεχούμενος στο Ίνσμουθ. Προσωπικά έχω ακούσει για αρκετούς επιχειρηματίες και κρατικούς υπάλληλους που εξαφανίστηκαν εκεί, ενώ υπάρχουν φήμες για κάποιον που τρελάθηκε και τώρα βρίσκεται στο Ντάνβερ. Κάτι πρέπει να τους τρόμαξε πολύ όλους αυτούς.

»Εντέλει, αν ήμουν στη θέση σου δεν θα πήγαινα να μείνω εκεί τη νύχτα. Δεν έχω επισκεφθεί ποτέ το μέρος κι ούτε προτίθεμαι να το κάνω, αλλά υποθέτω πως ένα πέρασμα στη διάρκεια της ημέρας δεν πρόκειται να σου κάνει κακό – παρ' ότι οι περισσότεροι εδώ πέρα θα σε συμβούλευαν να μην πας. Πάντως, αν απλά θες να δεις αξιοθέατα και αναζητάς πράγματα από το παρελθόν, ο τόπος μάλλον θα σου κάνει πολύ μεγάλη εντύπωση».

Έτσι κι εγώ πέρασα μέρος εκείνης της βραδιάς στη Δημόσια Βιβλιοθήκη του Νιουμπέριπορτ, αναζητώντας πληροφορίες για το Ίνσμουθ. Όταν προσπάθησα να κάνω ερωτήσεις στους ντόπιους στα καταστήματα, στο εστιατόριο, στα συνεργεία αυτοκινήτων και στον σταθμό της πυροσβεστικής, ανακάλυψα πως ήταν ακόμα πιο δύσκολο να τους πάρω κουβέντα απ' όσο είχε προβλέψει ο υπάλληλος των εισιτηρίων. Συνειδητοποίησα πως δεν είχα τον χρόνο να ξεπεράσω την πρώτη, ενστικτώδη επιφυλακτικότητά τους. Έδειχναν ένα είδος αόριστης καχυποψίας, λες και κάτι πήγαινε στραβά με οποιονδήποτε ενδιαφερόταν για το Ίνσμουθ. Στη ΧΑΝ όπου έκανα μια στάση, ο υπάλληλος απλώς με αποθάρρυνε να πάω σε ένα τόσο απαίσιο και έκφυλο μέρος, Οι άνθρωποι της βιβλιοθήκης επέδειξαν παρόμοια στάση. Στα μάτια των μορφωμένων, προφανώς, το Ίνσμουθ ήταν απλά μια ακραία περίπτωση αστικής αποσύνθεσης.

Τα ιστορικά βιβλία της κομητείας του Έσεξ δεν είχαν και πολλά να πουν, πέρα από το ότι η κωμόπολη ιδρύθηκε το 1643, ήταν φημισμένη για τα ναυπηγεία της πριν από την Επανάσταση, πέρασε μια περίοδο μεγάλης ναυτικής ακμής στις αρχές του 19ου αιώνα και αργότερα έγινε ένα μικρό βιομηχανικό κέντρο που χρησιμοποιούσε για να κινεί τις μηχανές του τα νερά του Μανουξέτ. Η επιδημία και οι ταραχές του 1846 αναφέρονταν με πολύ φειδωλό τρόπο, λες και αποτελούσαν λεκέ στη φήμη της κομητείας.

Οι αναφορές στην παρακμή της κωμόπολης αποδείχτηκαν ελλειπείς, αν κι η σημασία των πληροφοριών για την τελευταία ιστορική περίοδο ήταν ολοφάνερη. Μετά τον Εμφύλιο, η βιομηχανική δραστηριότητα περιορίστηκε στην Εταιρεία Μαρς και η εμπορία ράβδων χρυσού αποτελούσε τη μοναδική σημαντική οικονομική δραστηριότητα, πέρα από την αιώνια αλιεία. Όσοι ασχολούνταν με την αλιεία κέρδιζαν όλο και λιγότερα, βέβαια, καθώς οι τιμές των ψαριών έπεφταν και μεγάλες επιχειρήσεις έμπαιναν στον ανταγωνισμό, αλλά ποτέ δεν είχε υπάρξει έλλειψη ψαριών στη θάλασσα γύρω από το λιμάνι του Ίνσμουθ. Οι ξένοι σπάνια αποφάσιζαν να εγκατασταθούν στην περιοχή και υπήρχαν κάποια με διακριτικό τρόπο συγκαλυμμένα στοιχεία πως ένας αριθμός Πολωνών και Πορτογάλων που το επιχείρησαν, είχαν εκδιωχτεί με ιδιαίτερα δραστικές μεθόδους.

Το πιο ενδιαφέρον από όλα ήταν μια φευγαλέα παραπομπή

στα παράξενα κοσμήματα που τόσο αόριστα συνδέονταν με το Ίνσμουθ. Είχαν προφανώς εντυπωσιάσει τους πάντες στη γύρω περιοχή, επειδή υπήρχαν αναφορές για την ύπαρξη δειγμάτων από παρόμοια κοσμήματα στο μουσείο του Πανεπιστημίου Μισκατόνικ, στο Άρκαμ, και στον εκθεσιακό χώρο της Ιστορικής Εταιρείας του Νιουπέριπορτ. Οι αποσπασματικές περιγραφές τους ήταν στεγνές και κοινότοπες, αλλά μου έδιναν την επίμονη εντύπωση πως επρόκειτο για μια πραγματικά παράξενη τεχνοτροπία. Μερικά από αυτά μου φάνηκαν τόσο αλλόκοτα και προκλητικά, που δεν μπορούσα να τα βγάλω από τον νου μου και, παρ' ότι η ώρα ήταν σχετικά περασμένη, αποφάσισα να δω το τοπικό δείγμα – το οποίο λεγόταν πως ήταν ένα μεγάλο τεχνούργημα περίεργου σχήματος, που προφανώς προοριζόταν για διάδημα, αν κάτι τέτοιο ήταν ασφαλώς δυνατόν.

Ο βιβλιοθηκάριος μου έδωσε ένα συστατικό σημείωμα για την υπεύθυνη του μουσείου της Ιστορικής Εταιρείας, κάποια δεσποινίδα Άννα Τίλτον, η οποία ζούσε εκεί κοντά, και μετά από μια σύντομη εξήγηση αυτή η υπέργηρη αρχοντική κυρία είχε την ευγένεια να με ξεναγήσει στο κλειστό κτήριο, αφού η ώρα δεν ήταν υπερβολικά περασμένη. Η συλλογή της Ιστορικής Εταιρείας ήταν πραγματικά αξιόλογη, αλλά στην κατάσταση στην οποία βρισκόμουν δεν είχα μάτια παρά μόνο για το αλλόκοτο αντικείμενο που άστραφτε σε μια γωνιακή προθήκη, κάτω από τα ηλεκτρικά φώτα.

Δεν χρειαζόταν ιδιαίτερη ευαισθησία στην ομορφιά για να κοπεί κυριολεκτικά η ανάσα μου από το παράξενο και απόκοσμο μεγαλείο του πανάκριβου τεχνουργήματος εξωτικής φαντασίας, το οποίο ακουμπούσε πάνω σε ένα πορφυρό βελούδινο μαξιλάρι. Ακόμα και τώρα δυσκολεύομαι να περιγράψω αυτό που είδα, αν και ήταν αρκετά ξεκάθαρο πως επρόκειτο πράγματι για ένα είδος διαδήματος, όπως υποστήριζε κι η περιγραφή. Ήταν ψηλό μπροστά, με μια πολύ μεγάλη και παράξενα ακανόνιστη περιφέρεια, λες και ήταν σχεδιασμένο για ένα κεφάλι με σχεδόν τερατώδες, ελλειπτικό περίγραμμα. Το υλικό φαινόταν να είναι κυρίως χρυσός, μ' όλο που μια αλλόκοτη, ασθενέστερη λάμψη υπονοούσε το παράξενο κράμα ενός εξίσου πανέμορφου μέταλλου, τη φύση του οποίου δεν μπόρεσα να προσδιορίσω. Ήταν σε σχεδόν τέλεια κατάσταση και θα μπορούσε κανείς να περάσει ώρες μελετώντας τα εντυπωσιακά, εντελώς μη-συμβατικά σχέδιά του –μερικά απλώς γεωμετρικά, κάποια άλλα με ολοφάνερα θαλασσινά μοτίβα– σκαλισμένα ή χυτά κι ανάγλυφα πάνω στην επιφάνειά του με απίστευτη τέχνη και χάρη.

Όσο πιο πολύ το κοιτούσα, τόσο περισσότερο με γοήτευε· και η γοητεία αυτή εμπεριείχε ένα παράξενα ανησυχητικό στοιχείο που δεν μπορούσα να κατηγοριοποιήσω ή να εξηγήσω. Στην αρχή θεώρησα πως αυτό που με τάραζε ήταν η απόκοσμη τεχνοτροπία του αντικειμένου. Όλα τα άλλα έργα τέχνης που είχα δει μέχρι τότε, είτε ανήκαν σε κάποιο γνωστό φυλετικό ή εθνικό ρεύμα είτε αποτελούσαν συνειδητές μοντερνιστικές προκλήσεις ενάντια σ' όλες τις γνωστές τεχνοτροπίες. Το διάδημα δεν συμπεριλαμβανόταν σε καμιά από τις δυο αυτές κατηγορίες. Ήταν ολοφάνερο πως ανήκε σε κάποια συγκεκριμένη τεχνοτροπία που είχε φτάσει σε υπέρτατη ωριμότητα και τελειότητα, αλλά ήταν εντελώς ξένη προς οτιδήποτε –ανατολίτικο ή Δυτικό, αρχαίο ή σύγχρονο– που εγώ τουλάχιστον είχα ακουστά ή είχα δει δείγματά του. Ήταν λες και το αντικείμενο είχε φτιαχτεί σε κάποιον άλλο πλανήτη.

Σύντομα, ωστόσο, κατάλαβα πως την ανησυχία μου την προκαλούσαν εξίσου τα σχέδια και οι μαθηματικές αναλογίες του παράξενου τεχνουργήματος. Όλα τα μοτίβα έμοιαζαν να κρύβουν απόμακρα μυστικά και αδιανόητες αβύσσους του χρόνου και του χώρου, ενώ η μονότονη θαλασσινή φύση των ανάγλυφων ήταν σχεδόν διαβολική. Διέκρινα ανάμεσά τους μυθικά τέρατα φρικιαστικής ασχήμιας και κακίας, κατά το ήμισυ ιχθυόμορφα και κατά το ήμισυ βατραχόμορφα, τα οποία μου ανακαλούσαν μια δυσάρεστη αίσθηση ψευδοανάμνησης, σαν να έφερναν στην επιφάνεια κάποια εικόνα από βαθιά κύτταρα και ιστούς των οποίων οι επισχετικές λειτουργίες ήταν εντελώς αρχέγονες και απώτατα προγονικές. Μερικές στιγμές μου φαινόταν πως κάθε καμπύλη εκείνων των βλάσφημων βατραχόψαρων ξεχείλιζε από την πεμπτουσία ενός άγνωστου και απόκοσμου κακού.

Η σύντομη και κοινότοπη ιστορία του διαδήματος που μου

διηγήθηκε η δεσποινίς Τίλτον, ερχόταν σε παράξενη αντίθεση με την εντύπωση την οποία μου δημιουργούσε η όψη του. Είχε δοθεί ως ενέχυρο για ένα γελοίο ποσό σε κάποιο ενεχυροδανειστήριο της οδού Στέιτ το 1873, από έναν μεθυσμένο κάτοικο του Ίνσμουθ που λίγο αργότερα σκοτώθηκε σε καβγά. Η Ιστορική Εταιρεία το είχε αποκτήσει κατευθείαν από τον ενεχυροδανειστή και του είχε αμέσως δώσει μια θέση ανάλογη με την αξία του. Η επιγραφή από κάτω έλεγε πως πιθανώς να προερχόταν από τις Ανατολικές Ινδίες ή την περιοχή της Ινδοκίνας, όμως η προέλευση αυτή ήταν ολοφάνερα υποθετική.

Ελέγχοντας όλες τις πιθανές υποθέσεις σχετικά με την προέλευσή του και την παρουσία του στη Νέα Αγγλία, η δεσποινίς Τίλτον έτεινε να πιστέψει πως το διάδημα αποτελούσε μέρος κάποιου εξωτικού πειρατικού θησαυρού, που είχε ανακαλύψει ο γέρο-καπετάν Όμπεντ Μαρς. Αυτή η άποψη σίγουρα δεν αποδυναμωνόταν από τις επίμονες προσφορές εξαγοράς με υψηλό τίμημα που οι Μαρς είχαν αρχίσει να κάνουν στην Ιστορική Εταιρεία αμέσως μόλις έμαθαν για την παρουσία του, τις οποίες επαναλάμβαναν ακόμα και στο παρόν, παρά την ακλόνητη απόφαση της εταιρείας να μην το πουλήσει.

Καθώς η ευγενική κυρία με συνόδευε ως έξω από το κτήριο, μου ξεκαθάρισε πως η θεωρία περί του πειρατικού θησαυρού που είχαν ανακαλύψει οι Μαρς ήταν δημοφιλής μεταξύ των μορφωμένων ανθρώπων της περιοχής. Η δική της στάση απέναντι στο σκοτεινό Ίνσμουθ –το οποίο δεν είχε ποτέ επισκεφθεί– ήταν μια αίσθηση απέχθειας απέναντι σε μια κοινότητα που είχε κατρακυλήσει πολύ χαμηλά στην πολιτιστική κλίμακα, δεδομένου ότι, καθώς με διαβεβαίωσε, ορισμένες φήμες περί δαιμονολατρίας θα μπορούσαν εν μέρει να θεωρηθούν δικαιολογημένες, εξαιτίας μιας παράξενης μυστικής αίρεσης η οποία είχε αποκτήσει δύναμη εκεί και είχε καταπιεί όλα τα κανονικά θρησκεύματα.

Ονομαζόταν, όπως είπε, «Εσωτεριστικό Τάγμα του Δάγωνα», και σίγουρα ήταν κάποια εκφυλισμένη, παγανιστική λατρεία, φερμένη από την Ανατολή πριν από έναν περίπου αιώνα, σε μια περίοδο που όλα τα αλιευτικά του Ίνσμουθ φαίνεται πως επέστρεφαν άδεια. Η διάδοσή της μεταξύ των απλών ανθρώπων ήταν απολύτως αναμενόμενη αν λάβαινε κανείς υπ' όψη την ξαφνική, έκτοτε, και μόνιμη επιστροφή των ψαριών, τόσο ώστε απόκτησε σύντομα τη μεγαλύτερη επιρροή στην κωμόπολη, αντικαθιστώντας εντελώς ακόμη και τον Ελευθεροτεκτονισμό και μεταφέροντας την έδρα της στην παλιά Μασονική Στοά του Νιου Τσερτς Γκριν.

Τούτο ήταν ένας σημαίνων λόγος εξ αιτίας του οποίου η ευλαβής δεσποινίς Τίλτον απέφευγε την παμπάλαιη εκείνη κωμόπολη της παρακμής και της ερήμωσης, αλλά για μένα αποτέλεσε ένα ακόμα κίνητρο για να την επισκεφθώ. Στις αρχιτεκτονικές και ιστορικές μου προσδοκίες είχε τώρα προστεθεί και ένας οξύς ανθρωπολογικός ζήλος, έτσι ώστε μετά βίας μπορούσα να κοιμηθώ στο μικρό μου δωμάτιο καθώς η νύχτα κυλούσε.

II

Το άλλο πρωί λίγο μετά τις δέκα στεκόμουν με μια μικρή βαλίτσα μπροστά από το φαρμακείο του Χάμοντ, στην παλιά Πλατεία της Αγοράς, περιμένοντας το λεωφορείο για το Ίνσμουθ. Καθώς η ώρα της άφιξής του πλησίαζε, παρατήρησα σε γενικές γραμές μια απομάκρυνση των περαστικών προς άλλα σημεία του δρόμου ή προς το εστιατόριο Αϊντίαλ στην απέναντι μεριά της πλατείας. Προφανώς, ο υπάλληλος στα εκδοτήρια εισιτηρίων δεν είχε υπερβάλει σχετικά με την αντιπάθεια που έδειχναν οι ντόπιοι προς το Ίνσμουθ και τους κατοίκους του. Μέσα σε λίγα λεπτά, ένα απίστευτα φθαρμένο και βρόμικο μικρό λεωφορείο γκρίζου χρώματος μπήκε αγκομαχώντας στην οδό Στέιτ, έκανε μια στροφή και άραξε πλάι στο πεζοδρόμιο όπου στεκόμουν. Αμέσως κατάλαβα πως ήταν το σωστό· μια υπόθεση που σύντομα επαλήθευσε η μισοσβησμένη πινακίδα στο παρμπρίζ του, η οποία έγραφε *Άρκαμ – Ίνσμουθ – Νιουμπέριπορτ.*

Υπήρχαν μόνο τρεις επιβάτες – μελαχρινοί και ατημέλητοι άνδρες με σκυθρωπά πρόσωπα, αρκετά νέοι ως προς την όψη. Όταν το όχημα σταμάτησε, βγήκαν αδέξια έξω και άρχισαν να περπατούν κατά μήκος της οδού Στέιτ, αθόρυβα, σχεδόν μουλωχτά. Ο οδηγός κατέβηκε επίσης και τον είδα να μπαίνει στο φαρμακείο για να κάνει κάποια αγορά. Σκέφτηκα πώς θα έπρεπε να ήταν ο Τζο Σάρτζεντ, που είχε αναφέρει ο υπάλληλος. Πριν ακόμη προλάβω να παρατηρήσω οποιαδήποτε λεπτομέρεια επάνω του, αισθάνθηκα να με πλημμυρίζει μια αυθόρμητη απέχθεια που δεν μπορούσα ούτε να ελέγξω, ούτε να εξηγήσω. Ξαφνικά μου φάνηκε πολύ φυσιολογικό το γεγονός πως οι ντόπιοι δεν ήθελαν να μπουν στο λεωφορείο που κατείχε και οδηγούσε αυτός ο άνθρωπος, ούτε να επισκέπτονται την ιδιαίτερη πατρίδα ενός τέτοιου τύπου και των συντοπιτών του.

Όταν ο οδηγός βγήκε από το κατάστημα, τον κοίταξα πιο προσεχτικά και προσπάθησα να καταλάβω για ποιο λόγο μου είχε κάνει τόσο κακή εντύπωση. Ήταν αδύνατος, με σκυφτούς ώμους, κοντά στο ένα και ογδόντα, ντυμένος ατημέλητα με μπλε παντελόνι και σακάκι, και φορούσε στο κεφάλι ένα ξεφτισμένο καπέλο του γκολφ. Θα έπρεπε να ήταν γύρω στα τριάντα πέντε, μα οι αλλόκοτες, βαθιές δίπλες στα πλάγια του λαιμού του τον έκαναν να φαίνεται μεγαλύτερος σε ηλικία αν κάποιος δεν μελετούσε καλύτερα το μουντό και ανέκφραστο πρόσωπό του. Είχε στενόμακρο κεφάλι, θαμπά γαλάζια πεταχτά μάτια τα οποία φαίνονταν να μην ανοιγοκλείνουν ποτέ, πλακουτσή μύτη, μικρό μέτωπο και πηγούνι, καθώς και ιδιαίτερα ατελή αφτιά. Τα μακριά, παχιά χείλη του και τα γκριζωπά μάγουλα με τους μεγάλους πόρους έμοιαζαν σχεδόν άτριχα, με μόνη εξαίρεση κάποιες αραιές κίτρινες τρίχες που έβγαιναν εδώ κι εκεί σε τυχαία σημεία. Σε ορισμένα μέρη το πρόσωπό του φαινόταν αλλόκοτα ανώμαλο, λες και ξεφλούδιζε από κάποια δερματική ασθένεια. Τα χέρια του ήταν μεγάλα, με παχιές φλέβες, και είχαν μια πολύ ασυνήθιστη γκριζογάλανη χροιά. Τα δάχτυλά του, ιδιαίτερα κοντά σε σχέση με το υπόλοιπο χέρι, έμοιαζαν να διπλώνουν συνεχώς και να χώνονται μέσα στην πελώρια παλάμη. Καθώς προχωρούσε προς το λεωφορείο, πρόσεξα το παράξενα συρτό του βήμα και είδα πως τα πέλματά του ήταν αφύσικα μεγάλα. Όσο τα κοιτούσα, τόσο περισσότερο αναρωτιόμουν πού έβρισκε παπούτσια για να τα χώσει μέσα.

Η λιπαρότητα του δέρματός του έκαναν την απέχθειά μου

ακόμα μεγαλύτερη. Προφανώς εργαζόταν ή τεμπέλιαζε κάποιες ώρες στην αποβάθρα των ψαράδων, γιατί κουβαλούσε μια χαρακτηριστική μυρωδιά ψαρίλας. Μου ήταν αδύνατον να υποθέσω ποιο ξένο αίμα κυλούσε στις φλέβες του. Τα παράξενα χαρακτηριστικά του δεν έμοιαζαν ασιατικά, πολυνησιακά, λεβαντίνικα ή νεγροειδή, όμως καταλάβαινα γιατί οι άλλοι τον έβρισκαν τόσο αλλόκοτο. Εγώ, πάντως, θα τα απέδιδα περισσότερο σε βιολογικό εκφυλισμό παρά σε ξενική καταγωγή.

Στενοχωρήθηκα όταν είδα πως δεν θα υπήρχαν άλλοι συνεπιβάτες. Κατά κάποιον τρόπο, δεν μου άρεσε η ιδέα να ταξιδέψω μόνος μου με τον οδηγό. Αλλά καθώς πλησίαζε εμφανώς η ώρα της αναχώρησης, νίκησα τις επιφυλάξεις μου και μπήκα στο λεωφορείο, απλώνοντας κάποιο χαρτονόμισμα του ενός δολαρίου προς το μέρος του και μουρμουρίζοντας μόνο τη λέξη «Ίνσμουθ». Με κοίταξε για μια στιγμή γεμάτος περιέργεια και μετά μου επέστρεψε σαράντα λεπτά ρέστα χωρίς να πει λέξη. Έπιασα μια θέση μακριά πίσω του, πάντως από τη δική του πλευρά του λεωφορείου, αφού στη διάρκεια του ταξιδιού ήθελα να βλέπω την ακτή.

Τελικά, το σαράβαλο ξεκίνησε με ένα απότομο τίναγμα κι άρχισε να κυλάει με θόρυβο και κρότους, περνώντας τα παλιά τούβλινα κτήρια της οδού Στέιτ μέσα σε ένα σύννεφο καυσαερίων που έβγαινε από την εξάτμισή του. Παρατηρώντας τους ανθρώπους στα πεζοδρόμια, μου φάνηκε πως διέκρινα σ' αυτούς μια παράξενη επιθυμία να αποστρέψουν τα βλέμματά τους από το λεωφορείο – ή έστω να μη φανεί πως κοιτάζουν προς το μέρος του. Ύστερα στρίψαμε αριστερά, στην Κεντρική Λεωφόρο, όπου η κίνηση έγινε ομαλότερη. Περάσαμε μπροστά από τις μεγαλόπρεπες παλιές επαύλεις της Πρώτης Δημοκρατίας και κατόπιν από ακόμα παλιότερες αποικιακές αγροικίες, διαβήκαμε το Λόουερ Γκριν και τον ποταμό Πάρκερ, και βγήκαμε τελικά σε έναν μακρύ και μονότονο, παραλιακό δρόμο.

Η μέρα ήταν ζεστή κι ηλιόλουστη, μα το τοπίο της άμμου, του σπαθόχορτου και των καχεκτικών θάμνων γινόταν όλο και πιο ερημικό καθώς προχωρούσαμε. Από το παράθυρο έβλεπα τα γαλάζια νερά και την αμμουδιά του νησιού Πλαμ, ώσπου τελικά πλησιάσαμε ακόμα πιο κοντά στην παραλία καθώς ο στενός δρόμος που ακολουθούσαμε ξεμάκρυνε από την κεντρική εθνική οδό, η οποία οδηγούσε στο Ρόουλι και στο Ίπσγουιτς. Σπίτια δεν φαίνονταν πουθενά και από την κατάσταση του δρόμου μπορούσα να καταλάβω πως η κυκλοφορία των αυτοκινήτων ήταν πολύ αραιή σε κείνα τα μέρη. Οι φθαρμένοι από τα καιρικά φαινόμενα τηλεφωνικοί στύλοι διέθεταν μονάχα δυο σύρματα. Κάπου-κάπου περνούσαμε χοντροφτιαγμένες ξύλινες γέφυρες, στημένες πάνω από ρυάκια που γέμιζαν με την παλίρροια και χώνονταν βαθιά στην ενδοχώρα συντελώντας ακόμα περισσότερο στη γενικότερη απομόνωση της περιοχής.

Σε ορισμένα σημεία, διακρίνοντας νεκρά απομεινάρια κορμών και ετοιμόρροπα θεμέλια να ξεφυτρώνουν από την πανταχού παρούσα άμμο, θυμήθηκα όσα είχα διαβάσει σε ένα από εκείνα τα ιστορικά βιβλία, δηλαδή πως κάποτε τούτη η περιοχή ήταν εύφορη και πυκνοκατοικημένη. Η μεταβολή, όπως έλεγε το βιβλίο, είχε επέλθει ταυτόχρονα με την επιδημία που χτύπησε το Ίνσμουθ το 1846 και οι απλοί άνθρωποι πίστευαν πως συνδεόταν με απόκρυφες δυνάμεις του κακού. Στην πραγματικότητα, βέβαια, είχαν προκληθεί από την αλόγιστη κοπή των δέντρων κοντά στην ακτή, η οποία είχε στερήσει το έδαφος από την αποτελεσματικότατη προστασία τους και είχε ανοίξει τον δρόμο στα κύματα της άμμου που έφερνε μαζί του ο άνεμος.

Τελικά, το νησί Πλαμ χάθηκε από τα μάτια μου και απέμεινε μόνο η απέραντη έκταση του Ατλαντικού στα αριστερά μας. Ο στενός δρόμος άρχισε να ανηφορίζει απότομα και αισθάνθηκα μια ιδιαίτερη αίσθηση ανησυχίας κοιτάζοντας το μοναχικό φρύδι του λόφου μπροστά μας, στο σημείο όπου ο κακοτράχαλος δρόμος συναντούσε τον ουρανό. Ήταν λες και το λεωφορείο θα συνέχιζε την ανάβασή του, εγκαταλείποντας εντελώς τη γη και μπαίνοντας στα άγνωστα μυστικά του αέρα και του μυστηριώδους ουρανού. Η μυρωδιά της θάλασσας άρχισε να αφήνει άσχημα υπονοούμενα, ενώ η σκυφτή, άκαμπτη πλάτη του αμίλητου οδηγού και το στενόμακρο κεφάλι του γίνονταν ολοένα και πιο αποκρουστικά. Καθώς τον παρατηρούσα, είδα πως το πίσω μέρος του κεφαλιού του ήταν σχεδόν το ίδιο άτριχο με το πρόσωπό του, αφού είχε μονάχα μερικές ταλαίπωρες κιτρινωπές τούφες που ξεφύτρωναν από μια γκρίζα, φολιδωτή επιφάνεια.

Τελικά φτάσαμε στην κορυφή του λόφου και αντίκρισα την κοιλάδα που απλωνόταν από κάτω, στο σημείο που ο Μανουξέτ εκβάλλει στη θάλασσα, λίγο πιο βόρεια από τη μακριά γραμμή απότομων γκρεμών που κορυφώνονται στη χερσόνησο του Κίνγκσπορτ Χεντ και στη συνέχεια σβήνουν προς το ακρωτήρι Ανν. Στον μακρινό και ομιχλώδη ορίζοντα μπορούσα να διακρίνω το θαμπό περίγραμμα της χερσονήσου και στην κορυφή της την παράξενη, παμπάλαια κατοικία για την οποία τόσοι θρύλοι έχουν ξετυλιχτεί. Όμως για την ώρα όλη η προσοχή μου ήταν στραμμένη στο κοντινότερο πανόραμα, που απλωνόταν ακριβώς από κάτω μου. Συνειδητοποίησα πως αντίκριζα πια το Ίνσμουθ με τη σκοτεινή φήμη.

Ήταν μια μεγάλη και πυκνοχτισμένη κωμόπολη, αλλά πουθενά δεν φαινόταν ψυχή. Στο δάσος των καμινάδων ελάχιστες ήταν εκείνες που κάπνιζαν και τα τρία ψηλά καμπαναριά δέσποζαν γυμνά και άβαφα με φόντο τον θαλασσινό ορίζοντα. Η κορυφή ενός απ' αυτά είχε καταρρεύσει, ενώ σε κάποιο άλλο, στα σημεία όπου θα έπρεπε να βρίσκονται τα ρολόγια, υπήρχαν μόνο μαύρες τρύπες που έχασκαν. Το αχανές συνονθύλευμα ετοιμόρροπων κεκλιμένων στεγών και οξυκόρυφων αετωμάτων μετέδιδαν με ενοχλητική αμεσότητα την ιδέα της σαπίλας και της παρακμής και, καθώς πλησιάζαμε ακολουθώντας τον δρόμο που τώρα πια κατηφόριζε, μπορούσα να διακρίνω ότι πολλές σκεπές είχαν εντελώς καταρρεύσει. Υπήρχαν μερικά μεγάλα, τετράγωνα, γεωργιανά σπίτια με θόλους, καθώς και με φεγγίτες στις σοφίτες των επικλινών οροφών. Τα περισσότερα απ' αυτά ήταν αρκετά μακριά από το νερό και ένα ή δυο έμοιαζαν να βρίσκονται σε σχετικά καλή κατάσταση. Ανάμεσά τους με κατεύθυνση προς την ενδοχώρα είδα να απλώνεται, εγκαταλειμμένη, η σκουριασμένη πια και όλο χόρτα σιδηροδρομική γραμμή, τηλεγραφόξυλα που έγερναν απογυμνωμένα από τα σύρματά τους και οι μισοσβησμένες γραμμές των παλιών καρόδρομων που οδηγούσαν στο Ρόουλι και το Ίπσγουιτς.

Η παρακμή ήταν ακόμα μεγαλύτερη κοντά στην αποβάθρα, αν και στο μέσο της μπορούσα να διακρίνω τον λευκό λεπτό πύργο ενός αρκετά καλά διατηρημένου τούβλινου οικοδομήματος που έμοιαζε με μικρό εργοστάσιο. Το λιμάνι, που από καιρό είχε πνιγεί στην άμμο, ήταν περιτριγυρισμένο από έναν παλιό πέτρινο κυματοθραύστη, όπου μπορούσα να διακρίνω τις μικροσκοπικές μορφές μερικών καθισμένων ψαράδων και στην άκρη του ξεχώριζαν τα θεμέλια ενός γκρεμισμένου φάρου. Μια αμμώδης γλώσσα είχε σχηματιστεί στη μέσα πλευρά αυτού του κυματοθραύστη και πάνω της διέκρινα μερικές άθλιες καλύβες, συρμένες έξω από το νερό βάρκες και σκόρπιες παγίδες για αστακούς. Το μόνο σημείο με βαθιά νερά φαίνεται πως ήταν εκεί όπου ο ποταμός περνούσε πλάι στο οικοδόμημα με τον πύργο και στρεφόταν νότια, για να χυθεί στον ωκεανό στην αρχή του κυματοθραύστη.

Χαλάσματα από αποβάθρες ξεφύτρωναν εδώ κι εκεί στην ακτή σαπίζοντας, οι πιο κατεστραμμένες από τις οποίες βρίσκονταν στα μακρινότερα σημεία προς τον Νότο. Μακριά στον θαλασσινό ορίζοντα, παρά την παλίρροια, διέκρινα μια στενόμακρη μαύρη γραμμή που μετά βίας ξεπρόβαλλε από το νερό, μα ωστόσο κουβαλούσε πάνω της μια υπόνοια αλλόκοτης και άδηλης κακίας. Κατάλαβα πως αυτός έπρεπε να ήταν ο Ύφαλος του Διαβόλου. Καθώς κοιτούσα, με πλημμύρισε μια ανεπαίσθητη και παράξενη έλξη που έμοιαζε να υπερνικά την άπωσή μου· αυτή η αίσθηση με τάραξε ακόμα περισσότερο παρ' ότι η αρχική εντύπωση.

Δεν συναντήσαμε κανέναν στον δρόμο, μ' όλο που τώρα είχαμε αρχίσει να προσπερνάμε εγκαταλειμμένες αγροικίες σε διάφορα στάδια ερείπωσης. Ύστερα εντόπισα μερικά σπίτια που κατοικούνταν ακόμα, με σπασμένα παράθυρα σκεπασμένα με κουρέλια, καθώς κι όστρακα και νεκρά ψάρια πεταμένα στις βρόμικες αυλές. Μια-δυο φορές είδα ανθρώπους με νωθρή όψη να δουλεύουν σε χέρσους κήπους ή να μαζεύουν στρείδια στην ακτή κάτω από την πόλη, ενώ παρέες βρόμικων παιδιών με πιθηκόμορφα πρόσωπα έπαιζαν γύρω από χορταριασμένα κατώφλια. Κατά κάποιον τρόπο οι άνθρωποι αυτοί με τάραζαν ακόμα περισσότερο απ' ότι τα ερειπωμένα κτήρια, επειδή είχαν κάποιες συγκεκριμένες, σχεδόν κοινές σε όλους τους ιδιομορφίες στα πρόσωπα και στις κινήσεις, που μου προκαλούσαν μια ενστικτώδη αντιπάθεια, δίχως να μπορώ να τις συγκεκριμενοποιήσω ή να τις ερμηνεύσω. Για μια στιγμή σκέφτηκα πως αυτή η κοινή σε όλους φυσιογνωμία μού θύμιζε κάποια εικόνα που είχα δει άλλοτε, ίσως σε βιβλίο και κάτω από συνθήκες μεγάλης φρίκης ή μελαγχολίας, μα αυτή η ψευδοανάμνηση έσβησε πολύ γρήγορα.

Καθώς το λεωφορείο έφτανε πάλι σε οριζόντιο έδαφος, άρχισα ν' ακούω μέσα στην αφύσικη σιωπή τον σταθερό ήχο κάποιου καταρράχτη. Τα ετοιμόρροπα, άβαφα σπίτια πύκνωσαν πια και από τις δυο πλευρές του δρόμου σε σειρές δίχως κενά, επιδεικνύοντας μια αρχιτεκτονική πιο αστική απ' αυτήν όσων αφήναμε πίσω μας. Το πανόραμα συρρικνώθηκε στο σκηνικό ενός δρόμου, σε κάποια σημεία του οποίου διέκρινα απομεινάρια λιθόστρωτου και τούβλινων πεζοδρομίων. Όλα τα σπίτια έδειχναν έρημα, ενώ κάπου-κάπου υπήρχαν άδεια οικόπεδα όπου γκρεμισμένες καμινάδες και τοίχοι κελαριών μιλούσαν για κτήρια που είχαν καταρρεύσει. Τα πάντα διαπερνούσε η πιο αηδιαστική μυρωδιά ψαρίλας που μπορούσε να φανταστεί ο νους του ανθρώπου.

Σύντομα άρχισαν να εμφανίζονται διασταυρώσεις και παράδρομοι· εκείνοι στα αριστερά οδηγούσαν στα παράκτια βασίλεια των χωματόδρομων, της βρομιάς και της αποσύνθεσης, ενώ αυτοί στα δεξιά αποκάλυπταν εικόνες περασμένων μεγαλείων. Μέχρι τούτη τη στιγμή δεν είχα δει ανθρώπους στην πόλη, μα τώρα άρχισαν να εμφανίζονται αραιά σημάδια κατοίκησης – μερικά παράθυρα με κουρτίνες εδώ κι εκεί ή ένα ταλαιπωρημένο αυτοκίνητο, παρκαρισμένο πλάι σε κάποιο ρείθρο πεζοδρομίου. Το οδόστρωμα και τα πεζοδρόμια ξεχώριζαν όλο ευκρινέστερα μεταξύ τους και, παρ' όλο που τα περισσότερα σπίτια ήταν πολύ παλιά –ξύλινες και τούβλινες κατασκευές από τις αρχές του 19ου αιώνα– προφανώς ήταν αρκετά καλά διατηρημένα ώστε να κατοικούνται ακόμα. Ως ερασιτέχνης ιστορικός, σχεδόν ξέχασα την αηδία που μου προκαλούσε η ψαρίλα και την αίσθηση απειλής και απέχθειας, καθώς βρισκόμουν στο μέσο εκείνου του πλούσιου κομματιού που είχε επιβιώσει από το παρελθόν απαράλλαχτο.

Δεν έμελλε, όμως, να φτάσω στον προορισμό μου χωρίς μια

πολύ έντονα δυσάρεστη εμπειρία. Το λεωφορείο είχε μπει σε ένα είδος ανοιχτής πλατείας με εκκλησίες από τις δυο μεριές της και τα ταλαιπωρημένα απομεινάρια ενός κυκλικού παρτεριού στο κέντρο της. Αντίκρισα το μεγάλο κτήριο με τους κίονες που υψωνόταν στη δεξιά γωνία μπροστά μου. Το κάποτε λευκό χρώμα του εξωτερικού του ήταν πια γκρίζο και ξεφλουδιζόταν, ενώ η χρυσόμαυρη επιγραφή στο αέτωμα ήταν τόσο ξεθωριασμένη ώστε με δυσκολία κατάφερνα να διακρίνω τις λέξεις: *Εσωτεριστικό Τάγμα του Δάγωνα.* Αυτή, λοιπόν, ήταν η πρώην Μασονική Στοά που τώρα είχε παραδοθεί σε μια εκφυλισμένη αίρεση. Καθώς πάσχιζα να διαβάσω την επιγραφή, την προσοχή μου απέσπασαν οι βραχνοί ήχοι μιας ραγισμένης καμπάνας στην απέναντι πλευρά του δρόμου και γρήγορα γύρισα να κοιτάξω έξω, από το παράθυρο της δικής μου πλευράς του λεωφορείου.

Ο ήχος προερχόταν από μια χαμηλή πέτρινη εκκλησία, που προφανώς είχε κτιστεί σε μια εποχή υστερότερη από τα υπόλοιπα κτήρια και σε έναν αδέξιο γοτθικό ρυθμό. Περιλάμβανε ένα δυσανάλογα υψηλό ημιυπόγειο με σφαλιστά παράθυρα. Αν κι οι δείκτες του ρολογιού από την πλευρά που κοιτούσα έλειπαν, κατάλαβα από τους τραχείς ήχους πως η ώρα ήταν έντεκα. Ξαφνικά, κάθε σκέψη σχετικά με την ώρα έσβησε από μια εικόνα μεγάλης έντασης και ανεξήγητης φρίκης, που με συνεπήρε πριν καν καταλάβω τι ακριβώς έβλεπα. Η πόρτα στο ημιυπόγειο της εκκλησίας ήταν ανοιχτή, αποκαλύπτοντας ένα ορθογώνιο σκοταδιού στο εσωτερικό του. Την ώρα που κοιτούσα, ένα αντικείμενο διέσχισε ή φάνηκε να διασχίζει το σκοτεινό ορθογώνιο αποτυπώνοντας μέσα στο μυαλό μου τη στιγμιαία εντύπωση εφιάλτη, ακόμα εξωφρενικότερο δεδομένου ότι η λογική δεν μπορούσε να του προσδώσει κανένα τρομακτικό χαρακτηριστικό.

Ήταν κάτι ζωντανό –το πρώτο ζωντανό πράγμα που είχα δει εκτός από τον οδηγό από τη στιγμή που είχα μπει στο κέντρο της πόλης– κι αν η διάθεσή μου ήταν πιο ανάλαφρη δεν θα το έβρισκα καθόλου φρικιαστικό. Μια στιγμή αργότερα κατάλαβα πως επρόκειτο για τον πάστορα· ήταν ντυμένος με περίεργα άμφια, τα οποία το δίχως άλλο είχαν καθιερωθεί από τότε που το Τάγμα του Δάγωνα είχε αλλάξει το τελετουργικό των τοπικών εκκλησιών. Πιθανώς το πράγμα που τράβηξε το πρώτο ασυναίσθητο βλέμμα μου και που μου προκάλεσε την αλλόκοτη ανατριχίλα, ήταν η υψηλή μίτρα που φορούσε, σχεδόν πανομοιότυπη με κείνη που μου είχε δείξει η δεσποινίς Τίλτον το προηγούμενο απόγευμα. Αυτό μάλλον επενέργησε στη φαντασία μου προσδίδοντας απερίγραπτες διαβολικές ιδιότητες στο ασαφές πρόσωπο της ρασοφορεμένης μορφής, που έσερνε τα βήματά της μέσα στον ναό. Πολύ σύντομα κατέληξα στο συμπέρασμα πως δεν υπήρχε κανένας λόγος για τον οποίο θα έπρεπε να αισθανθώ αυτό το ανατριχιαστικό άγγιγμα της διαβολικής ψευδοανάμνησης. Δεν ήταν αναμενόμενο μια τοπική μυστηριακή αίρεση να υιοθετήσει ανάμεσα στα σύμβολά της και έναν ιδιαίτερο τύπο μίτρας, με την οποία η κοινότητα ήταν έκτοτε εξοικειωμένη – και η οποία πιθανότατα αποτελούσε μέρος κάποιου πειρατικού θησαυρού;

Μερικοί νεαροί με αποκρουστικές όψεις άρχισαν να εμφανίζονται στα πεζοδρόμια – μοναχικά άτομα ή αμίλητες ομάδες των δύο ή των τριών ατόμων. Τα ισόγεια των ετοιμόρροπων σπιτιών μερικές φορές στέγαζαν μικρά καταστήματα με κακοφτιαγμένες θαμπές επιγραφές και, καθώς το λεωφορείο κυλούσε αγκομαχώντας, παρατήρησα ένα-δυο παρκαρισμένα φορτηγά. Ο ήχος των νερών του καταρράκτη έγινε ακόμα πιο έντονος, ώσπου τελικά αντίκρισα μια αρκετά βαθιά ρεματιά μπροστά μου, πάνω από την οποία περνούσε μια φαρδιά γέφυρα με σιδερένιες κουπαστές, που οδηγούσε αντίπερα, σε μια μεγάλη πλατεία. Καθώς περνούσαμε τρίζοντας πάνω από τη γέφυρα, κοίταξα κι από τις δυο μεριές έξω και παρατήρησα κάποια κτήρια εργοστασίων στο χείλος της χορταριασμένης κορυφής ή στα μισά της πλαγιάς. Το νερό που κυλούσε από κάτω ήταν άφθονο και μπορούσα να διακρίνω δυο ορμητικούς καταρράχτες στα δεξιά μου και τουλάχιστον έναν κατάντη στα αριστερά μου. Από το σημείο εκείνο ο θόρυβος ήταν πραγματικά εκκωφαντικός. Κατόπιν μπήκαμε στη μεγάλη ημικυκλική πλατεία της πέρα πλευράς του ποταμού και σταματήσαμε στα δεξιά, μπροστά σε κάποιο ψηλό οικοδόμημα με θόλο, απομεινάρια κίτρινου χρώματος και μια μισοσβησμένη επιγραφή που δήλωνε πως ήταν το ξενοδοχείο Γκίλμαν Χάους.

Βγήκα με ανακούφιση από το λεωφορείο και αμέσως προχώρησα για να αφήσω τη βαλίτσα μου στο αφρόντιστο σαλόνι του ξενοδοχείου. Ο μοναδικός άνθρωπος που μπορούσα να δω ήταν ένας ηλικιωμένος άνδρας ο οποίος δεν διέθετε αυτό που είχα αρχίσει να αποκαλώ «όψη του Ίνσμουθ», αποφάσισα όμως να μην του θέσω κανένα από τα ερωτήματα που με βασάνιζαν, αφού θυμήθηκα πως παράξενα πράγματα είχαν διαδραματιστεί άλλοτε στο ξενοδοχείο. Προτίμησα να κάνω μια βόλτα στην πλατεία, απ' όπου το λεωφορείο είχε ήδη φύγει, και να παρατηρήσω το σκηνικό λεπτομερώς ώστε να το αποτιμήσω κατάλληλα.

Η μια πλευρά του λιθόστρωτου ανοιχτού χώρου ήταν η ευθεία όχθη του ποταμού· η άλλη ήταν ένα ημικύκλιο από τούβλινα κτήρια της περιόδου γύρω στο 1800 με έντονα επικλινείς οροφές, από το οποίο αρκετοί δρόμοι ξεκινούσαν ακτινωτά προς τα νοτιοανατολικά, τα νότια και τα νοτιοδυτικά. Τα φώτα των δρόμων ήταν ασθενή και καταθλιπτικά –λαμπτήρες πυράκτωσης μικρής απόδοσης– και χάρηκα που τα σχέδιά μου πρόβλεπαν την αναχώρησή μου πριν το πέσιμο του σκοταδιού, έστω κι αν ήξερα πως το φεγγάρι θα ήταν λαμπρό. Όλα τα οικοδομήματα ήταν σε αρκετά καλή κατάσταση και σε αυτά συμπεριλαμβάνονταν επίσης καμιά ντουζίνα καταστήματα σε λειτουργία· ανάμεσά τους υπήρχαν ένα παντοπωλείο της αλυσίδας Πρώτη Εθνική, ένα άθλιο εστιατόριο, ένα φαρμακείο, ένα γραφείο χονδρεμπόριου ψαριών και, τέλος, στην ανατολική άκρη της πλατείας κοντά στο ποτάμι, ένα γραφείο της μοναδικής βιομηχανίας της κωμόπολης, της *Εταιρείας Επεξεργασίας Χρυσού Μαρς*. Φαίνονταν καμιά δεκαριά άνθρωποι, ενώ τέσσερα η πέντε αυτοκίνητα και φορτηγά ήταν σκορπισμένα στη γύρω περιοχή. Δεν χρειαζόταν να μου εξηγήσουν πως βρισκόμουν στο εμπορικό κέντρο του Ίνσμουθ. Ανατολικά μπορούσα να διακρίνω φευγαλέα το γαλάζιο του λιμανιού, μπροστά στο οποίο υψώνονταν τα ερειπωμένα απομεινάρια τριών κάποτε πανέμορφων γεωργιανών καμπαναριών. Στην απέναντι όχθη του ποταμού και προς την κατεύθυνση της ακτής είδα τον λευκό πύργο που ξεφύτρωνε πάνω από το εργοστάσιο των Μαρς.

Για κάποιο λόγο επέλεξα να κάνω τις πρώτες μου ερωτήσεις στο παντοπωλείο της γνωστής αλυσίδας, εφόσον το προσωπικό του μάλλον δεν θα προερχόταν από τους ντόπιους του Ίνσμουθ. Βρήκα μέσα μονάχα ένα αγόρι περίπου δεκαεπτά χρονών και χάρηκα που διέκρινα στο πρόσωπό του εξυπνάδα και εγκαρδιότητα, οι οποίες υπόσχονταν πρόθυμη πληροφόρηση. Καθώς έδειχνε μια ξεχωριστή διάθεση να μιλήσει, σύντομα κατάλαβα πως δεν του άρεσε καθόλου εκείνο το μέρος, η μυρωδιά της ψαρίλας ή οι μυστικοπαθείς κάτοικοί του. Οποιαδήποτε κουβέντα με κάποιον ξένο ήταν για τον νεαρό μια ανακούφιση. Καταγόταν από το Άρκαμ, κατοικούσε μαζί με μια φαμίλια που προερχόταν από το Ίπσγουιτς και γύριζε στο σπίτι του όταν είχε ρεπό. Στην οικογένειά του δεν άρεσε καθόλου το γεγονός πως εργαζόταν στο Ίνσμουθ, μα η αλυσίδα τον είχε μεταθέσει εκεί και δεν είχε καμιά διάθεση να χάσει τη δουλειά του.

Όπως μου είπε, δεν υπήρχε στο Ίνσμουθ δημόσια βιβλιοθήκη ή εμπορικό επιμελητήριο, μα πιθανώς θα μπορούσα να δω κάποια πράγματα από μόνος μου. Ο δρόμος τον οποίο είχα κατεβεί ήταν η Ομοσπονδιακή Οδός. Δυτικά υπήρχαν οι οδοί με τις όμορφες παλιές κατοικίες – οι Μπρόουντ, Ουάσινγκτον, Λαφαγιέτ και Άνταμς, ενώ στα ανατολικά ήταν οι φτωχογειτονιές της ακτής. Στις φτωχογειτονιές αυτές κατά μήκος της Κεντρικής Οδού θα έβρισκα τις παλιές εκκλησίες της γεωργιανής περιόδου, μ' όλο που ήταν από καιρό εγκαταλειμμένες. Θα ήταν προτιμότερο να μη γίνεται κανείς πολύ αντιληπτός σε τέτοιες γειτονιές, ειδικά βόρεια του ποταμού, επειδή οι άνθρωποι στα μέρη εκείνα ήταν κακοδιάθετοι και εχθρικοί. Κάποιοι ξένοι, μάλιστα, είχαν εξαφανιστεί.

Όπως είχε μάθει ο ίδιος με σημαντικό προσωπικό κόστος, ορισμένα σημεία αποτελούσαν σχεδόν απαγορευμένη περιοχή. Για παράδειγμα, κανείς δεν έπρεπε να μένει πολλή ώρα κοντά στο εργοστάσιο των Μαρς, γύρω από τους ναούς που λειτουργούσαν ακόμα ή κοντά στο κτήριο του Τάγματος του Δάγωνα, στο Πάρκο της Νέας Εκκλησίας. Οι εκκλησίες εκείνες ήταν πολύ παράξενες και τα δόγματα στα οποία ανήκαν παλιά, απ' οποιοδήποτε σημείο του κόσμου κι αν προέρχονταν, τις είχαν αποκηρύξει. Απ' ό,τι φαίνεται, χρησιμοποιούσαν τα πιο αλλόκοτα είδη τελετουργιών και ιερατικών άμφιων. Τα πιστεύω τους, ετερόδοξα και μυστηριώδη, συμπεριλάμβαναν υποσχέσεις για θαυμαστές μεταμορφώσεις που οδηγούσαν σε ένα είδος αθανασίας του σώματος πάνω σε αυτήν τη γη. Ο πνευματικός του ίδιου του νεαρού, ο δρ Γουάλας από την Εκκλησία των Μεθοδιστών του Άρκαμ, του είχε συστήσει με κάθε σοβαρότητα να μη γίνει μέλος καμιάς από τις θρησκευτικές κοινότητες του Ίνσμουθ.

Όσο για τους ίδιους τους κατοίκους του Ίνσμουθ, ο νεαρός δεν ήξερε τι συμπεράσματα να βγάλει. Ήταν κρυψίνοες και σπάνια εμφανίζονταν, σαν να ήταν ζώα που ζούσαν σε λαγούμια. Δυσκολευόταν να υποθέσει με ποιον τρόπο ξόδευαν τον χρόνο τους, πέρα από τη μη συστηματική αλιεία. Ίσως όμως –αν έκρινε κανείς από τις ποσότητες των παράνομων ποτών που κατανάλωναν– να περνούσαν τις περισσότερες ώρες της μέρας μεθυσμένοι. Φαίνονταν να είναι όλοι συνδεμένοι μεταξύ τους σε κάποιο είδος αδελφότητας, περιφρονώντας τον υπόλοιπο κόσμο λες κι είχαν πρόσβαση σε διαφορετικές, εκλεκτότερες σφαίρες ύπαρξης. Η όψη τους, ειδικά εκείνα τα γουρλωτά μάτια που κανείς δεν τα έβλεπε ποτέ να κλείνουν, ήταν από μόνη της αρκετά αποκρουστική, μα κι οι φωνές τους ήταν αηδιαστικές. Ήταν φριχτό να τους ακούει κανείς να ψέλνουν μέσα στους ναούς τους τη νύχτα, ειδικά στη διάρκεια των σημαντικότερων γιορτών τους, οι οποίες ήταν δυο φορές τον χρόνο, στις 30 Απριλίου και στις 31 Οκτωβρίου.

Αγαπούσαν πολύ το νερό και κολυμπούσαν συχνά στο ποτάμι όσο και στο λιμάνι. Αγώνες κολύμβησης μέχρι τον Ύφαλο του Διαβόλου ήταν πολύ συνηθισμένοι και όλοι έμοιαζαν εξίσου ικανοί να συμμετέχουν σε αυτό το κουραστικό άθλημα. Σε γενικές γραμμές, μονάχα οι σχετικά νέοι εμφανίζονταν δημόσια, ενώ οι μεγαλύτεροι σε ηλικία διέθεταν τα περισσότερο αποκρουστικά χαρακτηριστικά. Οι εξαιρέσεις που παρουσιάζονταν ήταν κυρίως σε άτομα που δεν έφεραν πάνω τους ίχνη ανωμαλίας, όπως ο γέρος υπάλληλος του ξενοδοχείου. Ο νεαρός απορούσε με το τι απογίνονταν οι περισσότεροι ηλικιωμένοι και αναρωτιόταν μήπως η «όψη του Ίνσμουθ» δεν ήταν τίποτε άλλο από το σύμπτωμα μιας παράξενης και ύπουλης ασθένειας, που όλο χειροτέρευε με το πέρασμα των χρόνων.

Ασφαλώς, μόνο μια πολύ σπάνια αρρώστια θα μπορούσε να επιφέρει τόσο τεράστιες και ριζικές ανατομικές αλλαγές σε ένα άτομο μετά τη μέση ηλικία – αλλαγές που αφορούσαν ακόμα και βασικούς σκελετικούς παράγοντες όπως το σχήμα του κρανίου. Από την άλλη, όμως, ακόμα και αυτή η πλευρά του ζητήματος δεν ήταν πιο μπερδεμένη και ανήκουστη από τα άλλα ορατά σημάδια της αρρώστιας. Ο νεαρός πάντως άφησε να εννοηθεί πως ήταν πολύ δύσκολο να καταλήξει κανείς σε ξεκάθαρα συμπεράσματα πάνω στο θέμα, αφού κανείς δεν κατάφερνε να γνωρίσει τους ντόπιους σε προσωπικό επίπεδο, όσο καιρό κι αν ζούσε στο Ίνσμουθ.

Ο νέος ήταν σίγουρος πως πολλοί κάτοικοι της πόλης ήταν ακόμα χειρότεροι κι από τα χείριστα δείγματα όσων τριγύριζαν έξω και πιθανώς τους κρατούσαν κλειδωμένους στα σπίτια. Κάποιες φορές ακούγονταν οι πιο παράξενοι ήχοι. Οι ετοιμόρροπες τρώγλες της αποβάθρας βόρεια του ποταμού λεγόταν πως συνδέονταν με μυστικές σήραγγες, δημιουργώντας έτσι πραγματικά λαγούμια ενός αθέατου αφύσικου. Τι είδος ξένου αίματος είχαν μέσα τους –αν είχαν αίμα– ήταν αδύνατον να πει κανείς με βεβαιότητα. Μερικές φορές έκρυβαν ορισμένους από τους πιο αποκρουστικούς όμοιούς τους, όταν δημόσιοι αξιωματούχοι ή άλλα άτομα από τον έξω κόσμο επισκέπτονταν την κωμόπολη.

Ο πληροφοριοδότης μου με προειδοποίησε πως δεν θα με ωφελούσε σε τίποτα να ρωτήσω τους ντόπιους σχετικά με τον τόπο τους. Ο μοναδικός που θα μπορούσε να μου μιλήσει ήταν ένας πολύ ηλικιωμένος αλλά φυσιολογικός στην όψη άνδρας, ο οποίος ζούσε στο πτωχοκομείο της βόρειας άκρης της πόλης και περνούσε τον περισσότερο χρόνο του τριγυρνώντας ή καθισμένος κάπου γύρω από τον σταθμό της πυροσβεστικής. Ο γέρος αυτός, ο Ζάντοκ Άλεν, ήταν ενενήντα έξι χρονών και τα μυαλά του ήταν κάπως σαλεμένα, ενώ θεωρούνταν κι ο μεθύστακας της πόλης. Ήταν παράξενος και κρυψίνους, κοιτούσε συνεχώς πίσω απ' την πλάτη του σαν να φοβάται κάτι και αρνιόταν να μιλήσει σε οποιονδήποτε, αν δεν ήταν πιωμένος. Ωστόσο, δεν κατάφερνε ποτέ να αντισταθεί στην προσφορά του αγαπημένου του δηλητηρίου – κι όταν μεθούσε, ήταν δυνατό να αποκαλύψει ψιθυριστά τα πιο απίθανα κομμάτια από τις αναμνήσεις του.

Τελικά, βέβαια, δεν μπορούσε κανείς να κερδίσει απ' αυτόν κάποιες χρήσιμες πληροφορίες, αφού οι ιστορίες του αφορούσαν παράλογες, αποσπασματικές υπόνοιες απίστευτων θαυμάτων και τρόμων, που δεν θα ήταν δυνατό να έχουν άλλη προέλευση εκτός από τη σαλεμένη του φαντασία. Κανείς ποτέ δεν τον πίστευε, αλλά στους ντόπιους δεν άρεσε καθόλου να τον βλέπουν να πίνει και να μιλάει με ξένους. Έτσι, δεν ήταν πάντα ασφαλές να σε δει κάποιος να του κάνεις ερωτήσεις. Πιθανώς από αυτόν να προέρχονταν μερικές από τις πιο απίθανες λαϊκές διαδόσεις και φαντασιοπληξίες που κυκλοφορούσαν στον έξω κόσμο.

Αρκετοί από τους παρεπιδημούντες που δεν κατάγονταν από το Ίνσμουθ, είχαν αναφέρει κατά καιρούς τερατώδεις φευγαλέες εικόνες μα, με τις ιστορίες του γέρο-Ζάντοκ και τη δύσμορφη όψη των κατοίκων, δεν ήταν περίεργο που παρουσιάζονταν τέτοιου είδους ψευδαισθήσεις. Κανείς απ' όσους δεν ήταν ντόπιοι δεν έμενε έξω αργά τη νύχτα, γιατί υπήρχε η διαδεδομένη εντύπωση πως κάτι τέτοιο δεν ήταν ιδιαίτερα φρόνιμο. Εξάλλου, οι δρόμοι τα βράδια ήταν απελπιστικά σκοτεινοί.

Όσο για τις δουλειές – η αφθονία ψαριών ήταν σχεδόν απίστευτη, μα οι ντόπιοι την εκμεταλλεύονταν ολοένα και λιγότερο. Εξάλλου, οι τιμές έπεφταν και ο ανταγωνισμός μεγάλωνε. Η μόνη πραγματική επιχείρηση της κωμόπολης ήταν ασφαλώς το εργοστάσιο, του οποίου τα γραφεία βρίσκονταν στην πλατεία, μόλις μερικές πόρτες πιο ανατολικά από το σημείο όπου βρισκόμασταν. Ο γέρο-Μαρς δεν εμφανιζόταν ποτέ εκεί, αλλά μερικές φορές τον έβλεπαν να πηγαίνει στο εργοστάσιο μέσα σε ένα κλειστό αυτοκίνητο με καλυμμένα παράθυρα.

Υπήρχαν κάθε είδους φήμες σχετικά με την όψη του Μαρς τα τελευταία χρόνια. Κάποτε ήταν μεγάλος δανδής και οι άνθρωποι έλεγαν πως φορούσε ακόμα τα κομψά φράκα της εποχής του βασιλιά Εδουάρδου, περίεργα προσαρμοσμένα σε ορισμένες δυσμορφίες του. Ο γιος του μέχρι πρότινος διεύθυνε τα γραφεία στην πλατεία, μα τον τελευταίο καιρό εμφανιζόταν κι αυτός πολύ σπάνια, αφήνοντας τη διαχείριση των υποθέσεων στη νεότερη γενιά. Τα παιδιά του, γιοι και κόρες, είχαν αρχίσει να παίρνουν πολύ αλλόκοτη όψη, ειδικά τα πιο μεγάλα σε ηλικία· έλεγαν πως η υγεία τους είχε πάρει την κάτω βόλτα.

Μια από τις θυγατέρες του Μαρς ήταν μια αποκρουστική γυναίκα με ερπετοειδή όψη, που φορούσε πλήθος από εξωτικά κοσμήματα, προφανώς παρόμοιας τεχνοτροπίας με κείνη στην οποία ανήκε το παράξενο διάδημα. Ο πληροφοριοδότης μου τα είχε δει ο ίδιος πολλές φορές και είχε ακούσει να λένε πως προέρχονταν από κάποιο κρυμμένο θησαυρό, που ανήκε είτε σε πειρατές είτε σε δαίμονες. Οι κληρικοί –ή όπως τέλος πάντων τους αποκαλούσαν πια– φορούσαν επίσης παρόμοια στολίδια σαν μίτρες, παρ' ότι σπάνια τους έβλεπε κανείς και πάντα από μακριά. Ο νεαρός δεν είχε δει άλλα δείγματα αυτού του θησαυρού, όμως λεγόταν πως υπήρχαν πολλά σε όλο το Ίνσμουθ.

Οι Μαρς, μαζί με τις άλλες τρεις αριστοκρατικές οικογένειες της κωμόπολης, τους Γουέιτ, τους Γκίλμαν και τους Έλιοτ, είχαν αποσυρθεί σχεδόν εντελώς από την ενεργό δράση. Ζούσαν σε τεράστιες επαύλεις κατά μήκος της οδού Ουάσινγκτον, ενώ υπήρχαν διαδόσεις πως έκρυβαν εκεί και ορισμένους ζωντανούς συγγενείς με όψη που απαγόρευε κάθε δημόσια εμφάνιση, των οποίων οι θάνατοι είχαν αναφερθεί και καταγραφεί στο ληξιαρχείο.

Προειδοποιώντας με πως πολλές από τις πινακίδες των δρόμων είχαν φύγει από τη θέση τους, ο νεαρός μού σχεδίασε έναν πρόχειρο αλλά ικανοποιητικό και λεπτομερή χάρτη των κυριότερων σημείων της πόλης. Ρίχνοντάς του μια ματιά, βεβαιώθηκα πως θα με βοηθούσε πάρα πολύ και έτσι τον έβαλα στην τσέπη μου εκφράζοντας τις βαθιές μου ευχαριστίες. Έχοντας αντιπαθήσει τη μουντή όψη του μοναδικού εστιατορίου που είδα, αγόρασα κάμποσα κράκερς με τυρί και μπισκότα με πιπερόριζα για να φάω σαν μεσημεριανό. Αποφάσισα πως το πρόγραμμα που θα ακολουθούσα θα ήταν να περιδιαβώ τους κεντρικούς δρόμους, να μιλήσω με οποιονδήποτε περαστικό θα έκρινα πως δεν ήταν ντόπιος και να πάρω το λεωφορείο των οκτώ για το Άρκαμ. Διέκρινα πια ότι η πόλη αποτελούσε ένα σοβαρό και ακραίο παράδειγμα κοινωνικής αποσύνθεσης, αλλά αφού δεν ήμουν κοινωνιολόγος θα περιόριζα τις σοβαρές παρατηρήσεις μου στον χώρο της αρχιτεκτονικής.

Ξεκίνησα, λοιπόν, τη συστηματική αν και επιφυλακτική μου περιήγηση στους στενούς, ισκιωμένους δρόμους του Ίνσμουθ. Διασχίζοντας τη γέφυρα και κατευθυνόμενος προς το μέρος απ' όπου ερχόταν το μουγκρητό του χαμηλότερου καταρράχτη, πέρασα κοντά από το εργοστάσιο των Μαρς, το οποίο φαινόταν να είναι παράξενα απαλλαγμένο από τον αναμενόμενο θόρυβο των μηχανών. Το κτήριο ήταν κτισμένο πάνω στην απότομη όχθη του ποταμού, κοντά σε μια γέφυρα και μια διασταύρωση δρόμων που θεώρησα πως θα έπρεπε να αποτελούσαν το πρώτο κέντρο της πόλης, το οποίο μετά την Επανάσταση είχε αντικατασταθεί από την τωρινή Κεντρική Πλατεία.

Ξαναπερνώντας τη ρεματιά από τη γέφυρα της Κεντρικής Οδού, βρέθηκα σε μια περιοχή απόλυτης ερήμωσης που κατά κάποιον τρόπο με έκανε να ριγήσω. Οι μισογκρεμισμένες επικλινείς στέγες δημιουργούσαν μια ακανόνιστη, απίθανη κορυφογραμμή στον ορίζοντα, πάνω από την οποία ξεχώριζε το εφιαλτικό, αποκεφαλισμένο καμπαναριό μιας παμπάλαιας εκκλησίας. Κάποια σπίτια της Κεντρικής Οδού κατοικούνταν, μα τα περισσότερα ήταν σφραγισμένα με σανίδες. Σε άστρωτους παράδρομους διέκρινα εγκαταλειμμένες τρώγλες με παράθυρα που έχασκαν, οι οποίες έγερναν σε επικίνδυνες και απίθανες γωνίες εξαιτίας της καθίζησης μέρους των θεμελίων τους. Τα παράθυρά τους αυτά με κοιτούσαν τόσο απειλητικά, ώστε χρειάστηκα όλο μου το θάρρος για συνεχίσω ανατολικά προς την αποβάθρα. Σίγουρα η φρίκη ενός εγκαταλειμμένου σπιτιού αυξάνεται με γεωμετρική και όχι αριθμητική πρόοδο, καθώς τα έρημα οικήματα πολλαπλασιάζονται για να δημιουργήσουν μια πόλη όπου κυριαρχεί η απόλυτη ερήμωση. Το θέαμα τούτων των ατέλειωτων λεωφόρων θαμπής κενότητας και θανάτου, και η σκέψη όλων αυτών των αλληλοσυνδεόμενων σειρών από μαύρες μελαγχολικές κατοικίες παραδομένες στους ιστούς της αράχνης, στις αναμνήσεις και το σαράκι, δημιουργούν αρχέγονους φόβους και αποστροφή που ακόμα και η πιο ακλόνητη φιλοσοφία δεν μπορεί να διαλύσει.

Η οδός Ψαριών ήταν τόσο έρημη όσο κι η Κεντρική Οδός, παρ' ότι διέφερε επειδή διέθετε πολλές αποθήκες από τούβλο και πέτρα, που βρίσκονταν ακόμα σε εξαιρετική κατάσταση. Ο οδός Νερού ήταν σχεδόν αντίγραφό της, μόνο που εκεί υπήρχαν μεγάλα κενά προς τη μεριά της θάλασσας, στο σημείο όπου υπήρχαν κάποτε αποβάθρες. Δεν είδα ζωντανό πλάσμα πέρα από ψαράδες σκόρπιους στον μακρινό κυματοθραύστη και δεν άκουσα άλλον ήχο εκτός από το γλείψιμο των κυμάτων της παλίρροιας στο λιμάνι και το μουγκρητό των καταρρακτών του Μανουξέτ. Δεδομένου ότι η πόλη αυτή είχε αρχίσει να με εκνευρίζει ολοένα περισσότερο, κοίταξα πίσω μου φευγαλέα την ώρα που περνούσα με προσοχή πάνω από την ετοιμόρροπη γέφυρα της οδού Νερού. Η γέφυρα τής, σύμφωνα με τον χάρτη του νεαρού, οδού Ψαριών, ήταν γκρεμισμένη.

Βόρεια του ποταμού υπήρχαν κάποια ίχνη άθλιας ζωής –εργαστήρια συσκευασίας ψαριών στην οδό Νερού, καμινάδες που κάπνιζαν και μπαλωμένες στέγες εδώ κι εκεί, κάποιοι ήχοι οι οποίοι έρχονταν κατά διαστήματα από απροσδιόριστες πηγές και ελάχιστες μορφές που έσερναν το βήμα τους μέσα στους κακοδιατηρημένους δρόμους ή τους χωματόδρομους– όμως μου φαινόταν πως όλα τούτα έκαναν το μέρος ακόμα πιο καταθλιπτικό, παρ' ότι η εγκατάλειψη το νότιο τμήμα της πόλης. Κατ' αρχάς, οι άνθρωποι εδώ ήταν ακόμα πιο άσχημοι και δύσμορφοι απ' όσους είχα δει κοντά στο κέντρο της πόλης, έτσι ώστε αρκετές φορές μου έφερναν στον νου κάτι εντελώς φανταστικό, το οποίο δεν μπορούσα να προσδιορίσω απόλυτα. Σίγουρα το ξένο αίμα των κατοίκων του Ίνσμουθ ήταν περισσότερο εδώ απ' ό,τι πιο κοντά στο κέντρο – εκτός κι αν τελικά η «όψη του Ίνσμουθ» οφειλόταν σε ασθένεια και όχι στην καταγωγή. Σε μια τέτοια περίπτωση, η γειτονιά εκείνη ίσως να φιλοξενούσε τις περισσότερο προχωρημένες περιπτώσεις ασθενών.

Μια λεπτομέρεια που με ενοχλούσε ήταν η κατανομή των λιγοστών αδύναμων ήχων που έφταναν μέχρι τ' αφτιά μου. Κανονικά θα έπρεπε να έρχονται μόνο από τα σπίτια που έδειχναν κατοικημένα, αλλά στην πραγματικότητα ακούγονταν συχνά δυνατότεροι πίσω από τις πιο καλά αμπαρωμένες προσόψεις. Ακούγονταν τριξίματα, σουρσίματα και βραχνοί ήχοι αμφίβολης προέλευσης. Σκέφτηκα νευρικά τις κρυφές σήραγγες για τις οποίες είχε μιλήσει το αγόρι στο παντοπωλείο. Ξαφνικά, άρχισα να αναρωτιέμαι πώς ήταν οι φωνές των κατοίκων της περιοχής. Δεν είχα ακούσει ακόμα καμιά ανθρώπινη ομιλία σ' εκείνη τη συνοικία και αισθανόμουν μια ανεξήγητη, αγχώδη επιθυμία να μην ακούσω ποτέ.

Σταματώντας μόνο για λίγο να δω τις θαυμάσιες αλλά ερειπωμένες, παλιές εκκλησίες στην Κεντρική Οδό και στην οδό Ναών, απομακρύνθηκα βιαστικά από την αποκρουστική φτωχογειτονιά της αποβάθρας. Ο επόμενος λογικός προορισμός μου θα έπρεπε να ήταν η Νέα Εκκλησία, μα για κάποιο λόγο δεν άντεχα να ξαναπεράσω μπροστά από τον ναό, στο ημιυπόγειο του οποίου είχα αντικρίσει φευγαλέα την ανεξήγητα τρομακτική μορφή του ιερέα ή πάστορα με την παράξενη μίτρα. Εξάλλου, ο νεαρός από το παντοπωλείο μού είχε πει πως οι ναοί, όπως και το κτήριο του Τάγματος του Δάγωνα, δεν ήταν μέρη τα οποία αποτελούσε ένδειξη φρονιμάδας να επισκέπτονται ξένοι.

Ακολουθώντας αυτήν τη συμβουλή, λοιπόν, έμεινα βόρεια στην Κεντρική Οδό μέχρι την οδό Μάρτιν και μετά στράφηκα πάλι προς την ενδοχώρα, διασχίζοντας με ασφάλεια την Ομοσπονδιακή Οδό βόρεια της Γκριν και μπαίνοντας στην αριστοκρατική παρ' ότι παρακμασμένη συνοικία που όριζαν οι οδοί Μπρόουντ, Ουάσινγκτον, Λαφαγιέτ και Άνταμς. Αν και εκείνες οι εντυπωσιακές παλιές λεωφόροι ήταν παραμελημένες, η μεγαλοπρέπεια που σκίαζαν οι ψηλές φτελιές δεν είχε χαθεί εντελώς. Η μια έπαυλη μετά την άλλη διεκδικούσε την προσοχή μου, οι περισσότερες ερειπωμένες και σφραγισμένες, με παραμελημένους κήπους, όμως μια ή δυο σε κάθε δρόμο έδειχναν σημάδια πως κατοικούνταν. Στην οδό Ουάσινγκτον υπήρχε μια σειρά από τέσσερις ή πέντε σε εξαιρετική κατάσταση, με όμορφα φροντισμένους χλοτάπητες και κήπους. Η πιο πολυτελής από αυτές –με φαρδιά κλιμακωτά παρτέρια που έφταναν μέχρι πίσω στην οδό Λαφαγιέτ– υπέθεσα πως ήταν η κατοικία του γέρο-Μαρς, του άρρωστου ιδιοκτήτη του εργοστασίου χρυσού.

Σε όλους εκείνους τους δρόμους δεν συνάντησα ούτε ένα ζωντανό πλάσμα, ενώ απόρησα με την πλήρη απουσία γατιών και σκυλιών από το Ίνσμουθ. Ένα άλλο πράγμα που με έκανε να απορώ και με ενοχλούσε, ήταν πως ακόμα και σε μερικές από τις πιο καλοδιατηρημένες επαύλεις πολλά παράθυρα στον τρίτο όροφο και στις σοφίτες ήταν σφαλισμένα. Η κρυψίνοια και η μυστικοπάθεια φαίνονταν να είναι απλωμένες παντού σε κείνη τη σιωπηλή πόλη των αλλόκοτων συνηθειών και του θανάτου, ενώ δεν μπορούσα να αποδιώξω την αίσθηση πως από κάθε πλευρά του δρόμου με κρυφοκοίταζαν ύπουλα, αγριωπά μάτια που δεν έκλειναν ποτέ.

Ρίγησα καθώς άκουσα ένα παλιό ρολόι από κάποιο καμπαναριό στα αριστερά μου να χτυπάει τρεις. Θυμούμενος πολύ καλά τον χαμηλό ναό από τον οποίο έρχονταν τούτες οι νότες, πήρα την οδό Ουάσινγκτον προς το ποτάμι και βρέθηκα ξαφνικά μπροστά σε μια καινούργια ζώνη, που κάποτε ήταν αφιερωμένη στη βιομηχανία και στο εμπόριο· παρατήρησα τα χαλάσματα ενός εργοστασίου μπροστά και διέκρινα άλλα πιο πέρα, καθώς επίσης τα ίχνη ενός παλιού σιδηροδρομικού σταθμού και μια σκεπαστή σιδηροδρομική γέφυρα στη ρεματιά στα δεξιά μου.

Η γέφυρα μπροστά μου είχε μια πινακίδα που προειδοποιούσε πως ήταν επικίνδυνη, μα εγώ το ρισκάρισα και πέρασα ξανά στη νότια όχθη, όπου τα ίχνη της ζωής επανεμφανίστηκαν. Πλάσματα που έσερναν μουλωχτά τα βήματά τους με κάρφωναν με μυστηριώδη βλέμματα, ενώ πιο φυσιολογικά πρόσωπα με κοιτούσαν με ψυχρότητα και περιέργεια. Το Ίνσμουθ είχε γίνει πια ανυπόφορο για μένα κι έτσι έστριψα στην οδό Πέιν και κατευθύνθηκα προς την πλατεία, με την ελπίδα πως θα έβρισκα κάποιο όχημα για να με πάει στο Άρκαμ, αφού η ώρα αναχώρησης του αποκρουστικού λεωφορείου αργούσε ακόμα πολύ.

Τότε ήταν που είδα τον ετοιμόρροπο σταθμό της πυροσβεστικής στ' αριστερά μου και πρόσεξα τον ρακένδυτο γέρο με το κόκκινο πρόσωπο, το φουντωτό γένι και τα θαμπά μάτια, ο οποίος καθόταν σε ένα παγκάκι μπροστά στον σταθμό και μιλούσε με δυο ατημέλητους, αλλά όχι παραμορφωμένους πυροσβέστες. Τούτος, ασφαλώς, θα ήταν ο Ζάντοκ Άλεν, ο μισότρελος, μέθυσος υπερήλικας του οποίου οι ιστορίες σχετικά με το παλιό Ίνσμουθ και τις σκιές του ήταν τόσο φριχτές κι απίστευτες.

III

Κάποιο διεστραμμένο δαιμόνιο ή κάποια σαρδόνια παρόρμηση απόκρυφης και σκοτεινής προέλευσης με έκανε να αλλάξω τα σχέδιά μου. Αρχικά ήμουν αποφασισμένος να περιορίσω τις παρατηρήσεις μου μόνο στην αρχιτεκτονική και ήδη κατευθυνόμουν βιαστικά προς την κεντρική πλατεία, σε μια προσπάθεια να βρω γρήγορα κάποιο μεταφορικό μέσο που θα με έπαιρνε μακριά από εκείνη τη βρομερή πόλη του θανάτου και της αποσύνθεσης. Η θέα του γέρο-Ζάντοκ, όμως, δημιούργησε νέα ρεύματα μέσα στον νου μου και μ' έκανε να κόψω βήμα γεμάτος αβεβαιότητα.

Το αγόρι με είχε διαβεβαιώσει πως ο γέρος δεν έκανε τίποτε άλλο από το να επαναλαμβάνει άσχετους, αποσπασματικούς κι απίθανους θρύλους, και πως στους ντόπιους δεν θα άρεσε καθόλου αν με έβλεπαν να μιλάω μαζί του. Ωστόσο, η σκέψη πως τούτος ο ηλικιωμένος άνδρας είχε σταθεί μάρτυρας της παρακμής της πόλης και διέθετε αναμνήσεις που έφταναν πίσω στους αλλοτινούς καιρούς των πλοίων και των εργοστασίων, ήταν ένα δέλεαρ από το οποίο καμιά λογική δεν θα μπορούσε να με αποτρέψει. Στο κάτω-κάτω, οι πιο παράξενοι και απίθανοι μύθοι συχνά ήταν απλά σύμβολα αλληγοριών βασισμένων στην αλήθεια – και ο γέρο-Ζάντοκ θα έπρεπε να σταθηκε μάρτυρας σε οτιδήποτε είχε συμβεί στην περιοχή του Ίνσμουθ τα τελευταία ενενήντα χρόνια. Η περιέργεια φούντωσε πέρα από κάθε λογική ή επιφύλαξη και, μέσα στη νεανική αλαζονεία μου, πίστεψα πως θα μπορούσα να κοσκινίσω έναν πυρήνα αληθινής ιστορίας από τις μπερδεμένες και παραφουσκωμένες κουβέντες που θα του αποσπούσα με τη βοήθεια του σπιτικού ουίσκι.

Ήξερα πως δεν μπορούσα να του μιλήσω εκεί, επειδή οι πυροσβέστες σίγουρα θα με έβλεπαν και δεν θα το επικροτούσαν τούτο. Σκέφτηκα, λοιπόν, πως θα ήταν καλύτερα να εξασφαλίσω λίγο παράνομο αλκοόλ σε ένα μέρος όπου το αγόρι του παντοπωλείου μου είχε πει πως υπήρχε άφθονο. Ύστερα θα παραμόνευα δήθεν αδιάφορα κοντά στον σταθμό και θα πλησίαζα τον γέρο-Ζάντοκ όταν θα ξεκινούσε μια από τις συχνές περιπλανήσεις του. Ο νεαρός είχε πει πως ήταν πολύ ανήσυχος και σπάνια καθόταν στον σταθμό για περισσότερο από μια ή δυο ώρες κάθε φορά.

Αγόρασα εύκολα, αν κι όχι φτηνά, ένα μικρό μπουκάλι ουίσκι στο πίσω μέρος κάποιου άθλιου ψιλικατζίδικου στην οδό Έλιοτ, λίγο πιο πέρα από την Κεντρική Πλατεία. Ο βρόμικος τύπος που με εξυπηρέτησε, είχε στο πρόσωπό του κάτι από την «όψη του Ίνσμουθ», αλλά με τον τρόπο του ήταν πολύ ευγενικός· ίσως να ήταν συνηθισμένος να έχει ως πελάτες γλεντζέδες ξένους –φορτηγατζήδες, έμπορους χρυσού και τα παρόμοια– που περνούσαν κατά καιρούς από την κωμόπολη.

Επιστρέφοντας στην πλατεία είδα πως είχα την τύχη με το μέρος μου, επειδή από την οδό Πέιν, στη γωνία του ξενοδοχείου Γκίλμαν, είδα να ξεπροβάλλει η ψηλή, ξερακιανή, ρακένδυτη μορφή του γέρο-Ζάντοκ Άλεν. Εφαρμόζοντας το σχέδιό μου, τράβηξα την προσοχή του κραδαίνοντας ψηλά τη μποτίλια που μόλις είχα αγοράσει. Σύντομα διαπίστωσα πως είχε αρχίσει να σέρνει κουρασμένα το βήμα του ξοπίσω μου, ενώ εγώ βάδιζα στην οδό Γουέιτ με κατεύθυνση την πιο έρημη περιοχή που μπορούσα να σκεφτώ.

Χαράζοντας πορεία σύμφωνα με τον χάρτη που μου είχε φτιάξει ο νεαρός στο παντοπωλείο, όρισα ως προορισμό μου τον εντελώς εγκαταλειμμένο χώρο της νότιας αποβάθρας, την οποία είχα και προηγουμένως επισκεφθεί. Τους μοναδικούς ανθρώπους που είχα δει εκεί ήταν οι ψαράδες στον μακρινό κυματοθραύστη, μα πηγαίνοντας μερικά οικοδομικά τετράγωνα νοτιότερα θα μπορούσα να χαθώ κι από τα δικά τους μάτια, βρίσκοντας ένα μέρος να καθίσω σε κάποια έρημη αποβάθρα, όπου θα ήμουν ελεύθερος να θέσω απαρατήρητος ερωτήματα στον γέρο-Ζάντοκ για όση ώρα ήθελα. Πριν φτάσω στη Κεντρική Οδό, όμως, άκουσα ένα αδύναμο και λαχανιασμένο «Έι, κύριος!» πίσω μου και τότε επέτρεψα στον γέρο να με προλάβει και να πιει αχόρταγα από το μικρό μπουκάλι.

Είχα τα μάτια μου δεκατέσσερα καθώς περπατούσαμε μέσα στην πανταχού παρούσα εγκατάλειψη και τα χαλάσματα που έγερναν σε απίθανες γωνίες, διαπιστώνοντας επίσης πως η γέρικη γλώσσα του δεν λυνόταν όσο γρήγορα περίμενα. Τελικά διέκρινα ένα χορταριασμένο άνοιγμα προς τη θάλασσα, ανάμεσα σε ετοιμόρροπους τούβλινους τοίχους και με ένα κομμάτι αποβάθρας από χώμα και πέτρα, σκεπασμένο από βρύα, να προεξέχει πέρα απ' αυτό. Σωροί από χορταριασμένες πέτρες κοντά στο νερό υπόσχονταν υποφερτά καθίσματα και μια ερειπωμένη αποθήκη στον Βορρά μάς προστάτευε από κάθε αδιάκριτο βλέμμα. Συλλογιζόμενος πως θα ήταν το ιδανικό μέρος για μια μεγάλη, ιδιαίτερη συζήτηση, οδήγησα τον συνοδοιπόρο μου μέσ' από το άνοιγμα και διάλεξα κάποια σημεία για να καθίσουμε πάνω στα βρύα. Η ατμόσφαιρα θανάτου και εγκατάλειψης ήταν τρομακτική και η μυρωδιά της ψαρίλας σχεδόν ανυπόφορη, μα ήμουν αποφασισμένος να μην αφήσω τίποτα να με αποτρέψει.

Μου έμεναν κάπου τέσσερις ώρες για συζήτηση, αν ήθελα να προλάβω το λεωφορείο των οκτώ για το Άρκαμ, οπότε άρχισα να δίνω ολοένα πιοτό στον γέρο-μεθύστακα, ενώ στο μεταξύ έτρωγα κι εγώ το λιτό μου γεύμα. Πρόσεχα βέβαια να μην το παρακάνω, εφόσον δεν ήθελα η φλυαρία που θα του προκαλούσε το αλκοόλ να καταλήξει σε λήθαργο. Μετά από μια ώρα η κρυψίνοια και η λακωνικότητά του έδειξαν σημάδια υποχώρησης, αλλά προς απογοήτευσή μου συνέχιζε να αποφεύγει να απαντήσει άμεσα στις ερωτήσεις μου σχετικά με τον Ίνσμουθ και το στοιχειωμένο παρελθόν του. Φλυαρούσε συνεχώς για σύγχρονα θέματα, αποκαλύπτοντας μια ευρεία γνώση των ειδήσεων των εφημερίδων και μια μεγάλη τάση να φιλοσοφεί με ένα επαρχιώτικο, βαρύγδουπο ύφος.

Προς το τέλος της δεύτερης ώρας φοβόμουν πως το λίτρο του ουίσκι δεν θα ήταν αρκετό για να δώσει αποτελέσματα και αναρωτήθηκα μήπως έπρεπε να αφήσω τον γέρο-Ζάντοκ και να πάω να αγοράσω κι άλλο. Όμως, ακριβώς εκείνη τη στιγμή η τύχη δημιούργησε το άνοιγμα το οποίο οι ερωτήσεις μου δεν είχαν κατορθώσει να πετύχουν: τα λαχανιαστά μουρμουρητά του γέρου πήραν μια χροιά που με έκανε να σκύψω μπροστά και να τον ακούσω με μεγάλη προσοχή. Εγώ είχα την πλάτη στραμμένη προς τη δύσοσμη θάλασσα μα εκείνον, καθώς κοίταζε προς το μέρος της, κάτι τον έκανε να καρφώσει το περιπλανώμενο βλέμμα του στη χαμηλή, μακρινή γραμμή του Ύφαλου του Διαβόλου, ο οποίος ξεχώριζε ολοκάθαρα και σχεδόν γοητευτικά πάνω από τα κύματα. Το θέαμα φαίνεται ότι τον δυσαρέστησε, γιατί βάλθηκε να εκτοξεύει μια σειρά από αδύναμες κατάρες που κατέληξαν σε έναν εμπιστευτικό ψίθυρο κι ένα μειδίαμα γεμάτο κρυφό νόημα. Έσκυψε προς το μέρος μου, με έπιασε από το πέτο του σακακιού μου και πέταξε κάποια υπονοούμενα που η ερμηνεία τους μου φάνηκε ολοκάθαρη.

«Από κει κίνησαν όλα... από αυτό τον καταραμένο τόπο του κακού, εκεί όπου ξεκινούν τα βαθιά νερά. Είναι μια πύλη για την Κόλαση – μια άπατη άβυσσος που κανένα βαρίδι δεν μπορεί να βυθομετρήσει. Ο γέρο-καπετάν Όμπεντ το έκανε, εκείνος που πήγε και βρήκε στα νησιά της Νότιας Θάλασσας πιο πολλά πράματα απ' ότι θα ήταν καλό γι' αυτόν.

»Όλα πήγαιναν χάλια εκείνη την εποχή. Το εμπόριο είχε πέσει, οι μύλοι έχαναν τις δουλειές τους, ακόμα κι οι καινούργιοι, και τα καλύτερα παλληκάρια μας είχαν σκοτωθεί πολεμώντας σαν κουρσάροι στον Πόλεμο του 1812 ή είχαν χαθεί με το μπρίκι *Ελίζι* και τη φορτηγίδα *Ρέιντζερ* – καράβια και τα δυο των Γκίλμαν. Ο Όμπεντ Μαρς είχε τότε τρία καράβια στη θάλασσα: το μπριγκαντίνι *Κολόμπι*, το μπρίκι *Χέφτι* και το μπάρκο *Βασίλισσα της Σουμάτρας*. Ήταν ο μόνος που έκανε εμπόριο με τις Ανατολικές Ινδίες και τον Ειρηνικό, παρ' όλο που το μπαρκομπέστι του Έσντρας Μάρτιν, η *Νύφη της Μαλαισίας*, έκανε ταξίδια μέχρι και το 1828.

»Ουδέποτε υπήρξε κανείς σαν τον καπετάν Όμπεντ – ήταν πραγματικά διαόλου κάλτσα! Τον θυμάμαι που μιλούσε για τους ξένους τόπους και αποκαλούσε τους ανθρώπους χαζούς, γιατί πήγαιναν σε χριστιανικές εκκλησίες και υπόφεραν τα βάρη της ζωής αγόγγυστα και ταπεινά. Έλεγε πως θα ήταν προτιμότερο να βρίσκαν καλύτερους θεούς, όπως έκαναν κάποιοι στις Ινδίες, θεούς που θα μπορούσαν να τους δώσουν καλές ψαριές με αντάλλαγμα θυσίες και που θα ακούγανε στ' αλήθεια τις προσευχές των πιστών τους.

»Ο Ματ Έλιοτ, ο υποπλοίαρχός του, μιλούσε κι αυτός πολύ, μόνο που εκείνος δεν ήθελε οι ντόπιοι να κάνουν ειδωλολατρικά πράματα. Διηγόταν για ένα νησί ανατολικά της Ταϊτής, όπου υπήρχαν πολλά πέτρινα ερείπια παλιότερα από κάθε εποχή απ' όσες μπορούσε να φτάσει η θύμηση οποιουδήποτε. Έλεγε πως έμοιαζαν με κείνα που έβρισκες στο Ποναπέ, στις Καρολίνες, όμως τούτα με σκαλισμένα πρόσωπα όμοια με των πελώριων αγαλμάτων στο Νησί του Πάσχα. Υπήρχε κι ένα μικρό ηφαιστειογενές νησί εκεί κοντά, όπου συναντούσες άλλα ερείπια με διαφορετικά ανάγλυφα· – ερείπια φαγωμένα σαν να είχαν παραμείνει πολύ καιρό κάτω από τη θάλασσα και με εικόνες τρομερών τεράτων σκαλισμένες παντού επάνω τους.

»Το λοιπόν, κύριε, ο Ματ έλεγε πως οι ντόπιοι εκεί έπιαναν όσα ψάρια θέλανε κι ακόμα πως φορούσαν βραχιόλια στους καρπούς και στα μπράτσα και κορώνες, όλα καμωμένα από ένα παράξενο είδος χρυσαφιού, σκεπασμένα με σκαλιστά τέρατα ακριβώς όμοια με κείνα που υπήρχαν στα ερείπια του μικρού νησιού: βάτραχοι σαν ψάρια ή ψάρια σαν βάτραχοι, που τα κορμιά τους έπαιρναν ένα σωρό ανθρώπινες στάσεις. Κανείς δεν μπορούσε να μάθει πού είχανε βρει αυτά τα στολίδια, κι όλοι οι άλλοι ιθαγενείς αναρωτιόντουσαν πώς τα κατάφερναν να πιάνουν τόσα ψάρια, ακόμα κι όταν στο διπλανό νησί οι γείτονές τους δεν έπιαναν σχεδόν τίποτα. Ο Ματ είχε αρχίσει να παραξενεύεται κι αυτός, όπως κι ο καπετάν Όμπεντ. Ο Όμπεντ όμως πρόσεξε πως πολλοί όμορφοι νεαροί εξαφανίζονταν για πάντα κάθε χρονιά. Ακόμα, είδε πως κάποιοι από τους ιθαγενείς φαινόντουσαν πολύ αλλόκοτοι, ακόμα και για τη φυλή των Κανάκι.

»Ο Όμπεντ κατόρθωσε τελικά να ξεκολλήσει την αλήθεια από τους ειδωλολάτρες. Δεν ξέρω πώς τα κατάφερε, πάντως άρχισε να αγοράζει απ' αυτούς τα χρυσά στολίδια που φορούσαν. Τους ρωτούσε πού τα είχαν ξετρυπώσει και αν μπορούσαν να βρουν κι άλλα, ώσπου τελικά ξεσκεπάστηκε η ιστορία από έναν ηλικιωμένο φύλαρχο που λεγόταν Γουαλακέα. Κανένας εκτός από τον Όμπεντ δεν θα πίστευε ποτέ τα λόγια του γερο-διάβολου, αλλά ο καπετάνιος μπορούσε να διαβάζει τους ανθρώπους σαν βιβλία. Χε, χε! Ούτε κι εμένα με παίρνει στα σοβαρά κανένας όταν τους τα κοπανάω, και μου φαίνεται πως ούτε εσύ θα με πιστέψεις, νεαρέ, παρ' ότι τώρα που σε καλοκοιτάζω μου φαίνεται πως έχεις τα διαπεραστικά μάτια του Όμπεντ».

Καθώς οι ψίθυροι του γέρου έγιναν πιο αχνοί, ρίγησα με την τρομερή κι ειλικρινή σοβαρότητα της φωνής του, μ' όλο που ταυτόχρονα θεωρούσα πως η ιστορία του δεν θα μπορούσε να είναι τίποτε άλλο παρά φαντασιοπληξίες ενός μεθύστακα.

«Λοιπόν, κύριε, ο Όμπεντ έμαθε πως υπάρχουν πράματα πάνω σε τούτη τη γη, που οι περισσότεροι άνθρωποι δεν έχουν ιδέα γι' αυτά – ακόμα κι ο ίδιος δεν πίστευε σε όλα όσα άκουγε. Φαίνεται πως οι Κανάκι θυσιάζανε ένα σωρό νεαρούς και κοπέλλες σε κάτι θεϊκά πλάσματα που ζούσαν κάτω από τη θάλασσα και σε αντάλλαγμα εκείνα τους έκαναν κάθε λογής χάρες. Τα συναντούσαν πάνω στο μικρό νησί με τα παράξενα ερείπια και, όπως αποδείχτηκε, οι φριχτές εικόνες των τεράτων που έμοιαζαν με βάτραχους και ψάρια μαζί, ήταν απεικονίσεις αυτών των πλασμάτων. Από κάτι τέτοια πλάσματα μπορεί να ξεκίνησαν κι οι ιστορίες για τις γοργόνες.

»Είχαν κάθε είδους πόλεις στον πάτο της θάλασσας, ενώ το νησί εκείνο τελικά αποδείχτηκε ότι είχε ξεπροβάλει από τα νερά. Μάλλον μερικά από τούτα τα πλάσματα ήταν ζωντανά μέσα στα πέτρινα κτήρια, όταν το νησί βγήκε ξαφνικά στην επιφάνεια. Έτσι οι Κανάκι κατάλαβαν την ύπαρξή τους. Συνεννοήθηκαν με νοήματα μόλις τους πέρασε ο πρώτος φόβος και πριν περάσει πολύς καιρός έκλεισαν μαζί τους μια συμφωνία.

»Στα πλάσματα αυτά άρεσαν οι ανθρωποθυσίες. Τις δέχονταν πριν από αιώνες, αλλά κάποτε είχαν χάσει την επαφή με τον πάνω κόσμο. Δεν ξέρω να πω τι ακριβώς έκαναν στα θύματά τους, μάλλον όμως κι ο Όμπεντ δεν είχε μεγάλη όρεξη να ρωτήσει. Όπως και να 'ναι, το αίτημα των ανθρωποθυσιών δεν πείραξε καθόλου τους ειδωλολάτρες, μια και περνούσαν τότε δύσκολα και είχαν απελπιστεί από τα πάντα. Άρχισαν λοιπόν να προσφέρουν κάποιους από τους νέους τους στα θαλασσινά πλάσματα δυο φορές τον χρόνο –παραμονή Πρωτομαγιάς και παραμονή των Αγίων Πάντων– με μεγάλη προθυμία. Μαζί, τους προσέφεραν και κάποια από τα σκαλιστά μπιχλιμπίδια που έφτιαχναν. Τα πλάσματα συμφώνησαν σε αντάλλαγμα να τους δίνουν άφθονα ψάρια, που τα έφερναν σε κοπάδια απ' όλη τη θάλασσα, ενώ κάπου-κάπου τους χάριζαν και μερικά χρυσά κοσμήματα.

»Όπως είπα, λοιπόν, οι ιθαγενείς συναντούσαν τα πλάσματα στο μικρό ηφαιστειογενές νησί, πηγαίνοντας εκεί με τα κανό τους για να μεταφέρουν τα θύματα των θυσιών και τις άλλες προσφορές και για να πάρουν όποια τυχόν χρυσά στολίδια τους προσφέρονταν. Στην αρχή, τα όντα αυτά δεν επισκέπτονταν ποτέ το μεγάλο νησί, αλλά μετά από κάποιο καιρό άρχισε να τους αρέσει. Φαίνεται πως την έβρισκαν να ανακατεύονται με τους ντόπιους κι άρχισαν να κάνουν κοινές τελετές τις μεγάλες γιορτές – παραμονή Πρωτομαγιάς και 31 Οκτωβρίου. Μπορούσαν, βλέπεις να ζουν και μέσα στο νερό κι απ' έξω – ήταν αυτό που λέμε αμφίβια. Οι Κανάκι στο μεταξύ τους είπαν πως οι κάτοικοι των άλλων νησιών ίσως να αποφάσιζαν να τα εξολοθρεύσουν αν μάθαιναν για την ύπαρξή τους, μα εκείνα τους απάντησαν πως δεν τα ένοιαζε και πολύ, γιατί θα μπορούσαν να αφανίσουν όλη την ανθρώπινη ράτσα αν ήθελαν να μπουν στον κόπο, δηλαδή όσους δεν ήξεραν κάποια σημάδια που κάποτε χρησιμοποιούσαν οι χαμένοι Παλαιοί, όποιοι κι αν ήταν αυτοί. Όμως δεν είχαν όρεξη να μπουν σε τέτοιο κόπο, γι' αυτό κρύβονταν όταν κάποιος ξένος επισκεπτόταν το νησί.

»Στο ζήτημα του ζευγαρώματος με τα βατραχόψαρα οι Κανάκι πήγαν να κάνουν πίσω, αλλά τελικά έμαθαν κάτι που άλλαξε τη γνώμη τους για το ζήτημα. Φαίνεται πως οι άνθρωποι έχουν κάποιου είδους σχέση με αυτά τα τέρατα του νερού: έμαθαν δηλαδή πως όλα τα ζωντανά πλάσματα προέρχονται από το νερό και δεν χρειάζεται παρά μονάχα μια μικρή αλλαγή για να ξαναγυρίσουν σ' αυτό. Τα όντα, λοιπόν, εξήγησαν στους Κανάκι πως αν ζευγάρωναν μαζί τους θα γεννιόντουσαν παιδιά που θα έμοιαζαν αρχικά σαν άνθρωποι, μα στη συνέχεια θα γίνονταν όλο και περισσότερο όπως και τα ίδια τα πλάσματα, μέχρι που τελικά θα επέστρεφαν στο νερό, κοντά στα μεγάλα πλήθη των όντων που ζούσαν στις αβύσσους. Και το πιο σημαντικό, νεαρέ μου, είναι πως όσοι μεταμορφώνονταν και ξαναγύριζαν στη θάλασσα, δεν θα πέθαιναν ποτέ. Γιατί τα όντα αυτά δεν πεθαίνουν ποτέ, εκτός κι αν σκοτωθούν με βίαιο τρόπο.

»Έτσι, κύριε, όταν ο Όμπεντ γνώρισε τους νησιώτες, φαίνεται πως στο αίμα τους κυλούσε πια μπόλικο ψαρίσιο αίμα από τα πλάσματα των βαθιών νερών. Για τούτο, όταν οι Κανάκι γερνούσαν κι άρχιζε να φαίνεται η καταγωγή τους από τα θαλασσινά όντα, τότε έμεναν κρυμμένοι μέχρι που να νιώσουν έτοιμοι να μπουν στο νερό και να εγκαταλείψουν το νησί. Κάποιοι, βέβαια, επηρεάζονταν περισσότερο από τους άλλους, ενώ μερικοί δεν άλλαζαν ποτέ τόσο ώστε να μπορούν να ζήσουν μέσ' στο νερό· για τους περισσότερους, όμως, τα πράγματα εξελίσσονταν ακριβώς όπως είχαν πει τα πλάσματα. Όσοι έμοιαζαν πολύ από γεννησιμιού τους με τα όντα, άλλαζαν νωρίς, μα εκείνοι που φαίνονταν σχεδόν σαν κανονικοί άνθρωποι έμεναν μερικές φορές στο νησί μέχρι να περάσουν τα εβδομήντα, αν και συνήθως βουτούσαν πριν απ' αυτό για κάποια δοκιμαστικά ταξίδια στον βυθό. Οι περισσότεροι απ' όσους πήγαιναν να ζήσουν στη θάλασσα συνήθιζαν να κάνουν επισκέψεις στη στεριά κι έτσι συχνά μπορούσε κανείς να κουβεντιάζει με τον προ-προ-προ-προπάππου του, ο οποίος είχε εγκαταλείψει το νησί καμιά διακοσαριά χρόνια πριν.

»Όλοι είχαν ξεχάσει την ιδέα του θανάτου – εκτός κι αν γινόταν κανένας πόλεμος με άλλους νησιώτες ή αν τους θυσίαζαν στους θαλασσινούς θεούς του βυθού, ή αν τους δάγκωνε φίδι, τους χτυπούσε κανένας λοιμός ή αρρώστια πριν προλάβουν να επιστρέψουν στο νερό – κι έτσι η αλλαγή που τους περίμενε έπαψε μετά από λίγο να τους φαίνεται τόσο τρομερή. Θεωρούσαν πως αυτό που κέρδιζαν άξιζε και με το παραπάνω όλα όσα έπρεπε να δώσουν και μάλλον ο Όμπεντ αποφάσισε τα ίδια όταν συλλογίστηκε για λίγο την ιστορία του γέρο-Γουαλακέα. Ο Γουαλακέα, βέβαια, ήταν ένας από τους λίγους που δεν είχαν μέσα τους ψαρίσιο αίμα, αφού ανήκε στη βασιλική γενιά, που τα μέλη της παντρευόταν μόνο με μέλη βασιλικών οικογενειών από τα άλλα νησιά.

»Ο Γουαλακέα έδειξε στον Όμπεντ ένα σωρό τελετουργίες και επικλήσεις που είχαν να κάνουν με τα θαλασσινά όντα, ενώ τον άφησε να δει και κάποιους κατοίκους του χωριού του που είχαν αλλάξει πολύ στη μορφή. Από την άλλη, όμως, δεν του επέτρεψε ποτέ να δει κανένα από τα γνήσια πλάσματα, που ζούσαν στο βυθό. Τελικά, του χάρισε ένα μαγικό πράμα καμωμένο από μολύβι ή κάτι τέτοιο και του είπε πως αυτό θα μάζευε εκείνα τα όντα απ' οποιοδήποτε σημείο της θάλασσας τύχαινε να έχουν φωλιά. Έπρεπε να το ρίξει στο νερό με τους σωστούς τύπους προσευχών και τα παρόμοια. Ο Γουαλακέα έλεγε πως τα πλάσματα ήταν διασκορπισμένα σε ολόκληρο τον κόσμο, για τούτο όποιος ήθελε να τα ψάξει θα μπορούσε εύκολα να βρει μια φωλιά τους και να τα καλέσει στην επιφάνεια.

»Στον Ματ δεν άρεσαν καθόλου όλα αυτά και ήθελε να φύγουν μακριά από το νησί, μα ο καπετάνιος ζητούσε κέρδη και ανακάλυψε πως αφού ήταν δυνατό να παίρνει τα χρυσαφένια κοσμήματα τόσο φτηνά, θα τον ωφελούσε αν αποκτούσε το μονοπώλιο. Αυτό συνεχίστηκε για χρόνια, ώσπου τελικά ο Όμπεντ μάζεψε αρκετό απ' αυτό το πράγμα που μοιάζει με χρυσό, ώστε να ξεκινήσει το εργοστάσιο επεξεργασίας στον παλιό, κλεισμένο νερόμυλο του Γουέιτ. Δεν πουλούσε τα κοσμήματα όπως ήταν, επειδή οι άνθρωποι θα άρχιζαν να κάνουν ερωτήσεις. Ωστόσο, μερικές φορές κανένα από τα κοσμήματα έπεφτε στα χέρια κάποιου μέλους των πληρωμάτων του, που το πουλούσε, αν κι είχε πάρει όρκο να μη μιλήσει για όσα ήξερε. Μερικοί πάλι, κάποια που ήταν πιο ανθρώπινα από τα άλλα, τα χάριζαν στις γυναίκες και στις κόρες τους.

«Κάποτε, γύρω στο τριάντα οκτώ, όταν εγώ ήμουν εφτά χρονών, ο Όμπεντ έκανε ένα από τα ταξίδια του στο νησί και βρήκε όλους τους κατοίκους του σκοτωμένους. Φαίνεται πως οι γύρω νησιώτες είχαν τελικά καταλάβει τι γινόταν και πήραν την κατάσταση στα χέρια τους. Ίσως να ανακάλυψαν κάπου τα αρχαία μαγικά σύμβολα τα οποία, καθώς λέγεται, είναι τα μόνα πράγματα που φοβούνται τα θαλασσινά όντα. Κανείς δεν ξέρει τι θα ήταν δυνατό να βρήκαν οι Κανάκι, τότε που ο βυθός της θάλασσας ξέρασε κάποιο νησί με ερείπια αρχαιότερα κι από τον κατακλυσμό. Ήταν φανατισμένοι και δεν άφησαν τίποτα όρθιο στο κεντρικό νησί ή στο μικρό ηφαιστειογενές νησάκι, εκτός από τα τμήματα των ερειπίων που ήταν πολύ μεγάλα για να τα γκρεμίσουν. Σε ορισμένα σημεία υπήρχαν σκορπισμένες μικρές πέτρες, σαν φυλαχτά, και πάνω σε τούτες ήταν χαραγμένο ένα σύμβολο σαν αυτό που λέγεται στις μέρες μας σβάστικα. Μάλλον ήταν το σημάδι των Παλαιών. Από τους κατοίκους και τα χρυσά κοσμήματα δεν υπήρχε ούτε ίχνος, ενώ οι Κανάκι των γειτονικών νησιών δεν έλεγαν λέξη για το ζήτημα. Δεν παραδέχονταν καν πως κάποτε ζούσαν άνθρωποι στο νησί.

»Αυτό, ασφαλώς, χτύπησε άσχημα τον Όμπεντ, αφού δεν τα πήγαινε καθόλου καλά με το κανονικό εμπόριο. Χτύπησε επίσης ολόκληρο το Ίνσμουθ, επειδή τον καιρό των ιστιοφόρων αυτό που έφερνε ωφέλεια στον ιδιοκτήτη ενός πλοίου, ωφελούσε αντίστοιχα και τα πληρώματα. Οι περισσότεροι στο Ίνσμουθ αποδέχτηκαν τις δυσκολίες σαν τα πρόβατα, αλλά τα πράγματα γίνονταν όλο πιο άσχημα, επειδή δεν υπήρχαν ψάρια και οι μύλοι δεν πήγαιναν κι αυτοί καλά.

»Τότε ήταν που ο Όμπεντ άρχισε να βρίζει τους ανθρώπους και να τους αποκαλεί πρόβατα, γιατί προσεύχονταν στον Θεό των χριστιανών που δεν τους βοηθούσε καθόλου. Τους είπε πως ήξερε κάποιους που προσεύχονταν σε θεούς οι οποίοι τους χάριζαν πραγματικά όσα χρειάζονταν και δήλωσε ακόμα πως αν τον υποστήριζαν αρκετοί, ίσως να αποκτούσε ορισμένες δυνάμεις που θα έφερναν άφθονη ψαριά και πολύ χρυσάφι. Όσοι δούλευαν στη *Βασίλισσα της Σουμάτρας* και είχαν δει το νησί από κοντά, κατάλαβαν τι εννοούσε και δεν έδειχναν ιδιαίτερη διάθεση να πλησιάσουν εκείνα τα θαλασσινά πλάσματα, για τα οποία είχαν ακούσει. Όσοι όμως δεν είχαν δει όλα τούτα, πείστηκαν σ' αυτά που έλεγε ο Όμπεντ κι άρχισαν να τον ρωτούν τι έπρεπε να κάνουν, για να διδαχτούν τη θρησκεία που θα έφερνε αποτελέσματα».

Στο σημείο αυτό ο γέρος σταμάτησε, μουρμούρισε μέσ' από τα δόντια και βυθίστηκε σε μια κακόκεφη, ανήσυχη σιωπή. Κοίταξε νευρικά πίσω του κι ύστερα έστρεψε ξανά το βλέμμα σαν υπνωτισμένος προς τον μακρινό μαύρο ύφαλο. Όταν του μίλησα δεν απάντησε κι έτσι κατάλαβα πως έπρεπε να τον αφήσω να τελειώσει την μπουκάλα του. Η παράλογη ιστορία που άκουγα με ενδιέφερε βαθύτατα, εφόσον θεωρούσα πως περιείχε κάποιο σπέρμα χοντροκομμένης αλληγορίας, οφειλόμενης στην παράξενη φύση του Ίνσμουθ και στολισμένης από μια φαντασία δημιουργική και ταυτόχρονα γεμάτη από συντρίμμια εξωτικών θρύλων. Ούτε για μια στιγμή δεν είχα πιστέψει πως η αφήγησή του βασιζόταν στην πραγματικότητα. Παρ' όλα αυτά έκρυβε μέσα της μια υπόνοια αυθεντικού τρόμου, έστω μόνο επειδή περιείχε αναφορές σε παράξενα κοσμήματα, ολοφάνερα παρόμοια με τη διαβολική μίτρα που είχα δει στο Νιουμπέριπορτ. Ίσως τα κοσμήματα να προέρχονταν πράγματι από κάποιο μακρινό νησί, ενώ οι απίθανες ιστορίες να ήταν ψέματα του μακαρίτη του καπετάν-Όμπεντ κι όχι του ίδιου του γέρο-αλκοολικού.

Έδωσα στον Ζάντοκ την μπουκάλα κι εκείνος την άδειασε μέχρι την τελευταία σταγόνα. Ήταν περίεργο πώς μπορούσε να πιει τόσο ουίσκι χωρίς ίχνος από μεθύσι στην ψιλή, ασθματική φωνή του. Έγλειψε την άκρη της μπουκάλας, την έχωσε στην τσέπη του και μετά άρχισε να χειρονομεί μονολογώντας ψιθυριστά. Έσκυψα για ν' ακούσω ό,τι συγκροτημένα λόγια ίσως να ξεστόμιζε, ενώ μου φαινόταν πως διέκρινα ένα σαρδόνιο χαμόγελο κάτω από το βρόμικο, φουντωτό μουστάκι. Ναι, σχημάτιζε πραγματικά λέξεις και κατάφερνα να καταλάβω αρκετές απ' αυτές.

«Τον καημένο τον Ματ... Ο Ματ πάντα προσπαθούσε να πάρει τους ντόπιους με το μέρος του και έκανε ένα σωρό συζητήσεις με τους ιεροκήρυκες. Δεν ωφέλησε σε τίποτα. Έδιωξαν τον καλβινιστή πάστορα, ο μεθοδιστής παραιτήθηκε, ενώ από τότε δεν ξαναείδα τον αποφασιστικό Μπάμπκοκ, τον εφημέριο των Βαπτιστών. Μα την οργή του Ιεχωβά, μπορεί να ήμουν πιτσιρίκι μα άκουσα αυτά που άκουσα και είδα αυτά που είδα... Τον Δάγωνα και την Αστορέθ... Τον Βελιάλ και τον Βεελζεβούλ... Τον Χρυσό Μόσχο και τα είδωλα της Χαναάν και των Φιλισταίων... Τα βδελύγματα των Βαβυλωνίων... Μενέ, μενέ, τεκέλ, ουπχαρσίν...»

Σταμάτησε ξανά και, κρίνοντας από την όψη των θαμπών γαλάζιων ματιών του, φοβήθηκα πως τελικά θα έπεφτε σε λήθαργο. Μα όταν του κούνησα ευγενικά τον ώμο, εκείνος γύρισε προς το μέρος μου με εκπληκτική εγρήγορση και ψέλλισε κάμποσες ακόμα ασαφείς φράσεις:

«Δεν με πιστεύεις, ε; Χε, χε, χε... Για πες μου όμως νεαρέ, γιατί ο καπετάν Όμπεντ και καμιά εικοσαριά άλλοι πήγαιναν με τη βάρκα μέχρι τον Ύφαλο του Διαβόλου μέσα στα μαύρα μεσάνυχτα και ψέλνανε τόσο δυνατά ώστε ακούγονταν σε ολόκληρη την πόλη, όταν ο άνεμος φυσούσε προς τα δω; Για απάντα μου! Και γιατί ο Όμπεντ έριχνε ολοένα κάτι βαριά πράματα στα βαθιά νερά, πίσω από τον ύφαλο, εκεί όπου ο βυθός πέφτει απότομα σαν γκρεμός και δεν υπάρχει τρόπος να μετρήσεις το βάθος; Τι ακριβώς έκανε με κείνο το μολυβένιο μαγικό με το παράξενο σχήμα, που του είχε δώσει ο Γουαλακέα; Λοιπόν, μικρέ; Και τι ούρλιαζαν όλοι μαζί παραμονή Πρωτομαγιάς, κι ύστερα πάλι στις 31 Οκτωβρίου; Και γιατί οι εφημέριοι των καινούργιων εκκλησιών, κάτι τύποι που κάποτε ήταν ναυτικοί, φοράνε αλλόκοτα ράσα και τα χρυσά στολίδια που έφερε μαζί του ο Όμπεντ; Ε;»

Τα ξεπλυμένα γαλάζια μάτια είχαν τώρα πια ένα άγριο, σχεδόν μανιακό βλέμμα, ενώ το βρόμικο λευκό γένι είχε φουντώσει σαν ηλεκτρισμένο. Ο γέρο-Ζάντοκ μάλλον θα με είδε να ζαρώνω τρομαγμένος, γιατί άρχισε να καγχάζει διαβολικά.

«Χε, χε, χε, χε! Αρχίζεις να καταλαβαίνεις, ε; Μπορεί και να 'θελες να 'σουν μαζί μου εκείνες τις μέρες, όταν από τη θολωτή οροφή του σπιτιού μου έβλεπα πράματα τις νύχτες έξω στη θάλασσα. Να ξέρεις πως τα πιτσιρίκια έχουν μεγάλα αφτιά κι εγώ δεν έχανα τίποτα απ' όσα ψιθυριζόντουσαν για ό,τι έκαναν ο καπετάν Όμπεντ και οι δικοί του στον ύφαλο. Χε, χε, χε, χε! Και πού να σου πω για τη νύχτα που πήρα το κανοκυάλι του πατέρα μου κι ανέβηκα στη σοφίτα και είδα τον ύφαλο γεμάτο από κάτι μορφές, που βούτηξαν στη θάλασσα μόλις ανέτειλε το φεγγάρι!

»Ο Όμπεντ κι οι δικοί του ήταν σε μια βάρκα, αλλά οι μορφές βούτηξαν από την πίσω μεριά του υφάλου στα βαθιά νερά και δεν ξαναβγήκαν...

»Πώς θα ένιωθες αν ήσουν ένας πιτσιρικάς ολομόναχος σε μια σοφίτα και παρατηρούσες πλάσματα που δεν ήταν ανθρώπινα; Εε; Χε, χε, χε...»

Ο γέρος, έχοντας πάθει υστερία, άρχισε να ριγεί από έναν απερίγραπτο πανικό. Καθώς ακούμπησε το ροζιασμένο χέρι του στον ώμο μου, μου φάνηκε πως έτρεμε από κάτι που δεν ήταν μόνο ευθυμία.

«Τι θα 'λεγες αν κάποια νύχτα έβλεπες κάτι βαρύ να πέφτει

από τη βάρκα του Όμπεντ, λίγο πιο πέρα από τον ύφαλο, και την άλλη μέρα μάθαινες πως ένας νεαρός είχε εξαφανιστεί από το σπίτι του; Είδε κανείς από τότε τον Χιράμ Γκίλμαν; Εε; Και ο Νικ Πιρς, και ο Λουέλι Γουέιτ, και ο Αντονιράμ Σάουθγουικ, και ο Χένρι Γκάρισον; Τι απόγιναν όλοι αυτοί; Χε, χε, χε, χε... Μορφές που συνεννοούνταν κάνοντας νοήματα με τα χέρια... Λες κι είχαν αληθινά χέρια, δηλαδή...

»Ήταν η εποχή που ο Όμπεντ άρχισε να ξαναστέκεται στα πόδια του. Οι άνθρωποι έβλεπαν τις τρεις κόρες του να φοράνε χρυσαφικά που όμοιά τους δεν είχε δει κανείς ποτέ ως τότε και ο καπνός άρχισε να βγαίνει από την καμινάδα του εργοστασίου. Μα κι οι άλλοι ευημερούσαν· τα ψάρια πλημμύριζαν το λιμάνι μέχρι τα μπούνια κι ένας Θεός ξέρει πόσο μεγάλα φορτία στέλνονταν στο Νιουμπέριπορτ, το Άρκαμ και τη Βοστόνη. Τότε ήταν που ο Όμπεντ έφτιαξε το παρακλάδι της σιδηροδρομικής γραμμής. Κάποιοι ψαράδες από το Κίνγκσπορτ άκουσαν για τις ψαριές και ήρθαν με τα καΐκια τους, αλλά χάθηκαν όλοι και κανένας δεν τους ξανείδε. Ακριβώς τότε οι ντόπιοι οργάνωσαν το Εσωτεριστικό Τάγμα του Δάγωνα και αγόρασαν τη Μασονική Στοά από το Τάγμα του Γολγοθά, για να το στεγάσουν... Χε, χε, χε! Ο Ματ Έλιοτ ήταν μασόνος και εναντιώθηκε στην πώληση, αλλ' ακριβώς εκείνη την εποχή εξαφανίστηκε κι αυτός.

»Μην το ξεχνάς: δεν ισχυρίζομαι πως ο Όμπεντ ήθελε να μιμηθεί ό,τι ακριβώς έκαναν πάνω σ' εκείνο το νησί των Κανάκι. Δεν πιστεύω πως στην αρχή σκόπευε να προχωρήσει σε ζευγαρώματα και ν' αναθρέψει παιδιά που κάποτε θα μεταμορφώνονταν σε ψάρια και θα ξαναγύριζαν στη θάλασσα για να ζήσουν αιώνια. Ήθελε τα χρυσά κοσμήματα, ήταν πρόθυμος να πληρώσει ακριβά γι' αυτά και νομίζω πως κι οι άλλοι έμειναν για λίγο ικανοποιημένοι...

»Ήρθε το '46 κι όλη η πόλη άρχισε να ξυπνά και να βλέπει τι γινόταν. Πολλοί άνθρωποι είχαν εξαφανιστεί, πολλά παλαβά κηρύγματα γίνονταν στις κυριακάτικες λειτουργίες στους ναούς, πολλές κουβέντες για τον ύφαλο. Μάλλον έπαιξα κι εγώ τον ρόλο μου, μιλώντας στον δημοτικό σύμβουλο Μάουρι για όσα είχα δει από τη σοφίτα. Μια νύχτα, μια ομάδα κατοίκων ακολούθησε τον Όμπεντ και τους δικούς του ως τον ύφαλο και άκουσα να ανταλλάσσονται πυροβολισμοί ανάμεσα στις βάρκες. Το άλλο πρωί ο Όμπεντ και τριάντα δύο άλλοι βρέθηκαν στη φυλακή, ενώ όλοι αναρωτιόντουσαν τι ακριβώς είχε συμβεί και για ποια αδικήματα τους κατηγορούσαν. Μα το Θεό, αν κανείς φανταζόταν τι θα γινόταν δυο εβδομάδες αργότερα, εφόσον κανείς δεν είχε ριχτεί στη θάλασσα σαν θυσία για τόσες μέρες!..»

Ο Ζάντοκ έδειχνε σημάδια τρόμου και εξάντλησης κι έτσι τον άφησα να μείνει για λίγο αμίλητος, ενώ κοιτούσα με αγωνία το ρολόι μου. Η παλίρροια είχε γυρίσει, τα νερά άρχισαν να επιστρέφουν στο λιμάνι και ο ήχος των κυμάτων φαινόταν να αποσπά τον γέρο. Χάρηκα για την παλίρροια, γιατί με τα φουσκωμένα νερά η μυρωδιά της ψαρίλας ίσως να μην ήταν πια τόσο άσχημη. Πάσχισα ξανά ν' ακούσω τα ψελλίσματά του.

«Εκείνη τη φριχτή νύχτα... Τους είδα. Ήμουν ανεβασμένος στη σοφίτα... Ορδές από δαύτους... Κοπάδια ολόκληρα... Κατέβαιναν από τον ύφαλο κι έρχονταν κολυμπώντας στο λιμάνι και στον Μανουξέτ... Θεέ μου, τι έγινε στους δρόμους του Ίνσμουθ εκείνη τη νύχτα!.. Χτύπησαν και τη δική μας πόρτα, μα ο πατέρας μου δεν τους άνοιξε... Ύστερα βγήκε από το παράθυρο της κουζίνας με το μουσκέτο του, για να βρει τον δημοτικό σύμβουλο Μάουρι και να δουν τι μπορούσαν να κάνουν. Οι νεκροί και οι ετοιμοθάνατοι ήταν σωροί ολόκληροι... Πυροβολισμοί και κραυγές... Ουρλιαχτά στην Παλιά Πλατεία, στην Κεντρική Πλατεία, στο Άλσος της Νέας Εκκλησίας – άνοιξαν και τη φυλακή... Έγιναν κουβέντες για προδοσία... Είπαν πως θα γινόταν χαμός αν κάποιοι έρχονταν και έβρισκαν τους μισούς κατοίκους της πόλης σκοτωμένους... Δεν απόμενε σ' όσους γλύτωσαν τίποτε άλλο παρά να υποταχτούν στον Όμπεντ και στα πλάσματα ή αλλιώς να κρατήσουν το στόμα τους κλειστό... Τον πατέρα μου δεν τον ξαναείδα από τότε...»

Ο γέρος είχε λαχανιάσει και ιδροκοπούσε. Το χέρι του σφίχτηκε πάνω στον ώμο μου.

«Το πρωί οι δρόμοι είχαν καθαριστεί – αν και υπήρχαν ίχνη. Ο Όμπεντ ανέλαβε την εξουσία και είπε πως τα πράγματα θα άλλαζαν... Θα έρχονταν κάποιοι για να κάνουμε μαζί τις λατρευτικές συνάξεις και ορισμένα σπίτια θα έπρεπε να φιλοξενούν καλεσμένους... Ήθελαν ν' ανακατευτούμε όπως είχαν κάνει με τους Κανάκι και, τουλάχιστον ο ίδιος ο Όμπεντ, δεν είχε διάθεση να τους εμποδίσει. Ο Όμπεντ είχε τρελαθεί εντελώς. Έλεγε πως θα μας έφερναν ψάρια και θησαυρούς, οπότε έπρεπε να πάρουν κι αυτοί από μας εκείνο που ζητούσαν...

»Εξωτερικά, δεν θα άλλαζε τίποτα. Απλά θα 'πρεπε να αποφεύγουμε τους ξένους, αν θέλαμε το καλό μας.

»Όλοι μας έπρεπε να πάρουμε τον Όρκο του Δάγωνα, ενώ αργότερα κάποιοι πήραν δεύτερο και τρίτο όρκο. Εκείνοι είχαν ξεχωριστή βοήθεια και ξεχωριστές ανταμοιβές – χρυσάφι και τα παρόμοια. Δεν ωφελούσε να αντισταθείς, εφόσον ήταν εκατομμύρια από δαύτους εκεί κάτω στον βυθό. Προτιμούσαν να μη βγουν όλοι έξω για ν' αφανίσουν την ανθρωπότητα, αλλά αν τους προδίναμε και αναγκάζονταν, θα μπορούσαν να κάνουν μεγάλο κακό. Δεν διαθέταμε βλέπεις τα αρχαία φυλαχτά για να τους αποτρέψουμε, όπως είχαν κάνει οι ιθαγενείς της Νότιας Θάλασσας, οι Κανάκι, οι οποίοι δεν πρόδιναν ποτέ τα μυστικά τους.

»Είπε ο Όμπεντ, λοιπόν, πως έπρεπε να κάνουμε αρκετές θυσίες, να τους προσφέρουμε αντικείμενα σαν αυτά των αγρίων και να τους αφήνουμε να μπαίνουν στην πόλη όποτε ήθελαν, οπότε κι αυτοί θα μας άφηναν στην ησυχία μας. Δεν θα ενοχλούσαν τους ξένους, εφόσον δεν διέδιδαν έξω από την πόλη ιστορίες – εφόσον κοιτούσαν τη δουλειά τους και δεν σκάλιζαν τα πράγματα. Αν όλοι προσχωρούσαν στην εκκλησία των πιστών, το Τάγμα του Δάγωνα, κανένα από τα παιδιά δεν θα πέθαινε, μα όλα θα επέστρεφαν στη Μητέρα Ύδρα και στον Πατέρα Δάγωνα, από τους οποίους κάποτε όλοι προήλθαμε... *Ιά! Ιά! Κθούλου φθαγκν! Φ'νγκλούι μγκλου'νάφχ Κθούλου Ρ'λιέχ γγκαχ-ναγκλ φθάγκα...*»

Ο γέρο-Ζάντοκ είχε αρχίσει στ' αλήθεια να παραληρεί και, βλέποντάς τον, η ανάσα μου κόπηκε. Τον ταλαίπωρο, σκέφτηκα. Σε ποια οικτρά βάθη παραίσθησης είχαν οδηγήσει τη γόνιμη φαντασία του το πιοτό και το μίσος που αισθανόταν για την παρακμή, την εγκατάλειψη και την αρρώστια που έβλεπε γύρω του! Ξάφνου, άρχισε να βογγάει, ενώ δάκρυα κυλούσαν στα αυλακωμένα του μάγουλα κάτω από το πυκνό του γένι.

«Θεέ μου, τι έχω δει από τότε που ήμουν δεκαπέντε χρονών... Μενέ, μενέ, τεκέλ, ουπχαρσίν!.. Πόσοι εξαφανίστηκαν και πόσοι αυτοκτόνησαν – όσοι μίλησαν στο Άρκαμ ή στο Ίπσγουιτς ή σε άλλα τέτοια μέρη, τους θεώρησαν τρελούς, όπως τρελός νομίζεις πως είμαι κι εγώ, αλλά, μα το Θεό, τι έχουν δει τα μάτια μου! Θα με είχαν σκοτώσει εδώ και καιρό για όσα ξέρω, αλλά πήρα τον πρώτο και τον δεύτερο Όρκο του Δάγωνα κοντά στον Όμπεντ κι έτσι προστατεύομαι, εκτός κι αν ένα δικαστήριο από δαύτους αποδείξει πως αποκαλύπτω κάποια πράγματα συνειδητά και επίτηδες... Όμως ποτέ δεν πήρα τον τρίτο Όρκο – καλύτερα να πέθαινα παρά να τον πάρω αυτόν...

»Γύρω στην εποχή του Εμφύλιου Πολέμου, τα παιδιά που γεννήθηκαν το σαράντα έξι άρχισαν να ενηλικιώνονται – όσα γλύτωσαν δηλαδή. Φοβόμουν και δεν σκάλιζα τα πράγματα μετά από κείνη την τρομερή νύχτα. Έτσι, σ' όλη τη ζωή μου δεν είδα κανέναν από κοντά – κάποιον καθαρόαιμο. Πήγα στον πόλεμο και αν είχα τα κότσια ή το μυαλό δεν θα ξαναγύριζα ποτέ εδώ, μα θα τραβούσα να ζήσω κάπου μακριά. Οι δικοί μου, όμως, μου έγραψαν πως τα πράγματα δεν ήταν και τόσο άσχημα. Μάλλον αυτό συνέβαινε επειδή μετά το εξήντα τρία υπήρχαν άνδρες της στρατολογίας στην πόλη. Μετά τον πόλεμο, τα πράγματα χειροτέρεψαν πάλι. Οι άνθρωποι άρχισαν να ξεπέφτουν, μύλοι και μαγαζιά έκλεισαν, η ναυτιλία σταμάτησε και το λιμάνι πνίγηκε στα σκουπίδια. Η σύνδεση με το τρένο κόπηκε – όμως αυτοί... αυτοί δεν σταμάτησαν ποτέ να μπαινοβγαίνουν στο ποτάμι από κείνο τον καταραμένο ύφαλο του Σατανά κι όλο περισσότερα παράθυρα στις σοφίτες σφαλίζονταν με σανίδες, όλο περισσότεροι θόρυβοι ακούγονταν από σπίτια που υποτίθεται πως ήταν ακατοίκητα...

»Οι ξένοι έχουν τις δικές τους ιστορίες για μας και μάλλον θα έχεις ακούσει ήδη πολλές τέτοιες, αν κρίνω από τις ερωτήσεις που μου έκανες, ιστορίες για πράγματα που βλέπουν μερικές φορές και για τα παράξενα κοσμήματα τα οποία ακόμα εμφανίζονται κάπου-κάπου, αφού δεν τα λειώνουν όλα στο εργοστάσιο. Μα τίποτα δεν είναι ξεκάθαρο. Στην πραγματικότητα, κανένας δεν πιστεύει σε τέτοια. Λένε πως τα κοσμήματα προέρχονται από έναν πειρατικό θησαυρό και πιστεύουν πως οι κάτοικοι του Ίνσμουθ έχουν αίμα από ξένους λαούς ή πάσχουν από κάποιου είδους αρρώστια. Εξάλλου, όσοι ζουν εδώ διώχνουν με τον τρόπο τους όσους περισσότερους από τους ξένους μπορούν, πείθοντας τους υπόλοιπους να μη δείχνουν μεγάλη περιέργεια, ειδικά όταν πέφτει η νύχτα. Τα ζώα, άλογα και μουλάρια, φοβούνται αυτά τα πλάσματα, αλλά από τότε που εμφανίστηκαν τα αυτοκίνητα οι ντόπιοι δεν έχουν πια πρόβλημα.

»Το σαράντα έξι, ο καπετάν Όμπεντ πήρε μια δεύτερη γυναίκα που δεν είχε δει κανείς πριν στην πόλη – μερικοί λένε πως δεν την ήθελε, αλλά τον ανάγκασαν να την πάρει. Απόκτησε τρία παιδιά μαζί της· τα δυο εξαφανίστηκαν μικρά, αλλά η μια του κόρη φαινόταν κανονική και την έστειλε να σπουδάσει στην Ευρώπη. Ο Όμπεντ κατάφερε τελικά να την παντρέψει με έναν τύπο από το Άρκαμ, που δεν ήξερε ποια είναι. Γιατί τώρα πια κανείς γείτονας δεν θέλει σχέσεις με το Ίνσμουθ και τους κατοίκους του. Το εργοστάσιο το διευθύνει ο Μπάρναμπας Μαρς, εγγόνι του Όμπεντ από την πρώτη γυναίκα του, γιος του Ονησιφόρου, του μεγαλύτερου γιου του, μα η μάνα του είναι κι αυτή από κείνους και κανείς δεν την είδε ποτέ να κυκλοφορεί έξω.

»Τώρα πια ο Μπάρναμπας έχει αλλάξει σχεδόν εντελώς. Δεν μπορεί να κλείσει πια τα μάτια του και το σουλούπι του είναι αλλιώτικο. Λένε πως φοράει ακόμα ρούχα, αλλά σύντομα θα επιστρέψει στη θάλασσα. Ίσως και να το έχει δοκιμάσει ήδη – μερικές φορές μένουν εδώ γύρω στα νερά για λίγο πριν φύγουν για πάντα. Έχουν να τον δουν να κυκλοφορεί έξω κοντά δέκα χρόνια. Δεν ξέρω πώς νιώθουν οι συγγενείς της ταλαίπωρης της γυναίκας του – έχει καταγωγή από το Ίπσγουιτς και παραλίγο να λιντσάρουν τον Μπάρναμπας όταν την κόρταρε πριν από πενήντα τόσα χρόνια. Ο Όμπεντ πέθανε το εβδομήντα οκτώ και όλη η επόμενη γενιά έχει πια χαθεί· τα παιδιά της πρώτης του γυναίκας έχουν πεθάνει και της δεύτερης... ένας Θεός ξέρει τι έγιναν...»

Ο ήχος της επερχόμενης παλίρροιας ήταν πια πολύ επίμονος και λίγο-λίγο φαινόταν να αλλάζει τη διάθεση του γέρου, κανόντας τη από κλαψιάρικη φοβισμένη. Η φωνή του γινόταν πιο στριγκή, καθώς φαινόταν να προσπαθεί να πάρει θάρρος μιλώντας δυνατότερα.

«Γιατί δεν λες κι εσύ κάτι; Πώς θα σου φαινόταν να μένεις σε μια τέτοια πόλη, όπου όλα σαπίζουν και πεθαίνουν, ενώ αμπαρωμένα τέρατα σέρνονται, βελάζουν, γαβγίζουν και χοροπηδούν μέσα σε μαύρα κελάρια και σοφίτες όπου κι αν γυρίσεις τα μάτια; Πώς θα σου φαινόταν ν' ακούς κάθε νύχτα τα ουρλιαχτά από τις εκκλησίες και τη Στοά του Τάγματος του Δάγωνα και να ξέρεις από πού προέρχονται κάποια από τούτα; Πώς θα σου φαινόταν ν' αφουγκράζεσαι όλα αυτά που ακούγονται από κείνο τον φριχτό ύφαλο κάθε παραμονή Πρωτομαγιάς και 31 Οκτωβρίου; Νομίζεις πως είμαι ένας γέρο-τρελός, ε; Λοιπόν, κύριε, μάθε πως αυτά δεν ήταν τα χειρότερα!»

Ο Ζάντοκ πραγματικά ούρλιαζε τώρα και η φρενίτιδα της φωνής του με τάραζε περισσότερο απ' όσο θα ήθελα να παραδεχτώ.

«Μη με κοιτάς μ' αυτά τα μάτια, π' ανάθεμά σε! Σου λέω πως ο Όμπεντ Μαρς πήγε στην Κόλαση κι εκεί θα μείνει. Χε, χε... στην Κόλαση, σου λέω!.. Δεν μπορεί να μ' αρπάξει... Δεν έχω κάνει τίποτα, δεν είπα σε κανέναν τίποτα...

»Ω, επειδή μίλησα δηλαδή σε σένα, νεαρέ; Κι όμως, στην πραγματικότητα δεν έχω πει σε κανέναν ακόμα τίποτα, μα θα το κάνω τώρα! Κάτσε να μ' ακούσεις, αγόρι μου, θα μάθεις πράματα που δεν είπα ποτέ σε κανέναν... Είπα πιο πριν πως δεν σκάλισα τα πράματα μετά από κείνη τη νύχτα – όμως μάθαινα ολοένα άθελά μου ένα σωρό ιστορίες.

»Ξέρεις, λοιπόν, ποια είναι η αληθινή φρίκη; Δεν είναι αυτό που έκαναν μέχρι τώρα τα διαολόψαρα, μα το τι σκοπεύουν να κάνουν! Έχουν αρχίσει να φέρνουν στην πόλη κάτι από το μέρος όπου ζούσαν παλιά – το έκαναν κι εδώ και χρόνια, αλλά μετά είχαν σταματήσει. Τα σπίτια βόρεια του ποταμού, ανάμεσα στην Κεντρική Οδό και την οδό Νερού, είναι γεμάτα από δαύτα... Από τα πράματα που κουβάλησαν μαζί τους αυτοί οι διάβολοι... Κι όταν είναι έτοιμοι... όταν... Έχεις ακούσει ποτέ για τα σόγκοθ;

»Έι, μ' ακούς; Ξέρω τι είναι αυτά τα όντα, τα είδα μια νύχτα όταν... αχ-αχχχ-αχ! εγιάχχχ...»

Η ξαφνική και απόκοσμα τρομαχτική στριγκλιά του γέρου παραλίγο να με κάνει να λιποθυμήσω. Τα μάτια του, που κοιτούσαν πέρ' από μένα προς την κατεύθυνση της δύσοσμης θάλασσας, είχαν κυριολεκτικά πεταχτεί έξω, ενώ το πρόσωπό του έγινε μια μάσκα φόβου άξια ελληνικής τραγωδίας. Τα κοκκαλιάρικά του δάχτυλα χώθηκαν στον ώμο του και είχε απομείνει εντελώς ασάλευτος καθώς γυρνούσα το κεφάλι για να δω αυτό που έβλεπε.

Δεν μπορούσα να διακρίνω τίποτα, πέρα από την επερχόμενη παλίρροια και ίσως μια σειρά από κυματισμούς σε κάποιο ορισμένο σημείο στη μακριά γραμμή των αφρισμένων κυμάτων. Ο Ζάντοκ με ταρακούνησε και, στρεφόμενος προς το μέρος του, είδα την έκφραση του τρομαγμένου προσώπου να σβήνει σε ένα χάος από βλέφαρα που έτρεμαν και ξεδοντιασμένα ούλα που ανοιγόκλειναν σπασμωδικά. Τελικά ξαναβρήκε τη φωνή του, μα αυτήν τη φορά ήταν μονάχα ένας τρεμάμενος ψίθυρος.

«Φεύγα από δω! Φεύγα από δω! Μας είδαν – φεύγα αν αγαπάς τη ζωή σου! Μην περιμένεις κανέναν, τώρα ξέρουν, τρέχα γρήγορα! Φύγε απ' αυτή την πόλη...»

Ακόμα ένα βαρύ κύμα έσκασε πάνω στην ξεχαρβαλωμένη λιθοδομή της παμπάλαιας αποβάθρας, μετατρέποντας τον ψίθυρο του τρελού γέρου σε ακόμα μια κραυγή που πάγωνε το αίμα μην έχοντας μέσα της τίποτα ανθρώπινο: «Ε-γιααχχχχ!.. Γιέααααααα!..»

Πριν ανακτήσω την ψυχραιμία μου, εκείνος είχε παρατήσει τον ώμο μου κι έτρεχε σαν τρελός προς το μέρος της στεριάς, για να στρίψει τρεκλίζοντας στη γωνία της ερειπωμένης αποθήκης.

Ξανακοίταξα προς τη θάλασσα, μα δεν είδα τίποτα εκεί. Κι όταν έφτασα στην οδό Νερού και κοίταξα προς τα βόρεια, δεν βρήκα πουθενά ίχνος του Ζάντοκ Άλεν.

IV

Δυσκολεύομαι να περιγράψω τη διάθεση στην οποία βρέθηκα

μετά από εκείνο το συνταρακτικό επεισόδιο – ένα γεγονός ταυτόχρονα παράλογο, οικτρό, τερατώδες και τρομακτικό. Ο νεαρός στο παντοπωλείο με είχε προετοιμάσει, αλλά και πάλι η πραγματικότητα με άφησε απορημένο και ταραγμένο. Όσο παιδιάστικη κι αν ήταν η ιστορία του γέρο-Ζάντοκ, η παράφρονη ειλικρίνεια και η φρίκη του είχαν μεταδώσει και σε μένα μια ολοένα αυξανόμενη ανησυχία, η οποία ερχόταν να προστεθεί στην προηγούμενη αηδία μου για την κωμόπολη και τον απροσδιόριστο ίσκιο που έπεφτε επάνω της.

Σκέφτηκα πως αργότερα θα μπορούσα να κοσκινίσω την αφήγηση και να αποσπάσω από αυτήν κάποιον πυρήνα ιστορικής αλληγορίας, μα εκείνη τη στιγμή το μόνο που ήθελα ήταν να τη βγάλω από το κεφάλι μου. Η ώρα είχε περάσει επικίνδυνα, το ρολόι μου έδειχνε 7.15 και το λεωφορείο για το Άρκαμ έφευγε από την Κεντρική Πλατεία στις οχτώ. Προσπάθησα λοιπόν να κάνω τις σκέψεις μου όσο πιο ουδέτερες και πρακτικές γινόταν, ενώ ταυτόχρονα περπατούσα βιαστικά στους έρημους δρόμους με τις γκρεμισμένες οροφές και τα ετοιμόρροπα σπίτια, προς την κατεύθυνση του ξενοδοχείου όπου είχα αφήσει για φύλαξη τη βαλίτσα μου και όπου θα έβρισκα το λεωφορείο μου.

Αν και το χρυσαφένιο φως του απογεύματος έδινε στις παμπάλαιες στέγες και στις μισογκρεμισμένες καμινάδες μια αίσθηση μυστικιστικής ομορφιάς και γαλήνης, δεν γινόταν να μην κοιτάζω κάθε τόσο πίσω από την πλάτη μου. Σίγουρα θα ένιωθα πολύ μεγάλη χαρά όταν θα έβγαινα από το βρομερό και τρομακτικό Ίνσμουθ και ευχόμουν να υπήρχε κάποιο διαφορετικό μεταφορικό μέσο πέρα από το σαράβαλο που οδηγούσε εκείνη η παλιόφατσα, ο Σάρτζεντ. Παρ' όλα αυτά δεν πήγαινα υπερβολικά βιαστικά, εφόσον υπήρχαν αξιοθέατες αρχιτεκτονικές λεπτομέρειες σε κάθε σιωπηλή γωνία και υπολόγιζα πως θα μπορούσα εύκολα να καλύψω την πρέπουσα απόσταση μέσα σε μισή ώρα.

Μελετώντας τον χάρτη που μου είχε φτιάξει ο νεαρός και αναζητώντας κάποια διαδρομή που δεν είχα ακολουθήσει μέχρι τότε, επέλεξα την οδό Μαρς αντί για την Κρατική Οδό για να φτάσω στην Κεντρική Πλατεία. Κοντά στην οδό Φθινοπώρου άρχισα να διακρίνω σκόρπιες ομάδες ντόπιων που ψιθύριζαν μουλωχτά και, όταν τελικά έφτασα στην πλατεία, είδα πως σχεδόν όλοι οι διαβάτες είχαν μαζευτεί γύρω από την είσοδο του ξενοδοχείου. Μου φαινόταν ότι πολλά γουρλωτά, ξεπλυμένα μάτια που ποτέ δεν ανοιγόκλειναν με κοιτούσαν περίεργα καθώς έπαιρνα τη βαλίτσα μου από την αίθουσα υποδοχής – έλπιζα πως κανένα από εκείνα τα αποκρουστικά πλάσματα δεν θα ήταν συνεπιβάτης μου στο λεωφορείο.

Όταν λίγο πριν τις οχτώ εμφανίστηκε αγκομαχώντας και μεταφέροντας τρεις επιβάτες το λεωφορείο, ένας τύπος με διαβολική όψη, στο πεζοδρόμιο, μουρμούρισε μερικά ακαθόριστα λόγια στον οδηγό. Ο Σάρτζεντ πέταξε έξω έναν ταχυδρομικό σάκο και ένα μάτσο εφημερίδες και μετά μπήκε στο ξενοδοχείο. Ταυτόχρονα οι επιβάτες, οι ίδιοι που είχα δει να φτάνουν στο Νιουμπέριπορτ εκείνο το πρωί, βγήκαν με σερνάμενο βήμα στο πεζοδρόμιο ανταλλάσσοντας σιγανές λαρυγγώδεις κουβέντες με έναν χασομέρη, σε κάποια γλώσσα που θα έπαιρνα όρκο πως δεν ήταν Αγγλικά. Επιβιβάστηκα στο άδειο λεωφορείο και κάθισα στο κάθισμα όπου είχα καθίσει και πριν, μα δεν πρόλαβα να βολευτώ όταν ο Σάρτζεντ εμφανίστηκε ξανά και άρχισε να μουρμουρίζει με μια ιδιαίτερα αποκρουστική, βραχνή φωνή.

Μάλλον ήμουν πολύ άτυχος. Κάτι συνέβαινε με τη μηχανή, παρά τον εξαιρετικά ακριβή χρόνο του δρομολογίου μέχρι τώρα, και το λεωφορείο δεν μπορούσε να ολοκληρώσει το ταξίδι μέχρι το Άρκαμ. Δεν θα ήταν δυνατό να φτιαχτεί ως το βράδυ, ούτε υπήρχε άλλο μέσο μεταφοράς που να φεύγει από το Ίνσμουθ για το Άρκαμ ή για οπουδήποτε αλλού. Ο Σάρτζεντ είπε πως λυπόταν, αλλά θα έπρεπε να μείνω εκείνο το βράδυ στο ξενοδοχείο του Γκίλμαν. Πιθανώς ο υπάλληλος να με χρέωνε φτηνότερα, όμως ο ίδιος δεν υπήρχε κάτι άλλο που να μπορούσε να κάνει. Αποσβολωμένος από αυτό το ξαφνικό εμπόδιο και τρέμοντας το πέσιμο της νύχτας σε κείνη την παρακμασμένη, μισοσκότεινη πόλη, βγήκα από το λεωφορείο και ξαναμπήκα στο σαλόνι του ξενοδοχείου. Εκεί, ο μελαγχολικός υπάλληλος με την παράξενη όψη που έκανε τη νυχτερινή βάρδια, μου είπε πως θα έμενα στο δωμάτιο 428 στον προτελευταίο όροφο –μεγάλο αλλά χωρίς τρεχούμενο νερό– για ένα δολάριο.

Παρ' όλα όσα είχα ακούσει γι' αυτό το ξενοδοχείο στο Νιουμπέριπορτ, υπέγραψα στο βιβλίο, πλήρωσα το δολάριό μου, άφησα τον κακόκεφο, μοναχικό υπάλληλο να μου κουβαλήσει τη βαλίτσα και τον ακολούθησα στο ανέβασμα τριών ορόφων πάνω σε σκαλιά που έτριζαν, προσπερνώντας σκονισμένους διαδρόμους που έμοιαζαν εντελώς στερημένοι από ζωή. Το δωμάτιο ήταν άθλιο. Βρισκόταν στο πίσω μέρος του ξενοδοχείου, είχε δυο παράθυρα και λιτή, φτηνή επίπλωση. Τα παράθυρα έβλεπαν σε μια βρόμικη αυλή περιτριγυρισμένη από χαμηλά κι έρημα, τούβλινα κτήρια, πέρα από την οποία απλώνονταν οι ετοιμόρροπες οροφές στα δυτικά και ένα ελώδες τοπίο στον ορίζοντα. Στο τέρμα του διαδρόμου υπήρχε ένα μπάνιο – ένα αποκρουστικό απομεινάρι του παρελθόντος με μια αρχαία μαρμάρινη λεκάνη, τσίγκινη μπανιέρα, μια ασθενική ηλεκτρική λάμπα και μουχλιασμένη ξύλινη επένδυση γύρω απ' όλες τις σωληνώσεις.

Μια και δεν είχε ακόμα νυχτώσει, κατέβηκα στην πλατεία και αναζήτησα ένα μέρος για να φάω κάτι. Ταυτόχρονα, αντιλήφθηκα τα παράξενα βλέμματα που μου έριχναν οι πανάσχημοι περαστικοί. Εφόσον το παντοπωλείο είχε κλείσει, αναγκάστηκα να επισκεφθώ το εστιατόριο που είχα αποφύγει το μεσημέρι. Μέσα συνάντησα έναν καμπούρη άνδρα με στενό κεφάλι και γουρλωμένα μάτια που δεν ανοιγόκλειναν ποτέ, και μια σερβιτόρα με πλακουτσή μύτη κι απίστευτα χοντρά, αδέξια χέρια. Το σερβίρισμα γινόταν στον πάγκο και ανακουφίστηκα όταν ανακάλυψα πως τα περισσότερα φαγητά προέρχονταν από κονσέρβες και έτοιμα πακέτα. Καθώς ένα πιάτο σούπα λαχανικών με παξιμάδια ήταν αρκετό για μένα, σύντομα επέστρεψα στο άχαρο δωμάτιό μου στο ξενοδοχείο του Γκίλμαν, αφού αγόρασα πρώτα μια απογευματινή εφημερίδα και ένα μυγολεκιασμένο περιοδικό από το συρμάτινο ράφι πλάι στο γραφείο του κακομούτσουνου υπαλλήλου.

Καθώς το σούρουπο έπεφτε, άναψα μια ηλεκτρική λάμπα με ασθενικό φως πάνω από το φτηνό κρεβάτι με τα σιδερένια κάγκελα και προσπάθησα όσο πιο επίμονα μπορούσα να συνεχίσω το διάβασμα που είχα ξεκινήσει. Είχα θεωρήσει σκόπιμο να κρατώ το μυαλό μου απασχολημένο από κάποιες απλές, ξεκάθαρες σκέψεις, επειδή δεν ωφελούσε να συλλογίζομαι τα αφύσικα ζητήματα εκείνης της παλαιάς, σκοτεινής πόλης όσο ακόμα βρισκόμουν στα όριά της. Η παράλογη ιστορία που είχα ακούσει από τον ηλικιωμένο μεθύστακα δεν μου υποσχόταν ευχάριστα όνειρα, γι' αυτό ένιωθα πως θα έπρεπε να κρατώ την εικόνα των άγριων και θαμπών ματιών του όσο γινόταν μακρύτερα από τη φαντασία μου.

Επίσης, δεν έπρεπε να σκέφτομαι όσα είχε πει ο επιθεωρητής εργοστασίων στον υπάλληλο των εκδοτηρίων του Νιουμπέριπορτ σχετικά με το ξενοδοχείο του Γκίλμαν και τις φωνές των νυχτερινών ενοίκων του – ούτε βέβαια και το πρόσωπο που φορούσε τη μίτρα μέσα στη σκοτεινή είσοδο της εκκλησίας· ένα πρόσωπο του οποίου τη φρίκη το συνειδητό κομμάτι του μυαλού μου δεν μπορούσε να μου εξηγήσει. Ίσως θα μου ήταν ευκολότερο να κρατώ τον νου μου μακριά από τέτοια ενοχλητικά θέματα, αν το δωμάτιό μου δεν ήταν τόσο αηδιαστικά υγρό. Έτσι όπως ήταν, όμως, η θανατερή υγρασία του έδενε φριχτά με τη γενικότερη μυρωδιά ψαρίλας, εστιάζοντας τη φαντασία οποιουδήποτε στον θάνατο και στην αποσύνθεση.

Κάτι άλλο που με τάραζε ήταν η απουσία σύρτη στην πόρτα του δωματίου μου. Τα ξυσίματα έδειχναν πως υπήρχε άλλοτε, μα πως είχε αφαιρεθεί πρόσφατα. Σίγουρα θα είχε χαλάσει, όπως και τόσα άλλα πράγματα σ' εκείνο το ετοιμόρροπο κτήριο. Πάνω στη νευρικότητά μου, έψαξα γύρω και ανακάλυψα έναν σύρτη στην ντουλάπα, ο οποίος φαινόταν να έχει το ίδιο μέγεθος μ' αυτόν που, αν έκρινε κανείς από τα σημάδια, βρισκόταν κάποτε στην πόρτα. Για να ανακουφιστώ κάπως από την ένταση, ασχολήθηκα με τη μεταφορά του σύρτη στην κενή θέση με τη βοήθεια ενός σουγιά πολλαπλών χρήσεων που είχα στο μπρελόκ μου. Όταν ο σύρτης ταίριαξε τέλεια, χαλάρωσα κάπως γνωρίζοντας πως θα μπορούσα να τον κλείσω την ώρα που θα πήγαινα για ύπνο. Δεν φοβόμουν πραγματικά ότι τον είχα ανάγκη, μα οποιαδήποτε ακόμα και συμβολική ασφάλεια ήταν καλοδεχούμενη σε τέτοιου είδους περιβάλλον. Υπήρχαν γεροί σύρτες στις δυο πλαϊνές πόρτες που οδηγούσαν σε άλλα δωμάτια και φρόντισα γρήγορα να τους τραβήξω κι αυτούς.

Δεν ξεντύθηκα, αποφασίζοντας να διαβάσω μέχρι να νυστάξω και μετά να ξαπλώσω αφού βγάλω μόνο το σακάκι, το κολάρο και τα παπούτσια μου. Πήρα έναν φακό τσέπης από τη βαλίτσα μου και τον έβαλα στην τσέπη του παντελονιού μου, έτσι ώστε να μπορώ να δω το ρολόι μου αν θα ξυπνούσα αργότερα μέσα στο σκοτάδι. Ωστόσο, ο ύπνος δεν ερχόταν. Σταματώντας το διάβασμα για να αναλύσω τις σκέψεις μου, συνειδητοποίησα με ανησυχία πως ασυναίσθητα αφουγκραζόμουν για ν' ακούσω κάτι – κάτι που το έτρεμα δίχως να μπορώ να το κατονομάσω. Η ιστορία του επιθεωρητή θα πρέπει να είχε αποτυπωθεί στη φαντασία μου βαθύτερα απ' όσο πίστευα. Και πάλι προσπάθησα να διαβάσω, αλλά ξέμενα συνέχεια στην ίδια σελίδα.

Μετά από λίγο, καθώς μου φάνηκε πως άκουγα τα σκαλιά και τα πατώματα των διαδρόμων να τρίζουν κατά διαστήματα σαν να περπατούσε κάποιος, αναρωτήθηκα αν κι άλλα δωμάτια είχαν αρχίσει να γεμίζουν. Δεν άκουγα όμως φωνές και ένιωθα σαν τα τριξίματα νά είχαν κάτι ανεπαίσθητα λαθραίο. Αυτό διόλου δεν μου άρεσε, έτσι ώστε σκέφτηκα μήπως θα ήταν καλύτερα να μην κοιμόμουν καθόλου. Η πόλη είχε αλλόκοτους κατοίκους και, όπως και να το κάνουμε, είχαν συμβεί τόσες εξαφανίσεις. Μπας κι ήταν το μέρος αυτό ένα από κείνα τα πανδοχεία όπου σκότωναν τους ταξιδιώτες για να τους ληστέψουν; Σίγουρα δεν έβλεπα πουθενά σημάδια υπερβολικής ευημερίας. Ή μήπως οι κάτοικοι της πόλης αντιπαθούσαν πραγματικά τόσο πολύ τους περίεργους επισκέπτες; Μήπως η επιδεικτική μου περιήγηση και η συχνή χρήση του πρόχειρου χάρτη είχε προκαλέσει ανεπιθύμητη προσοχή; Σκέφτηκα πως θα έπρεπε να είμαι σε πολύ άσχημη νευρική κατάσταση για να επιτρέπω σε μερικά τυχαία τριξίματα να ξεσηκώνουν τη φαντασία μου με αυτό τον τρόπο, μα τούτο δεν με έκανε να μετανιώνω λιγότερο που ήμουν άοπλος.

Στο τέλος, νιώθοντας μια κούραση που δεν είχε καμιά σχέση με τη νύστα, έβαλα τον καινούργιο σύρτη στην πόρτα του διαδρόμου, έσβησα το φως και έπεσα στο σκληρό, ανώμαλο κρεβάτι με το σακάκι, το κολάρο και τα παπούτσια. Μέσα στο σκοτάδι, ακόμα κι ο πιο αδύναμος ήχος της νύχτας φαινόταν να μεγεθύνεται και μια πλημμύρα δυσάρεστων σκέψεων με συνεπήρε. Παρ' ότι μετάνιωσα που είχα σβήσει το φως, ήμουν πολύ κουρασμένος για να σηκωθώ και να το ξανανάψω. Τελικά, μετά από ένα μακρύ και ανιαρό χρονικό διάστημα και αφού είχαν προηγηθεί καινούργια τριξίματα στην σκάλα και στον διάδρομο, ακούστηκε ένας απαλός, ολοκάθαρος ήχος που φαινόταν να αποτελεί τη διαβολική εκπλήρωση όλων των φόβων μου. Χωρίς την παραμικρή σκιά αμφιβολίας, κάποιος δοκίμαζε την κλειδαριά της πόρτας μου επιφυλακτικά και λαθραία με ένα κλειδί.

Οι αισθήσεις μου, μόλις αναγνώρισα αυτό το σημάδι πραγματικού κινδύνου, απέκτησαν μεγαλύτερη σιγουριά, εξαιτίας των προηγούμενων αόριστων φόβων μου. Βρισκόμουν σε επιφυλακή, έστω και χωρίς συγκεκριμένο λόγο, κι αυτό θα αποτελούσε πλεονέκτημα για μένα σε περίπτωση ενός νέου και αυτήν τη φορά αληθινού κινδύνου, όποια κι αν αποδεικνυόταν η αληθινή φύση του. Ωστόσο, η μεταβολή της απειλής από μια αόριστη προαίσθηση σε άμεση πραγματικότητα ήταν για μένα ένα πολύ ισχυρό σοκ, που με χτύπησε σαν γροθιά. Ούτε μια στιγμή δεν πέρασε από τη σκέψη μου πως το ψαχούλεμα στην πόρτα μου ήταν ένα απλό λάθος. Ο κακόβουλος σκοπός ήταν το μόνο που γινόταν να σκεφτώ κι έτσι έμεινα εντελώς ακίνητος, περιμένοντας την επόμενη ενέργεια του υποψήφιου εισβολέα.

Μετά από λίγο, το προσεκτικό ταρακούνημα της πόρτας σταμάτησε και άκουσα κάποιον να μπαίνει στο βορινό δωμάτιο με ένα κλειδί. Ύστερα ο εισβολέας δοκίμασε σιγανά να ανοίξει την πλαϊνή μεσόπορτα, που συνέδεε τα δυο δωμάτια. Ο σύρτης εμπόδισε το άνοιγμα της πόρτας, βέβαια, και άκουσα το πάτωμα να τρίζει καθώς ο εισβολέας έβγαινε από το δωμάτιο. Κατόπιν ακούστηκε ένα ακόμα σιγανό κροτάλισμα κλειδιού και κατάλαβα πως κάποιος είχε μπει στο δωμάτιο που βρισκόταν νότια από το δικό μου. Κι εκεί δοκίμασε να ανοίξει μουλωχτά τη μεσόπορτα και ξανά αποσύρθηκε, κάνοντας το πάτωμα να τρίζει. Αυτήν τη φορά το τρίξιμο συνεχίστηκε στον διάδρομο και στη σκάλα, οπότε κατάλαβα ότι ο εισβολέας είχε αντιληφθεί πως οι πόρτες μου ήταν αμπαρωμένες και εγκατέλειπε την προσπάθεια για ένα χρονικό διάστημα που τη μικρή ή μεγαλύτερή του διάρκεια θα την έδειχνε το μέλλον.

Η ευκολία με την οποία εφάρμοσα ένα σχέδιο δράσης αποδεικνύει ότι υποσυνείδητα φοβόμουν ήδη εκ των προτέρων κάποια απειλή και υπολόγιζα μέσ' στο μυαλό μου εδώ και ώρες τις πιθανές μεθόδους αντιμετώπισής της. Για πρώτη φορά αισθάνθηκα πως ο αθέατος εισβολέας με απειλούσε με έναν κίνδυνο τον οποίο δεν είχα τη δύναμη να αντιμετωπίσω, αλλά μόνο να προσπαθήσω να τον αποφύγω όσο γινόταν πιο γρήγορα. Το μόνο πράγμα που μπορούσα να κάνω ήταν να φύγω από το ξενοδοχείο ζωντανός όσο πιο σύντομα μπορούσα, μάλιστα όχι από την μπροστινή σκάλα και την είσοδο μα από κάποιο άλλο σημείο.

Σηκώθηκα αθόρυβα, άναψα τον φακό μου και προσπάθησα να ανάψω και τον γλόμπο πάνω από το κρεβάτι μου, ώστε να διαλέξω και να χώσω στις τσέπες μου κάποια υπάρχοντά μου για μια γρήγορη απόδραση χωρίς τη βαλίτσα μου. Δεν έγινε τίποτα, όμως, οπότε εννόησα ότι το ρεύμα είχε κοπεί. Ήταν ολοφάνερο πως κάποια μυστηριώδης και διαβολική διαδικασία μεγάλης κλίμακας είχε ξεκινήσει, αν και δεν μπορούσα να καταλάβω ακριβώς τη φύση της. Ενώ στεκόμουν συλλογισμένος με το χέρι στον άχρηστο πια διακόπτη, άκουσα ένα πνιγμένο τρίξιμο στο από κάτω πάτωμα και μου φάνηκε πως διέκρινα φωνές να συζητούν μεταξύ τους. Μια στιγμή αργότερα άρχισα να έχω αμφιβολίες για το αν οι βαθύτεροι ήχοι ήταν πράγματι φωνές, αφού τα βραχνά μουγκρητά και τα άναρθρα κοάσματα που άκουγα δεν έμοιαζαν σχεδόν καθόλου με ανθρώπινη μιλιά. Τότε θυμήθηκα ακόμα εντονότερα ό,τι είχε ισχυριστεί πως άκουσε ο επιθεωρητής των εργοστασίων, τη νύχτα που έμεινε σ' εκείνο το μουχλιασμένο, αρρωστιάρικο κτήριο.

Γεμίζοντας τις τσέπες μου με τη βοήθεια του μικρού φακού, φόρεσα το καπέλο μου και πήγα ακροπατώντας μέχρι το παράθυρο για να δω τι πιθανότητες είχα να κατεβώ από κει. Παρά τους κανονισμούς ασφαλείας της πολιτείας, δεν υπήρχε σκάλα κινδύνου απ' αυτή την πλευρά του ξενοδοχείου, οπότε είδα πως από τα παράθυρά μου δεν υπήρχε άλλη δυνατότητα διαφυγής εκτός από μια πτώση τριών ορόφων μέχρι τη λιθόστρωτη αυλή. Δεξιά και αριστερά, ωστόσο, κάποια αρχαία τούβλινα κτήρια επιχειρήσεων σχημάτιζαν μεσοτοιχία με το ξενοδοχείο και οι επικλινείς στέγες τους ήταν κάμποσο κοντά στο ύψος του τετάρτου ορόφου μου, ώστε να έχω αρκετές ελπίδες ότι θα έφτανα εκεί πηδώντας. Αλλά για να πηδήξω σε οποιαδήποτε από εκείνες τις δυο σειρές κτηρίων, θα έπρεπε να βρίσκομαι σε δωμάτιο διπλανό από το δικό μου – στη μια περίπτωση προς τα βόρεια και στην άλλη προς τα νότια. Το μυαλό μου άρχισε αμέσως να επεξεργάζεται τρόπους για να μετακινηθώ μέχρι εκεί.

Έκρινα πως δεν μπορούσα να διακινδυνέψω μια έξοδο στον διάδρομο, όπου τα βήματά μου σίγουρα θ' ακούγονταν κι απ' όπου η δυσκολία να μπω στο επιθυμητό δωμάτιο θα ήταν ανυπέρβλητη. Αν τελικά έμπαινα, θα έπρεπε να το κάνω από τις λιγότερο ανθεκτικές μεσόπορτες των δωματίων, χρησιμοποιώντας τον ώμο μου για να τις γκρεμίσω σε περίπτωση που θα ήταν αμπαρωμένες από την άλλη μεριά. Σκέφτηκα πως κάτι τέτοιο ίσως αποδεικνυόταν κατορθωτό εξαιτίας της άθλιας κατάστασης του κτηρίου και των κουφωμάτων του, μα επίσης συνειδητοποίησα ότι ήταν μια δουλειά που δεν θα μπορούσε να γίνει αθόρυβα. Θα έπρεπε να βασιστώ στην ταχύτητα και μόνο, ώστε να φτάσω σε ένα παράθυρο πριν οι οποιεσδήποτε εχθρικές δυνάμεις συντονιστούν αρκετά για να ανοίξουν την πόρτα πίσω μου με το κλειδί του ξενοδόχου. Στο μεταξύ, ενίσχυσα την αντίσταση της δικής μου εξωτερικής πόρτας σπρώχνοντας το έπιπλο του γραφείου πάνω της – λίγο-λίγο, ώστε να κάνω τον ελάχιστο δυνατό θόρυβο.

Γνώριζα πως οι πιθανότητές μου ήταν λιγοστές και ήμουν πλήρως προετοιμασμένος για οποιαδήποτε καταστροφή. Ακόμα κι αν έφτανα σε μια διπλανή στέγη, αυτό δεν θα έλυνε το πρόβλημα, αφού και πάλι θα έπρεπε μετά να φτάσω στο έδαφος και να ξεφύγω από την πόλη. Το μόνο πράγμα που διέβλεπα ως πλεονέκτημα ήταν η εγκαταλειμμένη και ερειπωμένη όψη των γειτονικών κτηρίων και το πλήθος από φεγγίτες στις σοφίτες, που έχασκαν ανοιχτοί σε κάθε σειρά σπιτιών.

Συμπεραίνοντας από τον χάρτη του νεαρού πως ο καλύτερος δρόμος για να διαφύγει κανείς από την πόλη ήταν προς τον

Νότο, κοίταξα πρώτα την πλαϊνή πόρτα στη νότια πλευρά του δωματίου. Ήταν σχεδιασμένη ώστε να ανοίγει προς το μέρος μου και έτσι κατάλαβα –αφού τράβηξα τον σύρτη και ανακάλυψα πως ήταν κλεισμένη με άλλο σύρτη από την πίσω μεριά– πως δεν θα ήταν η προτιμότερη για παραβίαση. Εγκαταλείποντας, λοιπόν, και αυτό τον δρόμο διαφυγής, μετακίνησα επάνω της το κρεβάτι ώστε να εμποδίσω οποιαδήποτε επίθεση μπορεί να προερχόταν αργότερα από εκείνο το δωμάτιο. Η πόρτα στα βόρεια ήταν φτιαγμένη έτσι που ν' ανοίγει προς την αντίθετη κατεύθυνση οπότε, παρ' ότι μια δοκιμή απέδειξε πως ήταν κι αυτή αμπαρωμένη από την άλλη μεριά, κατάλαβα πως αυτό τον δρόμο θα έπρεπε να ακολουθήσω. Αν κατόρθωνα να φτάσω στις στέγες των κτηρίων της οδού Πέιν κι από κει να καταλήξω με ασφάλεια στο έδαφος, ίσως πετύχαινα να περάσω τρέχοντας από την αυλή και το διπλανό ή απέναντι κτήριο μέχρι την οδό Ουάσινγκτον ή την Μπέις – ή αλλιώς να βγω στην Πέιν και να κινηθώ νότια προς την Ουάσινγκτον. Σε κάθε περίπτωση, έπρεπε με κάποιο τρόπο να φτάσω στην Ουάσινγκτον και να απομακρυνθώ γρήγορα από την περιοχή της Κεντρικής Πλατείας. Θα προτιμούσα να απέφευγα την Πέιν, αφού ο σταθμός της πυροσβεστικής ίσως να έμενε ανοιχτός όλη τη νύχτα.

Ενώ σκεφτόμουν όλα αυτά, κοιτούσα κάτω προς την άθλια θάλασσα από μισογκρεμισμένες στέγες, που τώρα φωτίζονταν από τις ακτίνες ενός φεγγαριού το οποίο μόλις είχε αρχίσει να μπαίνει στη χάση του. Στα δεξιά, η μαύρη σχισμή της ρεματιάς του ποταμού έκοβε το πανόραμα στη μέση· εγκαταλειμμένα εργοστάσια και ο σιδηροδρομικός σταθμός κολλούσαν σαν στρείδια στα πλευρά του. Πέρα από κει, η σκουριασμένη σιδηροδρομική γραμμή και ο δρόμος για το Ρόουλι περνούσαν μέσ' από μια επίπεδη και ελώδη περιοχή με νησίδες ψηλότερου και ξηρότερου θαμνώδους εδάφους. Στα αριστερά, η εξοχή που διέσχιζε η ρεματιά έμοιαζε πλησιέστερη και ο στενός δρόμος προς το Ίπσγουιτς έλαμπε λευκός κάτω από το φεγγαρόφωτο. Από κείνη την πλευρά του ξενοδοχείου δεν μπορούσα να δω τον νότιο δρόμο, προς το Άρκαμ, που είχα αποφασίσει να πάρω.

Σκεφτόμουν αναποφάσιστα μήπως θα ήταν καλύτερα αν

προσπαθούσα να σπάσω τη βορινή πόρτα και πώς θα μπορούσα να το κατορθώσω με τον λιγότερο θόρυβο, όταν συνειδητοποίησα πως οι απροσδιόριστοι θόρυβοι κάτω από τα πόδια μου είχαν δώσει τη θέση τους σε καινούργια και βαρύτερα τριξίματα στη σκάλα. Ένα τρεμάμενο φως εμφανίστηκε στο υπέρθυρο και οι σανίδες του διαδρόμου έτριξαν από μεγάλο βάρος. Ακούστηκαν πνιχτοί ήχοι που πιθανώς να ήταν ομιλίες και τελικά ακούστηκε ένα δυνατό χτύπημα στην πόρτα μου.

Για μια στιγμή, απλώς κράτησα την ανάσα μου και περίμενα. Μια αιωνιότητα φάνηκε να περνάει, ενώ η εμετική μυρωδιά ψαρίλας που διαπότιζε τα πάντα φάνηκε ξαφνικά να γίνεται πολύ εντονότερη. Ύστερα το χτύπημα άρχισε να επαναλαμβάνεται, με αυξανόμενη επιμονή. Ξέροντας πως είχε έρθει πια η ώρα για δράση, τράβηξα αμέσως τον σύρτη της βορινής μεσόπορτας. Τα χτυπήματα δυνάμωσαν και έλπιζα πως ο θόρυβός τους θα κάλυπτε τους ήχους των δικών μου προσπαθειών. Τελικά, άρχισα να ρίχνομαι ξανά και ξανά πάνω στο λεπτό ξύλο με τον αριστερό μου ώμο, αδιαφορώντας για το τράνταγμα ή τον πόνο. Το θυρόφυλλο αντιστεκόταν περισσότερο απ' όσο περίμενα, μα εγώ δεν εγκατέλειψα την προσπάθεια. Στο μεταξύ, η φασαρία στην εξωτερική πόρτα μεγάλωνε.

Κάποτε η μεσόπορτα υποχώρησε, αλλά με έναν πάταγο που καταλάβαινα πως όσοι βρίσκονταν απ' έξω έπρεπε να τον είχαν ακούσει. Αμέσως το εξωτερικό χτύπημα έγινε ένα βίαιο τράνταγμα, ενώ κλειδιά ακούστηκαν να μπαίνουν απειλητικά στις κλειδαριές και των δύο πλαϊνών δωματίων. Περνώντας τρεχάτος μέσ' από τη μεσόθυρα που είχα σπάσει, κατόρθωσα να αμπαρώσω την εξωτερική πόρτα του βόρειου δωματίου πριν η κλειδαριά ανοίξει. Ακόμα κι έτσι, όμως, άκουσα την εξωτερική πόρτα του τρίτου δωματίου, από το παράθυρο του οποίου έλπιζα να φτάσω στη στέγη που βρισκόταν από κάτω, να ετοιμάζεται ν' ανοίξει από ένα κλειδί.

Για μια στιγμή βυθίστηκα στην απόλυτη απόγνωση, αφού φαινόταν πως είχα παγιδευτεί ολότελα σε μια κάμαρα χωρίς παράθυρο. Ένα κύμα υπερφυσικής φρίκης με συνεπήρε, όταν το φως του φακού χρωμάτισε ακαριαία με τρομερή κι ανεξήγητη μοναδικότητα τα χνάρια που είχε αφήσει πάνω στο σκονισμένο πάτωμα ο εισβολέας, ο οποίος πριν λίγη ώρα είχε προσπαθήσει ν' ανοίξει την πλαϊνή πόρτα από εκείνο το δωμάτιο. Μετά, με ενστικτώδεις κινήσεις που κατάφερνα ακόμη να κάνω παρά την απόγνωσή μου, έφτασα στην επόμενη μεσόπορτα σπρώχνοντάς τη στα τυφλά σε μια προσπάθεια να περάσω και, με την προϋπόθεση πως ο σύρτης θα ήταν άθικτος όπως και στο δεύτερο δωμάτιο, να αμπαρώσω την πόρτα του διαδρόμου πριν το κλειδί προλάβει να την ανοίξει απ' έξω.

Η τύχη μού χάρισε λίγες ακόμα στιγμές, αφού η μεσόθυρα μπροστά μου δεν ήταν μόνο ξεκλείδωτη, μα και ελαφρά μισάνοιχτη. Σ' ένα δευτερόλεπτο είχα περάσει στο δίπλα δωμάτιο και είχα πέσει με το δεξί γόνατο και τον ώμο πάνω στην πόρτα του διαδρόμου, που εκείνη την ώρα άνοιγε. Το βάρος μου αιφνιδίασε τον εισβολέα και το θυρόφυλλο έκλεισε καθώς έσπρωχνα, έτσι ώστε μπόρεσα να χώσω στη θέση του τον γερό σύρτη, όπως είχα κάνει και με την προηγούμενη πόρτα. Ενώ εγώ έπαιρνα μια ανάσα, άκουσα τα χτυπήματα στις άλλες πόρτες να σταματούν, ενώ την ίδια ώρα συγκεχυμένοι θόρυβοι ακούστηκαν από την μεσόπορτα που είχα μπλοκάρει με την κάσα του κρεβατιού. Προφανώς, οι περισσότεροι επιτιθέμενοι είχαν μπει στο νότιο δωμάτιο και είχαν συγκεντρωθεί για μια πλάγια επίθεση. Την ίδια στιγμή όμως ένα κλειδί ακούστηκε προς τα βόρεια, στην επόμενη πόρτα του διαδρόμου, με αποτέλεσμα να αντιληφθώ πως αντιμετώπιζα έναν ακόμη αμεσότερο κίνδυνο.

Η βορινή μεσόθυρα ήταν ορθάνοιχτη, αλλά δεν υπήρχε καιρός για να σταματήσω την πόρτα που ήδη ξεκλείδωνε από τον διάδρομο. Το μόνο που μπορούσα να κάνω ήταν να κλείσω και να αμπαρώσω το ανοιχτό ενδιάμεσο θυρόφυλλο, όπως και το αντίστοιχό του από την απέναντι πλευρά, σπρώχνοντας επίσης το κρεβάτι πίσω από το ένα και κάποιο έπιπλο γραφείου πίσω από το άλλο, ενώ μετακίνησα επίσης ένα κομό μπροστά στην πόρτα του διαδρόμου. Ήμουν υποχρεωμένος να ελπίζω πως τέτοιου είδους αυτοσχέδια εμπόδια θα με προστάτευαν μέχρι να βγω από το παράθυρο και να πηδήξω στις στέγες του οικοδομικού τετραγώνου της οδού Πέιν. Ακόμα όμως κι εκείνη την αγωνιώδη στιγμή, η κύρια φρίκη μου δεν προερχόταν από τη άμεση αδυναμία της αμυντικής μου οχύρωσης: Έτρεμα σύγκορμος, γιατί ούτε ένας από τους διώκτες μου, πέρα από τα απαίσια αγκομαχητά, γρυλλίσματα και πνιχτά αλυχτίσματα που ακούγονταν σε άτακτα διαστήματα, δεν είχε προφέρει ούτε μια ξεκάθαρη έναρθρη λέξη.

Καθώς μετακινούσα τα έπιπλα κι έτρεχα προς τα παράθυρα, άκουγα ένα τρομακτικό σούρσιμο στον διάδρομο προς το δωμάτιο που βρισκόταν βορινά από το δικό μου και συνάμα αντιλήφθηκα πως τα χτυπήματα προς τα νότια είχαν πάψει. Προφανώς, οι πιο πολλοί αντίπαλοί μου ετοιμάζονταν να επικεντρώσουν την επίθεσή τους στην αδύναμη μεσόπορτα που ήξεραν πως θα οδηγούσε κατευθείαν σε εμένα. Έξω, το φεγγάρι παιχνίδιζε στη στέγη του κτηρίου από κάτω και είδα πως το άλμα θα ήταν ιδιαίτερα επικίνδυνο, αφού επρόκειτο να προσγειωθώ σε μια πολύ απότομα κεκλιμένη επιφάνεια.

Βλέποντας την κατάσταση, επέλεξα το νοτιότερο από τα δυο παράθυρα ως έξοδο διαφυγής. Σχεδίαζα να προσγειωθώ στην εσωτερική επικλινή πλευρά της στέγης και από κει να κατευθυνθώ προς τον πλησιέστερο φεγγίτη. Μόλις θα βρισκόμουν σε κάποιο από τα εγκαταλειμμένα τούβλινα κτήρια, θα έπρεπε να αντιμετωπίσω σίγουρα κάποια καταδίωξη. Έλπιζα όμως πως θα έφτανα στο ισόγειο και θα προλάβαινα να χωθώ μεσ' από τις εισόδους που έχασκαν στη σκοτεινή αυλή, καταλήγοντας τελικά στην οδό Ουάσινγκτον και ξεγλιστρώντας από την πόλη προς τα νότια.

Η φασαρία στη βόρεια μεσόπορτα ήταν τώρα τρομερή και είδα πως τα αδύναμα σανίδια της είχαν αρχίσει να υποχωρούν. Φαίνεται πως οι εισβολείς είχαν κουβαλήσει κάποιο ογκώδες αντικείμενο ως πολιορκητικό κριό. Το κρεβάτι άντεχε ακόμα, όμως, οπότε είχα ενδεχομένως μια αμυδρή ελπίδα να ξεφύγω. Ανοίγοντας το παράθυρο, πρόσεξα πως βαριές βελούδινες κουρτίνες κρέμονταν στις δυο πλευρές του με μπρούντζινους χαλκάδες από μια βέργα κι υπήρχε επίσης ένα μεγάλο μάνταλο στα εξωτερικά πατζούρια. Διακρίνοντας έναν πιθανό τρόπο αποφυγής του επικίνδυνου άλματος, τράβηξα τις κουρτίνες ώστε να πέσουν κάτω μαζί με τη βέργα. Ύστερα, πέρασα γρήγορα δυο από τους χαλκάδες στο μάνταλο των πατζουριών και πέταξα το ύφασμα ώστε να κρεμαστεί από την έξω πλευρά. Καθώς οι βαριές πτυχές έφταναν μέχρι τη γειτονική στέγη, είδα πως οι χαλκάδες και το μάνταλο μάλλον θα κρατούσαν το βάρος μου. Βγήκα λοιπόν από το παράθυρο και γλίστρησα πάνω στην αυτοσχέδια ανεμόσκαλά μου, αφήνοντας για πάντα πίσω μου το αρρωστημένο, φρικαλέο εσωτερικό του ξενοδοχείου Γκίλμαν.

Αφού πάτησα με ασφάλεια στις χαλαρές πέτρινες πλάκες της απότομης στέγης, κατόρθωσα να φτάσω σε έναν ανοιχτό σκοτεινό φεγγίτη σοφίτας χωρίς να παραπατήσω. Παρ' ότι ρίχνοντας μια ματιά προς το παράθυρο απ' όπου είχα βγει, πρόσεξα πως ήταν ακόμα σκοτεινό, πέρα από τις ετοιμόρροπες καμινάδες στον Βορρά διέκρινα φώτα να καίνε απειλητικά στον ναό του Τάγματος του Δάγωνα, στην εκκλησία των Βαπτιστών και στην εκκλησία των Καλβινιστών την οποία θυμόμουν με τόση ανατριχίλα. Στην αυλή από κάτω, πάντως, δεν φαινόταν να υπάρχει κανείς κι έτσι έλπιζα να μου δοθεί η ευκαιρία να διαφύγω πριν δοθεί γενικός συναγερμός. Ανάβοντας τον φακό τσέπης και στρέφοντάς τον προς το εσωτερικό του φεγγίτη, δεν είδα σκαλιά να οδηγούν προς τα κάτω. Η απόσταση όμως ήταν μικρή, οπότε κρεμάστηκα από το περβάζι του και πήδηξα μέσα, πέφτοντας σε ένα σκονισμένο πάτωμα γεμάτο με σαρακοφαγωμένα κιβώτια και βαρέλια.

Το μέρος έδειχνε τρομακτικό, αλλά δεν έδινα πια σημασία σε τέτοιες εντυπώσεις και κατευθύνθηκα αμέσως προς τη σκάλα που αποκάλυψε το φως του φακού μου, μετά από μια γρήγορη ματιά στο ρολόι μου η οποία μου έδειξε πως η ώρα ήταν 2 μετά τα μεσάνυχτα. Τα σκαλιά έτριξαν με ήχο που δεν ήταν τόσο δυνατός κι έτσι κατέβηκα τρέχοντας στο ισόγειο, περνώντας από έναν όροφο όμοιο με αχυρώνα. Η ερημιά ήταν απόλυτη και μόνο αντίλαλοι απάντησαν στις πατημασιές μου. Τελικά έφτασα στο ισόγειο, στην άλλη άκρη του οποίου διέκρινα ένα αμυδρό ορθογώνιο φωτός που σημάδευε τη θέση της κατεστραμμένης εισόδου προς την οδό Πέιν. Πηγαίνοντας προς την αντίθετη μεριά, βρήκα την πίσω πόρτα επίσης ανοιχτή και πετάχτηκα από κει, κατεβαίνοντας πέντε πέτρινα σκαλοπάτια για να φτάσω στο χορταριασμένο πλακόστρωτο της αυλής.

Οι ακτίνες του φεγγαρόφωτου δεν έφταναν μέχρι εδώ, μα μπορούσα να βλέπω χωρίς να χρησιμοποιώ τον φακό. Είδα κάποια από τα παράθυρα του ξενοδοχείου αμυδρά φωτισμένα και μου φάνηκε πως άκουσα αλλοπρόσαλλους ήχους να βγαίνουν απ' αυτά. Ακροπατώντας μέχρι την πλευρά της οδού Ουάσινγκτον, διέκρινα αρκετές ανοιχτές εισόδους και επέλεξα την πλησιέστερη ως δρόμο διαφυγής. Ο διάδρομος που συνάντησα ήταν σκοτεινός και, όταν έφτασα στην άλλη άκρη του, ανακάλυψα πως η πόρτα που έβγαζε στον δρόμο ήταν σφραγισμένη και αδύνατο να ανοίξει. Αποφασισμένος να δοκιμάσω κάποιο άλλο κτήριο, επέστρεψα ψηλαφιστά στην αυλή αλλά κοκκάλωσα καθώς πλησίαζα στο άνοιγμα της πόρτας.

Ένα τεράστιο πλήθος αλλόκοτων μορφών ξεχυνόταν από το ξενοδοχείο – φανάρια ταλαντεύονταν στο σκοτάδι και φριχτές, βραχνές φωνές μιλούσαν υπόκωφα σε μια γλώσσα που σίγουρα δεν ήταν Αγγλικά. Καθώς οι μορφές κινούνταν αβέβαια, συνειδητοποίησα προς μεγάλη μου ανακούφιση ότι δεν ήξεραν πού είχα πάει. Παρ' όλ' αυτά, ένα ρίγος τρόμου διαπέρασε το κορμί μου. Δεν ξεχώριζα τα χαρακτηριστικά των προσώπων τους μέσ' στο σκοτάδι, μα το σκυφτό, σερνάμενο βήμα τους ήταν απίστευτα αποκρουστικό. Το τρομερότερο απ' όλα ήταν πως μια από τις μορφές φορούσε ένα παράξενο ράσο και είχε στο κεφάλι μια υψηλή μίτρα, το σχέδιο της οποίας μου ήταν ιδιαίτερα γνώριμο. Καθώς οι μορφές απλώνονταν σ' όλη την αυλή, αισθάνθηκα τους φόβους μου να μεγαλώνουν. Τι θα γινόταν αν δεν έβρισκα στο κτήριο καμιά διέξοδο προς την πλευρά του δρόμου; Στο μεταξύ η μυρωδιά της ψαρίλας γινόταν όλο απαισιότερη, τόσο ώστε αναρωτήθηκα αν θα την άντεχα χωρίς να λιποθυμήσω. Προχωρώντας και πάλι ψηλαφιστά προς την κατεύθυνση του δρόμου, άνοιξα μια πλαϊνή πόρτα του διαδρόμου και βρέθηκα σε ένα άδειο δωμάτιο με παράθυρα που είχαν σφαλιστά πατζούρια αλλ' όχι και τζαμόφυλλα. Παλεύοντας μέσ' στο σκοτάδι με το φως του φακού μου ανακάλυψα πως ήταν δυνατό να ανοίξω τα πατζούρια, οπότε την άλλη στιγμή είχα πεταχτεί έξω κλείνοντας και πάλι το παράθυρο όπως ήταν πριν.

Βρισκόμουν πια στην οδό Ουάσινγκτον, όπου για την ώρα δεν έβλεπα κανένα ζωντανό πλάσμα, ούτε άλλο φως εκτός από εκείνο που έριχνε το φεγγάρι. Από αρκετές κατευθύνσεις, όμως, άκουγα να φτάνουν αχνά μέχρι τ' αφτιά μου ήχοι βραχνών φωνών, ποδοβολητά και ένα παράξενο είδος πλαταγίσματος που δεν ήταν ακριβώς ήχος βημάτων. Ήταν φανερό πως δεν είχα καιρό για χάσιμο. Τα σημεία του ορίζοντα μου ήταν ξεκάθαρα, ενώ χαιρόμουν επίσης που όλα τα φανάρια των δρόμων ήταν σβηστά, όπως συνήθως γίνεται στην επαρχία τις νύχτες με δυνατό φεγγαρόφωτο. Κάποιοι από τους ήχους προέρχονταν από τον Νότο, μα εγώ δεν άλλαξα την απόφασή μου να αναζητήσω διαφυγή προς εκείνη την κατεύθυνση. Ήξερα πως θα υπήρχαν άφθονα άδεια κτήρια για να με κρύψουν, σε περίπτωση που θα συναντούσα κάποιο πρόσωπο ή ομάδα που θα μου φαίνονταν εχθρικά.

Περπάτησα βιαστικά, αθόρυβα, παραμένοντας πάντα κοντά στα ερειπωμένα σπίτια. Αν και είχα χάσει το καπέλο μου και τα ρούχα μου ήταν τσαλακωμένα μετά από την κουραστική κατάβαση, δεν τραβούσα ιδιαίτερα την προσοχή. Είχα αρκετές ελπίδες να περάσω απαρατήρητος, αν έπεφτα πάνω σε κάποιον τυχαίο περαστικό.

Στην οδό Μπέιτς χώθηκα σε ένα ανοιχτό προθάλαμο την ώρα που δυο μορφές περνούσαν με σερνάμενο βήμα από μπροστά μου, αλλά σύντομα ξαναπήρα τον δρόμο μου πλησιάζοντας τον ανοιχτό χώρο όπου η οδός Έλιοτ διασταυρωνόταν λοξά με την οδό Ουάσινγκτον. Δεν είχα περάσει ως τότε από εκείνο το σημείο, μα μου είχε ήδη φανεί επικίνδυνο στον χάρτη του νεαρού από το παντοπωλείο όταν τον μελέτησα στο ξενοδοχείο, αφού εκεί το φεγγαρόφωτο θα έλουζε τα πάντα. Δεν ωφελούσε να προσπαθήσω να τον αποφύγω, όμως, εφόσον οποιαδήποτε εναλλακτική διαδρομή θα απαιτούσε παρακάμψεις που θα με καθυστερούσαν και πιθανώς θα με καθιστούσαν ορατό σε περισσότερα μάτια, με καταστροφικά αποτελέσματα. Το μόνο που μου έμενε να κάνω ήταν να διασχίσω τον ανοιχτό χώρο θαρραλέα και απροκάλυπτα, μιμούμενος το τυπικό σερνάμενο βήμα των κατοίκων του Ίνσμουθ όσο καλύτερα μπορούσα και ελπίζοντας πως δεν θα συναντούσα κανέναν – τουλάχιστον κανέναν από τους διώκτες μου.

Δεν είχα ιδέα πόσο καλά οργανωμένη ήταν η καταδίωξη και ποιος ακριβώς ήταν ο σκοπός της. Παρ' ότι φαινόταν να υπάρχει ασυνήθιστη δραστηριότητα στην πόλη, έκρινα πως τα νέα της απόδρασής μου από το ξενοδοχείο δεν είχαν ακόμη εξαπλωθεί. Σύντομα, βέβαια, θα ήμουν υποχρεωμένος να κινηθώ από την οδό Ουάσινγκτον σε κάποιον νοτιότερο δρόμο, επειδή η ομάδα που βρισκόταν στο ξενοδοχείο σίγουρα θα μ' έπαιρνε στο κατόπι. Θα έπρεπε να είχα αφήσει αποτυπώματα στη σκόνη του τελευταίου παλιού κτηρίου, αποκαλύπτοντας έτσι τον τρόπο με τον οποίο είχα βγει στον δρόμο.

Η ανοιχτή διασταύρωση ήταν, όπως το περίμενα, λουσμένη στο φεγγαρόφωτο. Στο μέσο της διέκρινα τα απομεινάρια ενός μικρού πράσινου παρτεριού περιτριγυρισμένου από σιδερένια κάγκελα. Ευτυχώς, κανείς δεν υπήρχε εκεί γύρω, μ' όλο που ένα περίεργο βούισμα ή μουγκρητό φαινόταν να δυναμώνει ολοένα προς την κατεύθυνση της Κεντρικής Πλατείας. Η Νότια Οδός ήταν πολύ πλατιά, οδηγώντας μέσω μιας ελαφριάς κατηφοριάς κατευθείαν προς την αποβάθρα, με άμεση θέα προς την ανοιχτή θάλασσα. Έλπιζα πως κανένας δεν θα κοιτούσε προς το πάνω μέρος της καθώς τη διέσχιζα μέσ' στο λαμπερό φεγγαρόφωτο.

Η πρόοδός μου ήταν απρόσκοπτη και κανένας καινούργιος ήχος δεν ακούστηκε για να μου δώσει υπόνοιες πως με είχαν εντοπίσει. Ρίχνοντας κλεφτές ματιές γύρω μου, άφησα άθελά μου το βήμα μου να σιγανέψει για μια στιγμή καθώς στο τέρμα του δρόμου αντίκριζα τη θάλασσα, πανέμορφη κάτω από το ζωηρό φεγγαρόφωτο. Μακριά, πέρα από τον κυματοθραύστη, βρισκόταν η αχνή, σκοτεινή γραμμή του Ύφαλου του Διαβόλου και, καθώς τον κοιτούσα, δεν ήταν δυνατό να μη σκεφτώ τους απαίσιους θρύλους που είχα ακούσει τις τελευταίες είκοσι τέσσερις ώρες – θρύλους που περιέγραφαν τον ακανόνιστο εκείνο βράχο σαν μια αληθινή πύλη, που οδηγούσε σε βασίλεια απύθμενης φρίκης και αδιανόητου αφυσικού.

Τότε, δίχως καμιά προειδοποίηση, είδα αστραπές φωτός να φωτίζουν τον μακρινό ύφαλο σε ακανόνιστα διαστήματα. Δεν με γελούσαν τα μάτια μου και η εικόνα εκείνη ξύπνησε στον νου μου μια τυφλή φρίκη πέρα από κάθε λογική. Οι μυς μου σφίχτηκαν για να με οδηγήσουν σε πανικόβλητη φυγή και συγκρατήθηκα μόνο από κάποια ασυναίσθητη προσήλωση και μια παράξενη, μισοϋπνωτιστική γοητεία. Για να γίνουν τα πράγματα ακόμα χειρότερα, είδα αστραπές φωτός επίσης στην ψηλή, θολωτή στέγη του ξενοδοχείου Γκίλμαν, το οποίο δέσποζε βορειοδυτικά πίσω μου, μια σειρά από λάμψεις σε διαφορετικά χρονικά διαστήματα που δεν θα μπορούσαν να είναι τίποτε άλλο παρά σινιάλο απάντησης σ' εκείνες του υφάλου.

Ελέγχοντας το κορμί μου και συνειδητοποιώντας ακόμα μια φορά πόσο εμφανής ήταν η παρουσία μου εκεί, ξαναξεκίνησα με το γρηγορότερο και πιο προσποιητά σερνάμενο βήμα μου, μ' όλο που συνέχισα να κρατώ το βλέμμα στραμμένο προς τον κολασμένο, δυσοίωνο ύφαλο, όσο τουλάχιστον μου επέτρεπε το πλάτος της Νότιας Οδού τη θέα προς τη θάλασσα. Μου ήταν αδύνατο να φανταστώ τι σήμαινε όλη αυτή η διαδικασία, εκτός κι αν αφορούσε κάποια παράξενη τελετουργία που συνδεόταν με τον Ύφαλο του Διαβόλου ή αν κάποιοι ναυτικοί είχαν βγει από κανένα καράβι στον διαβολικό εκείνο βράχο. Έστριψα αριστερά κάνοντας τον γύρο του εγκαταλειμμένου παρτεριού, ενώ συνέχιζα να κοιτάζω προς τη θάλασσα καθώς εκείνη έμοιαζε να φλέγεται από το φασματώδες καλοκαιριάτικο φεγγαρόφωτο, παρακολουθώντας τις μυστηριώδεις λάμψεις των ακατονόμαστων, ανεξήγητων φανών.

Τότε ακριβώς αποτυπώθηκε στο μυαλό μου η πιο φριχτή εικόνα απ' όλες – μια εικόνα που κατέστρεψε τα τελευταία απομεινάρια αυτοελέγχου μου και μ' έκανε ν' αρχίσω να τρέχω σαν τρελός προς τα νότια, προσπερνώντας γρήγορα τις μαύρες εισόδους και τα συντριμμένα παράθυρα του έρημου, εφιαλτικού δρόμου που έχασκαν δεξιά κι αριστερά μου. Κι αυτό επειδή, με μια πιο προσεκτική ματιά, είχα δει πως τα σεληνοφωτισμένα νερά ανάμεσα στον ύφαλο και την ακτή κάθε άλλο παρά άδεια ήταν. Ήταν πλημμυρισμένα από μια ορδή μορφών που κολυμπούσαν προς την κατεύθυνση της πόλης, ενώ ακόμα και από τόσο μακριά, στη μοναδική εκείνη στιγμή θέασης, μπόρεσα να δω πως τα κεφάλια που μπαινόβγαιναν στο νερό και τα χέρια που έσκιζαν τα κύματα ήταν αφύσικα κι αλλόκοτα, με έναν τρόπο που δύσκολα θα μπορούσε κανείς να εκφράσει ορθολογικά. Στο μεταξύ, στην οδό Ομοσπονδίας ακούστηκαν πατημασιές και λαρυγγώδεις ήχοι, καθώς κι ένα αυτοκίνητο που έτριζε αγκομαχώντας. Μέσα σε μια στιγμή όλα μου τα σχέδια άλλαξαν εντελώς, επειδή, προφανώς, αν η νότια λεωφόρος ήταν αποκλεισμένη μπροστά μου, έπρεπε να βρω μια διαφορετική έξοδο από το Ίνσμουθ. Σταμάτησα και χώθηκα σε μια είσοδο η οποία έχασκε ορθάνοιχτη, ενώ σκεφτόμουν πόσο τυχερός είχα σταθεί που εγκατέλειψα τον φεγγαροφωτισμένο ανοιχτό χώρο πριν οι διώκτες μου εμφανιστούν στον παράλληλο δρόμο.

Μια δεύτερη σκέψη ήταν λιγότερο παρηγορητική. Εφόσον η καταδίωξη εξελισσόταν και σε διαφορετικό δρόμο απ' αυτόν του ξενοδοχείου, ήταν φανερό μεν ότι το πλήθος δεν με είχε εντοπίσει, όμως ακολουθούσε ένα συστηματικό σχέδιο για να μου αποκόψει τους δρόμους διαφυγής. Αυτό υπονοούσε πως όλοι οι δρόμοι που οδηγούσαν έξω από το Ίνσμουθ ελέγχονταν κατά τον ίδιο τρόπο από περιπόλους. Από την άλλη μεριά, κανείς δεν ήξερε ποια διαδρομή σκόπευα να ακολουθήσω. Οπότε θα έπρεπε να διαφύγω μέσω της εξοχής, αποφεύγοντας οποιονδήποτε δρόμο. Πώς όμως θα κατόρθωνα κάτι τέτοιο στα ελώδη και γεμάτα ρεματιές περίχωρα; Για μια στιγμή ζαλίστηκα – όχι μόνο από την απόλυτη ανημποριά, μα κι από μια απότομη αύξηση της πανταχού παρούσας ψαρίλας.

Τότε σκέφτηκα την εγκαταλειμμένη σιδηροδρομική γραμμή που κάποτε πήγαινε στο Ρόουλι, της οποίας οι χαλικόστρωτες και χορταριασμένες σιδηροτροχιές ξετυλίγονταν ακόμη προς τα βορειοδυτικά, ξεκινώντας από τον ετοιμόρροπο σταθμό στην άκρη της ρεματιάς. Υπήρχε μια ελπίδα οι κάτοικοι της πόλης να μην είχαν σκεφτεί τη συγκεκριμένη έξοδο, αφού η πνιγμένη στα βάτα ερημιά της την καθιστούσε σχεδόν αδιάβατη, την πιο απίθανη διαδρομή για να επιλέξει κάποιος φυγάς. Την είχα δει καθαρά από το δωμάτιο του ξενοδοχείου και ήξερα προς τα πού έπεφτε. Παρ' ότι το μεγαλύτερο μέρος της σιδηροτροχιάς κοντά στην πόλη ήταν ορατό από τη δημοσιά του Ρόουλι και από τα ψηλότερα σημεία του Ίνσμουθ, ίσως να κατάφερνε κανείς να συρθεί απαρατήρητος μέσα στους θάμνους. Όπως και να 'ναι, αυτή ήταν η μοναδική μου ελπίδα σωτηρίας και δεν είχα άλλη επιλογή από το να δοκιμάσω.

Χώθηκα ακόμα μια φορά στην είσοδο του έρημου καταφυγίου μου και συμβουλεύτηκα ξανά τον χάρτη του νεαρού με τη βοήθεια του φακού. Το άμεσο πρόβλημα θα ήταν να φτάσω στις παλαιές σιδηροτροχιές. Κατάλαβα πως η ασφαλέστερη διαδρομή ήταν από την οδό Μπάμπσον που βρισκόταν μπροστά μου· μετά, θα έστριβα δυτικά στη Λαφαγιέτ. Από κει θα έπρεπε να περάσω μα όχι και να διασχίσω στα φανερά έναν ανοιχτό χώρο ανάλογο με αυτόν που είχα διαβεί λίγο πριν, και στη συνέχεια να κινούμαι ολοένα βόρεια και δυτικά σε μια τεθλασμένη γραμμή μέσω των οδών Λαφαγιέτ, Μπέιτς, Άνταμ και Όχθης –η τελευταία ακολουθούσε παράλληλα τη βαθιά ρεματιά του ποταμού– μέχρι τον έρημο, ερειπωμένο σιδηροδρομικό σταθμό που είχα δει από το παράθυρό μου. Ο λόγος που προχωρούσα προς την Μπάμπσον, ήταν πως δεν ήθελα ούτε να ξαναπεράσω από τον προηγούμενο ανοιχτό χώρο, αλλά ούτε και να ξεκινήσω την πορεία μου προς τα δυτικά από έναν κάθετο δρόμο τόσο φαρδύ όσο η Νότια Οδός.

Ξεκινώντας και πάλι, διέσχισα τον δρόμο προς τα δεξιά για να μπορέσω να φτάσω στην Μπάμπσον απαρατήρητος, αν αυτό ήταν δυνατόν. Οι θόρυβοι συνεχίζονταν ακόμη στην οδό Ομοσπονδίας και, ρίχνοντας μια ματιά πίσω μου, διέκρινα κάποια λάμψη φωτός κοντά στο κτήριο που μόλις είχα αφήσει. Αγωνιώντας να φύγω μακριά από την οδό Ουάσινγκτον, άρχισα ένα αθόρυβο τροχάδην ελπίζοντας πως δεν θα με έβλεπε κανένα μάτι. Είδα με ταραχή πως ένα από τα σπίτια κοντά στη γωνία της οδού Μπάμπσον ήταν ακόμη κατοικημένο, όπως έδειχναν οι κουρτίνες στο παράθυρο, όμως το εσωτερικό ήταν σκοτεινό και το προσπέρασα χωρίς να συμβεί κάτι κακό.

Στην οδό Μπάμπσον, η οποία διέσχιζε την οδό Ομοσπονδίας κι έτσι θα ήταν δυνατό να με αποκαλύψει στους διώκτες μου, έμεινα κολλημένος όσο πιο κοντά γινόταν στις ακανόνιστες προσόψεις των ετοιμόρροπων κτηρίων. Δυο φορές κοντοστάθηκα σε κάποια είσοδο καθώς οι θόρυβοι πίσω μου για μια στιγμή δυνάμωσαν. Ο ανοιχτός χώρος μπροστά μου έφεγγε φαρδύς και έρημος κάτω από το φεγγάρι, αλλά η διαδρομή που θα ακολουθούσα δεν θα με υποχρέωνε να τον διασχίσω. Στη διάρκεια της δεύτερης στάσης μου άρχισα να αντιλαμβάνομαι μια καινούργια κατανομή των απροσδιόριστων ήχων.

Κρυμμένος πίσω από ένα αυτοκίνητο, έριξα μια προσεκτική ματιά πέρα από το πλάτωμα που σχηματιζόταν στο σημείο όπου η οδός Έλιοτ διασταυρωνόταν με την Μπάμπσον και τη Λαφαγιέτ.

Καθώς κοιτούσα πνιγμένος από την οσμή ψαρίλας που είχε και πάλι γίνει έντονη μετά από μια σύντομη υποχώρηση, είδα κάποια ομάδα από κακομούτσουνες, σκυφτές μορφές που έσερναν τα βήματά τους προς την ίδια κατεύθυνση με τη δικη μου. Κατάλαβα πως ήταν η περίπολος που φρουρούσε τον δρόμο προς το Ίπσγουιτς, αφοί εκείνη η δημοσιά αποτελούσε επέκταση της οδού Έλιοτ. Δυο από τις μορφές φορούσαν βαριά άμφια και η μια έφερε ένα διάδημα με υψηλή κορυφή, που άστραφτε λευκό στο φεγγαρόφωτο. Η περπατησιά αυτής της μορφής ήταν τόσο αλλόκοτη ώστε με έκανε να ριγήσω – μου φάνηκε πως το πλάσμα βάδιζε σχεδόν με χοροπηδητά.

Όταν κι ο τελευταίος της ομάδας χάθηκε, άρχισα πάλι να κινούμαι στρίβοντας στην οδό Λαφαγιέτ και διασχίζοντας την Έλιοτ πολύ βιαστικά, μην τυχόν και τίποτε καθυστερημένοι από την ομάδα περπατούσαν ακόμη σ' αυτή. Άκουσα κάποια κοάσματα και κροταλίσματα μακριά, προς την κατεύθυνση της Κεντρικής Πλατείας, μα εντέλει πέρασα χωρίς απρόοπτα. Ο μεγαλύτερος φόβος μου ήταν που θα έπρεπε να διασχίσω πάλι τη φαρδιά και φεγγαρόλουστη Νότια Οδό –αυτήν με τη θέα προς τη θάλασσα– και θα έπρεπε να προετοιμαστώ για να αντιμετωπίσω τη δοκιμασία. Πολύ εύκολα θα με έβλεπε κάποιος από τις αποβάθρες, ενώ κι ορισμένοι που ίσως είχαν ξεμείνει στην οδό Έλιοτ δεν θα μπορούσαν παρά να με εντοπίσουν. Την τελευταία στιγμή αποφάσισα να κόψω ταχύτητα και να διασχίσω τον δρόμο όπως πριν, με το σερνάμενο βήμα ενός συνηθισμένου κατοίκου του Ίνσμουθ.

Όταν ανοίχτηκε πάλι η θέα προς τη θάλασσα, αυτήν τη φορά προς τα δεξιά μου, ήμουν σχεδόν αποφασισμένος να μην κοιτάξω καθόλου προς τα εκεί. Τελικά δεν κατάφερα να αντισταθώ και έριξα μια λοξή ματιά καθώς έσερνα το βήμα μου προσεκτικά και προσποιητά προς τις προστατευτικές σκιές μπροστά μου. Πουθενά δεν φαινόταν κάποιο πλοίο, όπως ήμουν σχεδόν σίγουρος πως θα έβλεπα. Αντίθετα, το πρώτο πράγμα που τράβηξε το βλέμμα μου ήταν μια μικρή βάρκα με κουπιά, η οποία πλησίαζε τις εγκαταλειμμένες αποβάθρες φορτωμένη με κάποιο ογκώδες αντικείμενο, σκεπασμένο με καραβόπανο. Οι κωπηλάτες, αν και δεν μπορούσα να τους διακρίνω καλά από τέτοια απόσταση, είχαν ιδιαίτερα αποκρουστικές όψεις. Αρκετοί κολυμβητές ήταν ακόμα ορατοί, ενώ στον μακρινό μαύρο ύφαλο μπορούσα να διακρίνω μια αχνή, σταθερή λάμψη, διαφορετική από τον φανό που είχα δει να αναβοσβήνει πριν από λίγη ώρα, με ένα περίεργο χρώμα το οποίο δεν μπορούσα επακριβώς να προσδιορίσω. Πάνω από τις επικλινείς στέγες μπροστά και στα δεξιά μου δέσποζε ο ψηλός θόλος του ξενοδοχείου Γκίλμαν, που εκείνη την ώρα ήταν εντελώς σκοτεινός. Η μυρωδιά ψαρίλας, η οποία προς στιγμή είχε σκορπιστεί από μια σπλαχνική αύρα, τώρα με έπνιξε ξανά με εκνευριστική ένταση.

Δεν είχα προλάβει να διασχίσω εντελώς τον δρόμο, όταν άκουσα μια ακόμα ομάδα να κινείται μουρμουρίζοντας από τον Βορρά κατά μήκος της οδού Ουάσινγκτον. Καθώς έφταναν στην πλατιά ανοιχτή έκταση απ' όπου είχα αντικρίσει για πρώτη φορά την εικόνα της φεγγαρόλουστης θάλασσας που με συντάραξε, μπόρεσα πια να τους δω καθαρά αφού βρίσκονταν μόνο ένα τετράγωνο μακριά, και φρικίασα μπρος στην κτηνώδη δυσμορφία των προσώπων τους και το μουλωχτό τους βήμα που έμοιαζε με σκύλου. Ένας τους προχωρούσε κυριολεκτικά σαν πίθηκος, στηριζόμενος κάθε τόσο στο έδαφος με τα μακριά του χέρια, ενώ μια άλλη μορφή, που φορούσε άμφια και μίτρα, έμοιαζε να προχωρά σχεδόν πηδηχτά. Συμπέρανα πως ήταν η ομάδα που είχα δει στην αυλή του ξενοδοχείου, άρα κι αυτή η οποία βρισκόταν πιο κοντά στα ίχνη μου. Καθώς κάποιοι γύρισαν για να κοιτάξουν προς το μέρος μου πλημμύρισα από τρομάρα, αλλά κατόρθωσα να διατηρήσω το αδιάφορο, σερνάμενο βήμα που είχα υιοθετήσει. Μέχρι σήμερα δεν ξέρω αν με είδαν ή όχι. Αν με είδαν, το τέχνασμά μου θα πρέπει να τους εξαπάτησε, γιατί προσπέρασαν το φεγγαρόλουστο πλάτωμα χωρίς να αλλάξουν πορεία, ενώ στο μεταξύ κόαζαν και μούγκριζαν σε κάποια απαίσια, λαρυγγώδη διάλεκτο που δεν μπορούσα να αναγνωρίσω.

Βρέθηκα πάλι στις σκιές και ξανάρχισα τον σκυλίσιο τροχασμό μου, προσπερνώντας τα ετοιμόρροπα, έρημα σπίτια με τα παράθυρα που κοιτούσαν τυφλά μέσα στη νύχτα. Φτάνοντας στο δυτικό πεζοδρόμιο, έστριψα στην πλησιέστερη γωνία της οδού Μπέιτς μένοντας πάντα κολλητά στα κτήρια της νότιας πλευράς. Πέρασα μπροστά από δυο σπίτια που έδειχναν σημάδια κατοίκησης, το ένα από τα οποία είχε ασθενή φώτα στα πάνω δωμάτια, μα κανείς δεν με σταμάτησε. Στρίβοντας στην οδό Άνταμς αισθάνθηκα λίγο πιο ασφαλής, αλλά κατατρόμαξα όταν ένας άνδρας πετάχτηκε τρεκλίζοντας από μια μαύρη είσοδο σπιτιού ακριβώς μπροστά μου. Αποδείχτηκε όμως πως ήταν τύφλα στο μεθύσι και δεν αποτελούσε απειλή. Έτσι, έφτασα σώος και ασφαλής στα χαλάσματα της οδού Όχθης.

Δεν υπήρχε ψυχή σε κείνο τον νεκρό δρόμο πλάι στη ρεματιά του ποταμού και το μουγκρητό των καταρρακτών έπνιγε πια εντελώς τους ήχους των βημάτων μου. Η απόσταση που έπρεπε να διασχίσω τροχάδην μέχρι τον ερειπωμένο σιδηροδρομικό σταθμό ήταν αρκετή και οι μεγάλες τούβλινες αποθήκες ολόγυρά μου φαίνονταν κατά έναν τρόπο πιο τρομακτικές από τις προσόψεις των κατοικιών. Τελικά, αντίκρισα τον παλιό σταθμό με τις καμάρες του ή ό,τι είχε απομείνει απ' αυτόν και κατευθύνθηκα αμέσως προς τη σιδηροτροχιά που ξεκινούσε από την άκρη του.

Οι ράγες ήταν σκουριασμένες μα ως επί το πλείστον άθικτες και από τις τραβέρσες που τις συνέδεαν μονάχα οι μισές είχαν σαπίσει ή χαθεί. Το περπάτημα ή το τρέξιμο πάνω σε μια τέτοια επιφάνεια ήταν πολύ δύσκολο, έβαλα όμως τα δυνατά μου και σε γενικές γραμμές ο χρόνος που έκανα ήταν ικανοποιητικός. Για κάποιο διάστημα οι ράγες ακολουθούσαν το χείλος της χαράδρας, μα κάποτε έφτασα σε μια μακριά, σκεπαστή γέφυρα, η οποία περνούσε πάνω από το χάσμα σε ιλιγγιώδες ύψος. Η κατάσταση της γέφυρας θα καθόριζε και την επόμενη κίνησή μου. Αν ήταν ανθρώπινα δυνατό, θα τη χρησιμοποιούσα· αν πάλι όχι, θα έπρεπε να ριψοκινδυνέψω κι άλλες περιπλανήσεις στους δρόμους της πόλης, ώσπου να βρω την πλησιέστερη άθικτη γέφυρα κάποιας μεγάλης δημοσιάς.

Το τεράστιο μήκος της παλιάς γέφυρας, που έμοιαζε με

μακρύ αχυρώνα, έλαμπε σας φάντασμα κάτω από το φεγγαρόφωτο κι έτσι διέκρινα στο εσωτερικό της πως ο δρόμος ήταν ασφαλής, τουλάχιστον για τα πρώτα μέτρα. Μπήκα, άναψα τον φακό μου και παραλίγο να πέσω ανάσκελα από ένα σύννεφο νυχτερίδων που πέρασε φτεροκοπώντας από πάνω μου. Στα μισά της γέφυρας συνάντησα ένα επικίνδυνο κενό στα ξύλα ανάμεσα στις ράγες, που για μια στιγμή φοβήθηκα πως θα με σταματούσε. Τελικά όμως ρισκάρισα ένα απελπισμένο πήδημα, που ευτυχώς αποδείχτηκε πετυχημένο.

Χάρηκα που είδα για άλλη μια φορά το φως του φεγγαριού, όταν βγήκα από εκείνη τη μακάβρια σήραγγα. Οι παλιές ράγες διέσχιζαν την οδό Ποταμού λοξά και αμέσως απομακρύνονταν εισχωρώντας σε μια αγροτική περιοχή, όπου αισθανόσουν όλο λιγότερο την απαίσια μυρωδιά ψαρίλας του Ίνσμουθ. Παρ' ότι τα πυκνά αγριόχορτα και τα βάτα με εμπόδιζαν και έσκιζαν βίαια τα ρούχα μου, χαιρόμουν που θα μπορούσαν να μου προσφέρουν κρυψώνα σε περίπτωση κινδύνου. Ήξερα πως μεγάλο μέρος της διαδρομής μου θα ήταν ορατό από τη δημοσιά του Ρόουλι.

Η ελώδης περιοχή άρχισε πολύ απότομα, με τις ράγες να περνούν από ένα χαμηλό χορταριασμένο ανάχωμα, όπου τα βάτα ήταν κάπως αραιότερα. Στη συνέχεια εμφανίστηκε ένα είδος νησίδας ψηλότερου εδάφους και οι σιδηροτροχιές διάβαιναν μέσ' από ένα ρηχό όρυγμα, πνιγμένο στους θάμνους και στα βάτα. Με χαροποίησε πολύ αυτή η πρόσκαιρη κάλυψη, αφού στο σημείο εκείνο η δημοσιά προς το Ρόουλι ήταν άβολα κοντινή, αν έκρινα από τη θέα που είχα. Στο τέρμα του ορύγματος διασταυρωνόταν με τις σιδηροτροχιές και μετά απομακρυνόταν σε πιο ασφαλή απόσταση· αλλά ως τότε θα έπρεπε να είμαι εξαιρετικά προσεκτικός. Ήδη, πάντως, είχα σιγουρευτεί ανακουφισμένος πως δεν υπήρχαν περίπολοι κοντά στις ράγες.

Λίγο πριν μπω στο όρυγμα, έριξα μια ματιά πίσω μου, όπου δεν είδα κανέναν διώκτη. Οι παμπάλαιοι πυργίσκοι και οι στέγες του παρακμασμένου Ίνσμουθ έλαμπαν πανέμορφα και αιθέρια μέσα στο μαγικό κίτρινο φεγγαρόφωτο και φαντάστηκα πώς θα έπρεπε να ήταν τον παλιό καιρό, πριν ο ίσκιος πέσει επάνω τους. Κατόπιν, καθώς το βλέμμα μου στρεφόταν κυκλικά από την πόλη προς την ενδοχώρα, κάτι λιγότερο γαλήνιο τράβηξε την προσοχή μου και μ' έκανε για μια στιγμή να κοκκαλώσω.

Αυτό που είδα –ή μου φάνηκε πως είδα– ήταν μια ανησυχητική υπόνοια κυματιστής κίνησης μακριά στον Νότο· μια υπόνοια που με οδήγησε στο συμπέρασμα ότι κάτι σαν πολύ μακρόσυρτη ορδή θα έπρεπε να ξεχυνόταν από την πόλη στο ύψος του δρόμου για το Ίπσγουιτς. Η απόσταση ήταν μεγάλη και δεν μπορούσα να διακρίνω λεπτομέρειες – μα δεν μου άρεσε καθόλου η όψη αυτής της κινούμενης κολόνας. Κυμάτιζε πολύ και έλαμπε υπερβολικά κάτω από τις ακτίνες του φεγγαριού, που έγερνε πια προς τη δύση του. Υπήρχε επίσης μια υποψία ήχου παρ' όλο που ο άνεμος φυσούσε αντίθετα, κάποια υπόνοια τερατώδους σουρσίματος και μυκηθμών ακόμα τρομερότερων από τα μουγκρητά των ομάδων που είχα κρυφακούσει πρόσφατα.

Κάθε είδους δυσάρεστες υποψίες πέρασαν από το μυαλό μου. Σκέφτηκα όλους εκείνους τους τερατώδεις κάτοικους του Ίνσμουθ που υποτίθεται πως κρύβονταν σε ετοιμόρροπες, αιωνόβιες τρώγλες κοντά στην αποβάθρα. Σκέφτηκα ακόμα και τους ακατονόμαστους κολυμβητές που είχα δει. Αν υπολόγιζε κανείς τις ομάδες που είχα δει μέχρι τότε, όπως κι εκείνες που μάλλον θα έπρεπε να περιπολούν στους άλλους δρόμους, ο αριθμός των διωκτών μου θα έπρεπε να ήταν παράξενα μεγάλος για μια πόλη τόσο αποδεκατισμένη όσο το Ίνσμουθ.

Από πού προέρχονταν τα μέλη της συμπαγούς κολόνας που αντίκρισα; Μήπως τα αρχαία και ανεξερεύνητα λαγούμια έβριθαν από διαστρεβλωμένη, ακατάγραφη ζωή, που κανείς δεν υποπτευόταν την ύπαρξη της; Ή μήπως κάποιο αθέατο πλοίο είχε πράγματι αποβιβάσει μια λεγεώνα άγνωστων ξένων πάνω σε κείνο τον κολασμένο ύφαλο; Ποιοι ήταν; Γιατί βρίσκονταν εδώ; Κι αν μια τέτοια φάλαγγα σάρωνε τη δημοσιά για το Ίπσγουιτς, μήπως θα είχαν ενισχυθεί εξίσου και οι περίπολοι των άλλων δημόσιων δρόμων;

Είχα μπει στο χορταριασμένο όρυγμα και προχωρούσα με πολύ αργό ρυθμό, όταν η καταραμένη μυρωδιά ψαρίλας έγινε έντονη ακόμα μια φορά. Μήπως ο άνεμος είχε γίνει ξαφνικά ανατολικός και φυσούσε πια από τη θάλασσα, περνώντας πάνω από την πόλη; Συμπέρανα πως κάτι τέτοιο θα συνέβαινε, εφόσον άρχισα να ακούω ανησυχητικά, λαρυγγώδη μουρμουρητά που έρχονταν από αυτή τη μέχρι τώρα σιωπηλή κατεύθυνση. Ακουγόταν όμως κι ένας άλλος ήχος – ένα είδος αδιάσπαστου, κολοσσιαίου πλαταγίσματος από κάτι που ανέσυρε στον νου μου τις πιο απαίσιες εικόνες. Κατά παράλογο τρόπο, το πλατάγισμα με έκανε να σκεφτώ την κολόνα που κυμάτιζε αφύσικα στον μακρινό δρόμο προς το Ίπσγουιτς.

Μετά η μπόχα όσο κι οι ήχοι δυνάμωσαν έτσι ώστε κοντοστάθηκα ριγώντας, ανακουφισμένος από την προστασία που μου προσέφερε το όρυγμα. Τότε θυμήθηκα πως η δημοσιά προς το Ρόουλι διασταυρωνόταν με την παλιά σιδηροτροχιά πριν στρίψει δυτικά και αλλάξει κατεύθυνση. Κάτι ερχόταν από αυτήν τη δημοσιά κι εγώ έπρεπε να κρυφτώ μέχρι να περάσει και να χαθεί στην απόσταση. Ευτυχώς που εκείνα τα πλάσματα δεν χρησιμοποιούσαν κυνηγόσκυλα για να βρουν τα ίχνη μου – αν κι ίσως κάτι τέτοιο ίσως να ήταν αδύνατο μέσα στην τοπική μυρωδιά που διαπότιζε τα πάντα. Ζαρωμένος στους θάμνους της αμμώδους σχισμής, ένιωθα σχετικά ασφαλής παρ' ότι γνώριζα πως οι διώκτες μου θα διέσχιζαν το μονοπάτι μπροστά μου σε απόσταση μικρότερη των εκατό μέτρων. Θα τους έβλεπα ενώ αυτοί δεν θα μπορούσαν να με δουν, εκτός κι αν γινόταν κάποιο διαβολικό θαύμα.

Την ίδια στιγμή, άρχισα να τρέμω στη σκέψη πως θα τους αντίκριζα καθώς θα περνούσαν. Είχα μπροστά μου το στενό, φεγγαρόλουστο σημείο από όπου θα διάβαιναν κι έκανα παράξενες σκέψεις σχετικά με την ανεπανόρθωτη μόλυνση αυτού του τόπου. Μάλλον θα ήταν οι χειρότεροι από τους κατοίκους του Ίνσμουθ – πλάσματα που κανείς δεν θα ήθελε να θυμάται την ύπαρξή τους.

Η μπόχα έγινε αποπνικτική και οι θόρυβοι μετατράπηκαν σε μια τερατώδη βαβέλ κοασμάτων, μηκυθμών και γαβγισμάτων που δεν είχαν την παραμικρή σχέση με ανθρώπινη ομιλία. Ήταν τούτες πράγματι οι φωνές των διωκτών μου; Μήπως τελικά είχαν μαζί τους σκυλιά; Μέχρι εκείνη τη στιγμή, δεν είχα δει κανένα οικόσιτο ζώο στο Ίνσμουθ. Το πλατάγισμα ήταν τερατώδες – και δεν μπορούσα να πιστέψω πως το προκαλούσαν εκείνα τα εκφυλισμένα όντα. Αποφάσισα να κρατήσω τα μάτια κλειστά, μέχρι που οι ήχοι να σβήσουν στα δυτικά. Η ορδή βρισκόταν πια πολύ κοντά – ο αέρας είχε γεμίσει από τα βραχνά γρυλλίσματά τους και το έδαφος σχεδόν έτρεμε από τον απόκοσμο ρυθμό της περπατησιάς τους. Η ανάσα μου σχεδόν κόπηκε και έστρεψα όλη μου τη θέληση στην προσπάθεια να κρατήσω τα βλέφαρά μου σφαλιστά.

Δεν είμαι ακόμη έτοιμος να πω αν τα όσα ακολούθησαν ήταν μια φριχτή πραγματικότητα ή απλά μια εφιαλτική παραίσθηση. Η πρόσφατη ενέργεια της κυβέρνησης, μετά τις απελπισμένες εκκλήσεις μου, μάλλον τείνει να επιβεβαιώσει πως επρόκειτο για μια τερατώδη αλήθεια· δεν θα ήταν όμως επίσης δυνατό μια παραίσθηση να γίνει μαζική, κάτω από το σχεδόν υπνωτικό ξόρκι που έριχνε γύρω της εκείνη η αρχαία, στοιχειωμένη πόλη των σκιών; Τέτοιου είδους τοποθεσίες έχουν παράξενες ιδιότητες και η παράδοση του εξωφρενικού θρύλου ίσως να επενέργησε πάνω σε περισσότερες από μια ανθρώπινες φαντασίες ανάμεσα σ' αυτούς τους νεκρούς, δύσοσμους δρόμους και τα συνονθυλεύματα από σαπισμένες στέγες και ετοιμόρροπα καμπαναριά. Μήπως το σπέρμα μιας πραγματικά μεταδοτικής παραφροσύνης παραμονεύει στα βάθη τούτου του ίσκιου που σκεπάζει το Ίνσμουθ; Ποιος μπορεί να είναι σίγουρος για την πραγματικότητα, μετά το άκουσμα ιστοριών όπως εκείνη που μου διηγήθηκε ο γέρο-Ζάντοκ Άλεν; Οι πράκτορες της κυβέρνησης δεν εντόπισαν ποτέ τον ταλαίπωρο Ζάντοκ κι ούτε μπορώ να βγάλω κάποιο συμπέρασμα για την τύχη του. Πού σταματά η τρέλα και αρχίζει η πραγματικότητα; Μήπως ακόμα κι αυτός ο τελευταίος των φόβων μου δεν είναι παρά μόνο μια παράκρουση;

Πρέπει να επιχειρήσω να διηγηθώ τι μου φάνηκε πως είδα εκείνη τη νύχτα κάτω από το ειρωνικό κίτρινο φεγγάρι – τι αντίκρισα ν' αναπηδά και να σέρνεται στη δημοσιά προς το Ρόουλι, ολοκάθαρα μπροστά μου, καθώς κρυβόμουν σκυφτός ανάμεσα στα βάτα του έρημου σιδηροδρομικού ορύγματος. Ασφαλώς, η απόφασή μου να παραμείνω με τα μάτια κλειστά δεν κρατήθηκε ως το τέλος. Ήταν καταδικασμένη να καταστρατηγηθεί, επειδή ποιος θα κατάφερνε να μένει ζαρωμένος στα τυφλά, ενώ μια λεγεώνα οντοτήτων άγνωστης προέλευσης που κόαζαν και μούγκριζαν, περνούσε πλαταγίζοντας ηχηρά λιγότερο από εκατό μέτρα μακριά του;

Πίστευα πως ήμουν πλήρως προετοιμασμένος για το χειρότερο, και πραγματικά θα όφειλα να ήμουν προετοιμασμένος μετά απ' όλα όσα είχα δει.

Οι μέχρι τώρα διώκτες μου ήταν απίστευτα δύσμορφοι – άρα λογικά θα έπρεπε να ήμουν έτοιμος να αντικρίσω μια ένταση αυτού του στοιχείου της δυσμορφίας, πλάσματα που δεν θα έδειχναν ούτε καν στο ελάχιστο φυσιολογικά. Δεν άνοιξα τα μάτια παρά μόνο όταν η βραχνή οχλαγωγία δυνάμωσε τόσο ώστε να προέρχεται ολοφάνερα από το μέρος ακριβώς αντίκρυ σε μένα. Κατάλαβα πως ένα ολόκληρο πλήθος θα έπρεπε να περνά τώρα κατευθείαν μπρος στα κλειστά μου μάτια, στο σημείο όπου οι όχθες του ανοιχτού ορύγματος χαμήλωναν και η δημοσιά διασταυρωνόταν με τις ράγες – και τότε δεν μπόρεσα πια να κρατηθώ και να μη ρίξω μια ματιά στη φρίκη που το σαρκαστικό κίτρινο φεγγάρι είχε τη διάθεση να μου αποκαλύψει.

Ήταν το τέλος, όσο θα διαρκέσει η ζωή μου πάνω σε αυτήν τη γη, κάθε ίχνους πνευματικής γαλήνης και βεβαιότητας για την ακεραιότητα της φύσης και του ανθρώπινου νου. Τίποτα απ' όσα θα ήταν κατορθωτό να είχα φανταστεί ακόμα κι αν έπαιρνα απολύτως τοις μετρητοίς την παρανοϊκή ιστορία του γέρο-Ζάντοκ, δεν θα συγκρινόταν με τη δαιμονική, βλάσφημη πραγματικότητα που αντίκρισα – ή που πιστεύω πως αντίκρισα. Προσπάθησα ως τώρα να μιλήσω για τούτο με υπονοούμενα, έτσι ώστε να αναβάλλω τη φρίκη της ξεκάθαρης περιγραφής του. Είναι δυνατόν στ' αλήθεια αυτός ο πλανήτης να γέννησε τέτοιου είδους όντα; να είδαν πράγματι ανθρώπινα μάτια πλάσματα με σάρκα και οστά, που μέχρι σήμερα ήταν γνωστά μόνο στην πυρετική φαντασία και στους αόριστους θρύλους;

Κι όμως, τα είδα εγώ σε ένα ατέλειωτο ποτάμι – να προχωρούν πλαταγίζοντας κι αναπηδώντας, κοάζοντας, κρώζοντας μέσα στο φασματώδες φεγγαρόφωτο και μην έχοντας τίποτα το ανθρώπινο, σε μια τερατώδη, διαβολική πομπή που έμοιαζε με απίστευτο εφιάλτη. Μερικοί απ' αυτούς φορούσαν ψηλές μίτρες φτιαγμένες από το απερίγραπτο μέταλλο που έμοιαζε με λευκόχρυσό... Κάποιοι ήταν ντυμένοι με παράξενα άμφια... Κι ένας, αυτός που πήγαινε μπροστά, φορούσε στο απαίσιο καμπούρικο κορμί του μαύρο φράκο, ριγέ παντελόνι και έφερε ένα τσόχινο καπέλο πάνω στο άμορφο πράγμα που αντιστοιχούσε στο κεφάλι του.

Νομίζω πως το κυρίαρχο χρώμα επάνω τους ήταν το γκριζοπράσινο, αν κι οι κοιλιές τους ήταν λευκές. Τα κορμιά τους ήταν γυαλιστερά και γλοιώδη, ενώ οι ράχες τους ήταν φολιδωτές. Οι μορφές τους ήταν ασαφώς ανθρωποειδείς, μα τα κεφάλια τους έμοιαζαν με κεφάλια ψαριών, με πελώρια, πεταχτά μάτια που δεν έκλειναν ποτέ. Στα πλάγια των λαιμών τους υπήρχαν βράγχια που ανοιγόκλειναν και τα μακριά τους πέλματα είχαν μεμβράνες ανάμεσα στα δάχτυλα. Κινούνταν με ακανόνιστα πηδήματα, μερικές φορές στα δύο πόδια κι άλλες με τα τέσσερα. Κατά κάποιον τρόπο χαιρόμουν που δεν είχαν περισσότερα από τέσσερα άκρα. Τα κοάσματα και οι κρωγμοί τους, προφανώς το ανάλογο της έναρθρης ομιλίας, έκρυβαν μέσα τους όλες τις σκοτεινές αποχρώσεις έκφρασης που έλειπαν από τα πρόσωπα με τα πελώρια μάτια.

Κι όμως, παρά την τερατώδη τους εμφάνιση δεν μου ήταν εντελώς άγνωστοι. Ήξερα πολύ καλά ποιοι θα έπρεπε να ήταν. Δεν διατηρούνταν άλλωστε νωπή ακόμα στον νου μου η ανάμνηση της διαβολικής μίτρας του Νιουμπέριπορτ; Ήταν οι βλάσφημοι και ακατονόμαστοι ιχθυοβάτραχοι, ζωντανοί κι απαίσιοι μπροστά μου, και τώρα που τους έβλεπα καταλάβαινα τι είχε ανακινήσει βαθιά στη μνήμη μου προκαλώντας μου τόσο τρόμο ο καμπούρης ιερέας με τη μίτρα στο εσωτερικό της μαύρης εκκλησίας. Δεν μπορούσα να υπολογίσω τον αριθμό τους. Μου φάνηκε πως υπήρχαν αναρίθμητα λεφούσια από δαύτους και σίγουρα εκείνη η φευγαλέα ματιά δεν θα ήταν δυνατό να μου αποκαλύψει παρά ένα ελάχιστο μέρος του πλήθους τους. Την επόμενη στιγμή, άλλωστε, τα πάντα έσβησαν μεσ' σε μια σπλαχνική λιποθυμία – την πρώτη που είχα ποτέ στη ζωή μου.

V

Μια ευγενική πρωινή βροχή με ξύπνησε από τον λήθαργό μου στο χορταριασμένο όρυγμα και όταν βγήκα τρεκλίζοντας στη δημοσιά μπροστά μου δεν βρήκα το παραμικρό ίχνος στην πρόσφατα σχηματισμένη λάσπη. Η μυρωδιά της ψαρίλας είχε χαθεί κι αυτή. Οι ερειπωμένες στέγες και τα ετοιμόρροπα καμπαναριά του Ίνσμουθ δέσποζαν γκρίζα προς τα νοτιοανατολικά, αλλά δεν εντόπισα ούτε ένα ζωντανό πλάσμα στα έρημα αλμυρά έλη γύρω μου. Το ρολόι μου λειτουργούσε ακόμα και μου αποκάλυψε πως ήταν περασμένο μεσημέρι.

Η πραγματικότητα των όσων είχα ζήσει ήταν εντελώς αβέβαιη στο μυαλό μου, παρ' ότι στο πίσω μέρος του ένιωθα κάτι φριχτό να παραμονεύει. Έπρεπε να φύγω μακριά από το διαβολικό Ίνσμουθ και έτσι άρχισα να δοκιμάζω τις δυνατότητες του μουδιασμένου, κουρασμένου μου κορμιού.

Παρά την αδυναμία, την πείνα, τη φρίκη και την ταραχή, ανακάλυψα πως μετά από λίγη ώρα ήμουν ικανός να περπατήσω, οπότε ξεκίνησα αργά, παίρνοντας τον λασπωμένο δρόμο προς το Ρόουλι. Πριν βραδιάσει είχα φτάσει στο χωριό, είχα φάει και είχα βρει αξιοπρεπή ρούχα για να φορέσω. Πήρα το νυχτερινό τρένο για το Άρκαμ και την άλλη μέρα μίλησα για πολλή ώρα με τους κυβερνητικούς αξιωματούχους που βρίσκονταν εκεί· ήταν μια διαδικασία που αργότερα επανέλαβα στη Βοστόνη. Το κοινό γνωρίζει πια τα κύρια αποτελέσματα αυτών των συζητήσεων – και μακάρι, για χάρη της φυσικής τάξης, να μην υπήρχε τίποτε άλλο να πω. Ίσως είναι η παραφροσύνη που με κυριεύει... ίσως πάλι μια μείζων φρίκη –ή ένα μείζον θαύμα– να προσπαθεί να εκφραστεί μέσ' από τα λόγια μου.

Είναι αυτονόητο πως εγκατέλειψα τα περισσότερα από τα σχέδιά μου για περιήγηση στα φυσικά, αρχιτεκτονικά και ιστορικά αξιοθέατα, την οποία πρόσμενα τόσο πολύ. Ούτε και τόλμησα ν' αναζητήσω το παράξενο εκείνο κόσμημα που λεγόταν πως βρίσκεται στο μουσείο του Πανεπιστημίου Μισκατόνικ. Εκμεταλλεύτηκα όμως την παραμονή μου στο Άρκαμ για να συλλέξω κάποιες γενεολογικές πληροφορίες που από καιρό επιθυμούσα να βρω. Τα στοιχεία ήταν ομολογουμένως συνοπτικά και με βιασύνη συγκεντρωμένα, μα θα μπορούσα να τα χρησιμοποιήσω αργότερα, όταν θα μου δινόταν χρόνος να τα συγκρίνω και να τα αρχειοθετήσω. Ο διευθυντής του τοπικού ιστορικού συλλόγου –ο κύριος Μ. Λάφαμ Πίμποντι– ήταν πολύ ευγενικός, με βοήθησε και εξέφρασε ασυνήθιστο ενδιαφέρον όταν του είπα πως ήμουν εγγονός της Ελίζα Όρν από το Άρκαμ, η οποία είχε γεννηθεί το 1867 και παντρεύτηκε τον Τζέιμς Γουίλιαμσον από το Οχάιο σε ηλικία δεκαεπτά ετών.

Αποδείχτηκε πως ένας θείος μου από την πλευρά της μητέρας μου είχε εμφανιστεί πριν πολλά χρόνια, επιδιδόμενος σε μια προσπάθεια αναζήτησης των ριζών του παρόμοια με τη δική μου. Έμαθα επίσης πως η οικογένεια της γιαγιάς μου αποτελούσε το θέμα ορισμένων τοπικών κουτσομπολιών. Είχαν υπάρξει πολλές συζητήσεις, είπε ο κύριος Πίμποντι, σχετικά με τον γάμο του πατέρα της, Μπέντζαμιν Ορν, λίγο μετά τον Εμφύλιο Πόλεμο, δεδομένου ότι η καταγωγή της νύφης ήταν ιδιαίτερα μπερδεμένη. Η νύφη ήταν, όπως φαινόταν, μια ορφανή Μαρς από το Νιου Χαμσάιρ, εξαδέλφη των Μαρς της κομητείας του Έσεξ, αλλά είχε σπουδάσει στη Γαλλία και γνώριζε πολύ λίγο τους συγγενείς της. Κάποιος κηδεμόνας είχε καταθέσει ένα χρηματικό ποσό σε μια τράπεζα της Βοστόνης για να συντηρείται η ίδια και η Γαλλίδα κουβερνάντα της· το όνομα του κηδεμόνα παρέμεινε άγνωστο στους κατοίκους του Άρκαμ, ώσπου με τον καιρό τούτος εξαφανίστηκε εντελώς, με αποτέλεσμα η κουβερνάντα να αναλάβει την κηδεμονία της κοπέλλας μετά από απόφαση του δικαστηρίου. Η Γαλλίδα –από καιρό πεθαμένη πια– ήταν πολύ λιγομίλητη και υπήρχαν κάποιοι που υποστήριζαν πως θα έπρεπε να είχε αποκαλύψει περισσότερα πριν φύγει από τη ζωή.

Το πιο περίεργο ήταν ότι κανείς δεν μπορούσε να εντοπίσει το γενεαλογικό δέντρο των γονιών της νεαρής κοπέλλας, του Ενόχ και της Λίντια (Μέσερβ) Μαρς, μεταξύ των γνωστών οικογενειών του Νιου Χαμσάιρ. Πολλοί υποστήριζαν πως θα έπρεπε να ήταν φυσική κόρη κάποιου πλούσιου Μαρς – σίγουρα είχε τα μάτια των Μαρς. Μεγαλύτερη απορία δημιουργήθηκε μετά τον πρόωρο θανατό της, ο οποίος είχε συμβεί κατά τη γέννηση της γιαγιάς μου, του μοναδικού της παιδιού.

Έχοντας σχηματίσει δυσάρεστες εντυπώσεις σχετιζόμενες με το όνομα των Μαρς, δεν μου άρεσαν καθόλου τα νέα πως εμπλέκονταν στο οικογενειακό μου δέντρο· ούτε μου άρεσε η παρατήρηση του κυρίου Πίμποντι, πως είχα κι εγώ τα μάτια των Μαρς. Ωστόσο ήμουν ευγνώμων για τα στοιχεία, που ήξερα πως θα αποδεικνύονταν πολύτιμα, γι' αυτό κράτησα πολλές σημειώσεις και καταλόγους με βιβλιογραφία, τουλάχιστον σχετικά με τη λεπτομερώς καταγεγραμμένη οικογένεια των Ορν.

Από τη Βοστόνη επέστρεψα κατευθείαν στο Τολέντο και αργότερα πέρασα ένα μήνα στο Μάουμι, προσπαθώντας να συνέλθω από τη δοκιμασία μου. Τον Σεπτέμβρη επέστρεψα στο κολέγιο του Όμπερλιν για την τελευταία χρονιά μου και από τότε μέχρι τον επόμενο Ιούνιο παρέμεινα απασχολημένος με τις σπουδές μου και άλλες υγιείς δραστηριότητες. Τη φρίκη της προηγούμενης χρονιάς τη θυμόμουν μόνο εξαιτίας μερικών περιστασιακών επισκέψεων πρακτόρων της ομοσπονδιακής κυβέρνησης, που σχετίζονταν με την εκστρατεία η οποία είχε ξεκινήσει από τις ικεσίες μου κι από τα στοιχεία που είχα δώσει. Γύρω στα μέσα Ιουλίου, ακριβώς ένα χρόνο μετά την εμπειρία μου στο Ίνσμουθ, πέρασα μια εβδομάδα με την οικογένεια της μακαρίτισσας μητέρας μου στο Κλίβελαντ, συγκρίνοντας ορισμένα από τα καινούργια μου γενεαλογικά στοιχεία με τις διάφορες σημειώσεις, παραδόσεις και οικογενειακά κειμήλια που υπήρχαν εκεί, στην προσπάθειά μου να κάνω κάποιες γενικές συσχετίσεις.

Το εγχείρημα δεν με χαροποιούσε ιδιαίτερα, επειδή η ατμόσφαιρα στο σπίτι των Γουίλιαμσον πάντα με κατέθλιβε. Η ατμόσφαιρα αυτή είχε κάτι το νοσηρό και η μητέρα μου δεν με ενθάρρυνε ποτέ, τότε που ήμουν μικρός, να επισκέπτομαι τους γονείς της, αν και πάντα καλωσόριζε φιλόξενα τον πατέρα της όταν ερχόταν στο Τολέντο. Η γεννημένη στο Άρκαμ γιαγιά μου μου φαινόταν παράξενη, σχεδόν τρομακτική, και δεν νομίζω πως λυπήθηκα πολύ όταν εξαφανίστηκε. Ήμουν οχτώ χρονών τότε και όλοι έλεγαν πως είχε εξαφανιστεί λόγω της θλίψης της μετά την αυτοκτονία του θείου μου Ντάγκλας, του μεγαλύτερου γιου της. Είχε αυτοπυροβοληθεί μετά από ένα ταξίδι του στη Νέα Αγγλία – το ίδιο ταξίδι, αναμφίβολα, ένεκα του οποίου τον θυμούνταν στον Ιστορικό Σύλλογο του Άρκαμ.

Αυτός ο θείος τής έμοιαζε και ούτε κι αυτόν τον συμπαθούσα ποτέ ιδιαίτερα. Κάτι σχετικά με την έκφραση και των δύο στα γουρλωτά μάτια τους που δεν ανοιγόκλειναν ποτέ, μου προκαλούσε μια αόριστη, ανεξήγητη ανησυχία. Η μητέρα μου και ο θείος Γουόλτερ δεν είχαν τέτοια όψη. Έμοιαζαν με τον πατέρα της, παρ' ότι ο καημένος ο μικρός μου ξάδελφος, ο Λόρενς –γιος του Γουόλτερ–, ήταν σχεδόν τέλειο αντίγραφο της γιαγιάς μας πριν η κατάστασή του τον στείλει για μόνιμα σε ένα ψυχιατρείο του Κάντον. Είχα να τον δω τέσσερα χρόνια κι ο θείος μου είχε κάποτε αφήσει να εννοηθεί πως η υγεία του, τόσο η ψυχική όσο κι η σωματική, ήταν σε πολύ άσχημη κατάσταση. Αυτή η έγνοια πιθανώς να είχε προκαλέσει και τον θάνατο της μητέρας του, πριν από δυο χρόνια.

Ο παππούς μου και ο χήρος γιος του, ο Γουόλτερ, ήταν πια οι μόνοι συγγενείς μου στο Κλίβελαντ, μα η ανάμνηση αλλοτινών καιρών επικρεμόταν ακόμα βαριά πάνω από το σπίτι τους. Συνέχιζα να αντιπαθώ το μέρος κι έτσι προσπάθησα να ολοκληρώσω τις έρευνές μου όσο το δυνατόν συντομότερα. Ο παππούς μου μού προσέφερε άφθονες πληροφορίες πάνω σε θέματα γενεαλογίας και οικογενειακής παράδοσης, μ' όλο που για ζητήματα των Ορν έπρεπε να βασιστώ στον θείο μου Γουόλτερ, ο οποίος έθεσε στη διάθεσή μου όλα τα αρχεία του, συμπεριλαμβανόμενων σημειώσεων, επιστολών, αποκομμάτων, κειμηλίων, φωτογραφιών και πορτρέτων.

Έψαχνα τις επιστολές και τις φωτογραφίες από την πλευρά των Ορν όταν άρχισε να με πιάνει ένα είδος τρόμου για την καταγωγή μου. Όπως είπα, η γιαγιά μου και ο θείος Ντάγκλας πάντα με τάραζαν με το παρουσιαστικό τους. Τώρα, χρόνια μετά τον θάνατό τους, κοιτούσα τις φωτογραφίες τους με ακόμα εντονότερα συναισθήματα απέχθειας και αποξένωσης. Στην αρχή δεν μπορούσα να εξηγήσω την αλλαγή, μα σταδιακά μια φριχτή σύγκριση άρχισε να αποτυπώνεται στο ασυνείδητό μου, παρά τη σταθερή άρνηση του συνειδητού νου μου να αποδεχτεί ακόμα και την παραμικρή υποψία. Ήταν ολοφάνερο πως τα χαρακτηριστικά των προσώπων τους υπονοούσαν κάτι που δεν είχα αντιληφθεί πριν – ένα γεγονός που θα μου προκαλούσε απόλυτο πανικό αν θα το συλλογιζόμουν ξεκάθαρα.

Το χειρότερο σοκ, όμως, επήλθε όταν ο θείος μου μού έδειξε τα κοσμήματα των Ορν, που έκρυβε στη θυρίδα μιας τράπεζας στο κέντρο της πόλης. Κάποια από τα αντικείμενα ήταν λεπτεπίλεπτα και εμπνευσμένα, αλλά υπήρχε κι ένα κουτί με παράξενα παλιά κομμάτια που προέρχονταν από τη μυστηριώδη προγιαγιά μου, τα οποία ο θείος μου φάνηκε μάλλον απρόθυμος να μου παρουσιάσει. Όπως έλεγε, ήταν διακοσμημένα με τερατώδη, σχεδόν αποκρουστικά σχέδια και ποτέ απ' όσο γνώριζε δεν είχαν φορεθεί δημόσια, παρ' ότι στη γιαγιά μου άρεσε πολύ να κάθεται και να τα κοιτάζει. Τα περιέβαλλαν αόριστοι θρύλοι κακοτυχίας και η Γαλλίδα κουβερνάντα της προγιαγιάς μου της έλεγε πως δεν έπρεπε ποτέ να τα φοράει στη Νέα Αγγλία, αν κι ήταν απολύτως ασφαλές να στολίζεται μ' αυτά στην Ευρώπη.

Καθώς ο θείος μου άρχιζε αργά και απρόθυμα να ξετυλίγει τα κοσμήματα, με παρότρυνε να μη σοκαριστώ από τα παράξενα και συχνά τερατώδη σχέδιά τους. Όσοι καλλιτέχνες και αρχαιολόγοι τα είχαν δει, δήλωσαν πως η τέχνη τους ήταν ανώτερη, εξωτική και εκλεπτυσμένη, παρ' όλο που κανείς τους δεν μπορούσε να προσδιορίσει το υλικό από το οποίο ήταν κατασκευασμένα ή να τα αποδώσει σε κάποια συγκεκριμένη καλλιτεχνική παράδοση. Υπήρχαν δυο βραχιόλια μπράτσου, ένα διάδημα και ένα είδος επιστήθιου· αυτό το τελευταίο είχε ανάγλυφες επάνω του ορισμένες μορφές σχεδόν ανυπόφορης ακρότητας.

Στη διάρκεια της αφήγησης κρατούσα χαλιναγωγημένα τα συναισθήματά μου, μα το πρόσωπό μου θα πρέπει να αποκάλυψε τον ολοένα αυξανόμενο φόβο μου. Ο θείος μου φάνηκε ανήσυχος και σταμάτησε το ξετύλιγμα, για να εξετάσει την έκφρασή μου. Του έκανα νόημα να συνεχίσει, πράγμα που έκανε με ακόμα μεγαλύτερα σημάδια απροθυμίας. Φαινόταν πως περίμενε κάποια αντίδραση από μέρους μου όταν το πρώτο κόσμημα –το διάδημα– παρουσιάστηκε μπροστά στα μάτια μου, αμφιβάλλω όμως αν φανταζόταν αυτό που πραγματικά συνέβη. Ούτε κι εγώ το περίμενα, εφόσον, όπως σκεφτόμουν, με είχε προειδοποιήσει ξεκάθαρα για το είδος των κοσμημάτων.

Αυτό που συνέβη ήταν πως λιποθύμησα δίχως λέξη, ακριβώς όπως και στο πνιγμένο από τα βάτα σιδηροδρομικό όρυγμα πριν ένα χρόνο.

Από τη μέρα εκείνη η ζωή μου είναι ένας εφιάλτης σκέψεων και φόβων. Δεν ξέρω τι ακριβώς είναι φριχτή αλήθεια και τι παραφροσύνη. Η προγιαγιά μου ήταν μια Μαρς γεννημένη σε άγνωστο μέρος, της οποίας ο σύζυγος ζούσε στο Άρκαμ – δεν είχε πει ο γέρο-Ζάντοκ πως η κόρη που ο Όμπεντ Μαρς είχε αποκτήσει με μια τερατώδη μητέρα είχε παντρευτεί με έναν κάτοικο του Άρκαμ, μετά από εξαπάτησή του; Δεν είχε μουρμουρίσει ο γερο-μεθύστακας κάτι για την ομοιότητα των ματιών μου με κείνα του καπετάν Όμπεντ; Και στο Άρκαμ, ο διευθυντής δεν μου είχε πει πως είχα τα μάτια των Μαρς; Ήταν πράγματι ο Όμπεντ Μαρς ο προ-προπάππους μου; Τότε ποια, ή μάλλον τι, ήταν η προ-προγιαγιά μου; Από την άλλη μεριά, όλα αυτά ενδεχομένως να ήταν μια τρέλα. Τα κοσμήματα εκείνα, που έμοιαζαν καμωμένα από λευκόχρυσο, θα μπορούσαν εύκολα να είχαν πουληθεί στον πατέρα της προ-προγιαγιάς μου, όποια κι αν ήταν αυτή, από κάποιο ναυτικό του Ίνσμουθ. Όσο για το χαρακτηριστικό των γουρλωτών ματιών στα πρόσωπα της γιαγιά μου και του αυτόχειρα θείου μου, ίσως ήταν μονάχα απλή εντύπωση από μέρους μου – απλή εντύπωση ενισχυμένη από τον ίσκιο του Ίνσμουθ, που με τόσο σκοτεινά χρώματα είχε βάψει τη φαντασία μου. Γιατί, όμως, ο θείος μου είχε αυτοκτονήσει μετά την αναζήτηση των οικογενειακών ριζών του στη Νέα Αγγλία;

Για περισσότερα από δυο χρόνια αντιπάλευα αυτές τις σκέψεις με κάποια σχετική επιτυχία. Ο πατέρας μου μού εξασφάλισε μια θέση σε ένα ασφαλιστικό γραφείο κι εγώ χώθηκα όσο πιο βαθιά γινόταν στη ρουτίνα. Κατόπιν, τον χειμώνα του 1930-31, άρχισαν τα όνειρα. Στην αρχή ήταν πολύ αραιά και ασαφή, αλλά η συχνότητα και η έντασή τους αύξαιναν καθώς οι εβδομάδες περνούσαν. Μεγάλες εκτάσεις νερού ανοίγονταν μπροστά μου και μου φαινόταν πως κολυμπούσα μέσ' από τιτάνια, βυθισμένα προπύλαια και λαβύρινθους κυκλώπειων τειχών σκεπασμένων με φύκια, έχοντας ως συντρόφους μου δύσμορφα ψάρια. Ύστερα άρχισαν να εμφανίζονται οι άλλες μορφές, γεμίζοντάς με με απερίγραπτη φρίκη όταν ξυπνούσα. Στη διάρκεια των ονείρων μου δεν με τρόμαζαν καθόλου – ήμουν ένα μαζί τους· φορούσα τις αλλόκοτες εξαρτύσεις τους, ταξίδευα στους υδάτινους δρόμους τους και προσευχόμουν στους διαβολικούς ναούς τους, που βρίσκονταν στον βυθό της θάλασσας.

Υπήρχαν πολλά ακόμα που δεν μπορούσα να θυμηθώ, μα κι αυτά που θυμόμουν κάθε πρωί θα ήταν αρκετά για να με στιγματίσουν σαν τρελό ή σαν ιδιοφυΐα, εάν ποτέ τολμούσα να τα καταγράψω. Αισθανόμουν πως κάποια τρομακτική επιρροή προσπαθούσε σταδιακά να με σύρει έξω από τον λογικό κόσμο της φυσιολογικής ζωής σε ακατονόμαστες αβύσσους σκοταδιού και αποξένωσης. Η διαδικασία αυτή με επηρέασε πολύ. Η υγεία και η εμφάνισή μου ολοένα χειροτέρευαν, μέχρι που τελικά αναγκάστηκα να εγκαταλείψω τη θέση μου και να ζήσω τη στατική, απομονωμένη ζωή ενός ανάπηρου. Κάποια παράξενη νευρασθένεια με είχε χτυπήσει και μερικές φορές μου ήταν αδύνατο να κλείσω τα μάτια μου.

Τότε ήταν που άρχισα να κοιτάζομαι στον καθρέφτη με ολοένα και μεγαλύτερη αναστάτωση. Η αργή φθορά που προκαλεί η αρρώστια δεν είναι ποτέ ευχάριστη, αλλά στην περίπτωσή μου υπήρχε κάτι πιο ανεπαίσθητο και παράξενο πίσω απ' όλα αυτά. Ο πατέρας μου το παρατήρησε κι αυτός, φαίνεται, γιατί άρχισε να με κοιτάζει περίεργα, σχεδόν φοβισμένα. Τι μου συνέβαινε; Μήπως άρχιζα να μοιάζω στη γιαγιά και στον θείο μου Ντάγκλας;

Μια νύχτα είδα ένα τρομακτικό όνειρο, ότι συνάντησα τη γιαγιά μου κάτω από τη θάλασσα. Ζούσε σε ένα φωσφορίζον ανάκτορο με πολλούς εξώστες, κήπους από παράξενα λεπρώδη κοράλλια και τερατώδη πολυπλόκαμα άνθη, όπου με καλωσόρισε με μια θέρμη που θα μπορούσε να θεωρηθεί και σαρδόνια. Είχε αλλάξει, όπως εκείνοι που επιστρέφουν στο νερό, και μου δήλωσε πως δεν είχε ποτέ πεθάνει. Αντίθετα, είχε πάει σε ένα μέρος, για το οποίο είχε πληροφορήσει επίσης τον νεκρό γιο της, κι από εκεί είχε βουτήξει σε ένα βασίλειο που τα θαύματά του θα προορίζονταν και γι' αυτόν, αν δεν τα είχε περιφρονήσει αυτοκτονώντας. Το βασίλειο εκείνο θα ήταν και δικό μου – δεν μπορούσα να το αποφύγω. Δεν θα πέθαινα ποτέ, θα κατοικούσα με κείνους που είχαν ζήσει στη γη πριν ακόμη ο άνθρωπος περπατήσει πάνω της.

Συνάντησα επίσης τη δική της γιαγιά. Επί ογδόντα χιλιάδες χρόνια οι Φθ'θιγια-λ'λίγι ζούσαν στη Γι'χα-νθλέι, όπου είχε επιστρέψει κι εκείνη μετά τον θάνατο του Όμπεντ Μαρς. Η Γι'χα-νθλέι δεν είχε καταστραφεί όταν οι άνθρωποι της πάνω γης είχαν εκτοξεύσει τον θάνατο βαθιά στη θάλασσα. Είχε χτυπηθεί, μα δεν είχε καταστραφεί. Οι Αβυσσαίοι δεν ήταν ποτέ δυνατό να καταστραφούν, έστω κι αν η αρχαία μαγεία των ξεχασμένων Παλαιών κατάφερνε μερικές φορές να τους ελέγξει. Για την ώρα, θα έμεναν αδρανείς. Κάποια μέρα όμως, όταν θα το θυμόντουσαν, θα αναδύονταν ξανά για να ζητήσουν τον φόρο υποτέλειας που επιθυμούσε ο Μέγας Κθούλου. Την επόμενη φορά τούτο θα γινόταν σε μια πόλη μεγαλύτερη από το Ίνσμουθ. Σχεδίαζαν να εξαπλωθούν και είχαν ανεβάσει στην επιφάνεια ένα ον που θα τους βοηθούσε, μα τώρα έπρεπε να περιμένουν ακόμα μια φορά. Εγώ ήταν ανάγκη να τιμωρηθώ, επειδή είχα φέρει τον θάνατο με τη βοήθεια των ανθρώπων του πάνω κόσμου, η τιμωρία όμως δεν θα ήταν βαριά. Στο όνειρο αυτό είδα ένα σογκόθ για πρώτη φορά και η θέα του με έκανε να ξυπνήσω ουρλιάζοντας σαν τρελός. Εκείνο το πρωί ο καθρέφτης μού αποκάλυψε πως είχα αποκτήσει την όψη του Ίνσμουθ.

Μέχρι τώρα δεν έχω αυτοκτονήσει, όπως έκανε ο θείος μου Ντάγκλας. Αγόρασα ένα αυτόματο πιστόλι και παραλίγο να φτάσω στο σημείο να πατήσω τη σκανδάλη, αλλά ορισμένα όνειρα με απέτρεψαν. Οι ακρότητες της φρίκης ελαττώθηκαν και αισθάνομαι τώρα μια αλλόκοτη έλξη για τους άγνωστους θαλασσινούς βυθούς, αντί να τους φοβάμαι. Ακούω και κάνω παράξενα πράγματα στον ύπνο μου και ξυπνώ με ένα είδος ενθουσιασμού αντί για φόβο. Δεν νομίζω πως χρειάζεται να περιμένω την πλήρη αλλαγή την οποία προσμένουν οι περισσότεροι. Αν περιμένω, ο πατέρας μου πιθανώς θα με κλείσει σε κάποιο άσυλο, όπως έκλεισαν και τον ταλαίπωρο ξάδελφό μου. Απίστευτα και ανήκουστα μεγαλεία με περιμένουν εκεί κάτω και σύντομα θα πάω να τα αναζητήσω. *Λα-Ρ'λιέχ Τσιχούιχα φλγκαγκνλ ιντ λα!* Όχι, δεν πρόκειται να αυτοκτονήσω – δεν μπορώ να πείσω τον εαυτό μου να αυτοκτονήσει!

Θα σχεδιάσω την απόδραση του ξαδέλφου μου από το τρελοκομείο του Κάντον και μαζί θα επιστρέψουμε στο θαυμαστό Ίνσμουθ. Θα πάμε κολυμπώντας μέχρι εκείνο τον μελαγχολικό ύφαλο στα ανοιχτά κι ύστερα θα βουτήξουμε στις μαύρες αβύσσους, ώσπου θα φτάσουμε στην κυκλώπεια και πολυκίονη Γι'χα-νθλέι, στον τόπο των Αβυσσαίων, όπου θα ζήσουμε μέσα στα θαύματα και στη δόξα στους αιώνες των αιώνων.

Ο Βάλτος του Φεγγαριού

Δεν έχω ιδέα σε ποιον μακρινό και τρομακτικό τόπο κατέληξε ο Ντένις Μπάρι. Ήμουν μαζί του την τελευταία νύχτα που έζησε ανάμεσα στους ανθρώπους και άκουσα τις κραυγές του όταν τα όντα ήρθαν να τον πάρουν. Οι χωρικοί και οι αστυνομικοί της κομητείας Μιθ δεν κατάφεραν ποτέ να βρουν αυτόν ή τους άλλους, παρ' ότι έψαξαν παντού για πολύ καιρό. Και τώρα ριγώ όταν ακούω τους βάτραχους να κοάζουν στους βάλτους ή όταν αντικρίζω το φεγγάρι σε μοναχικά μέρη.

Γνώριζα τον Ντένις Μπάρι πολύ καλά στην Αμερική, όπου είχε πλουτίσει, και τον είχα συγχαρεί όταν αγόρασε το παλιό κάστρο πλάι στον βάλτο, στο κοιμισμένο Κίλντερι. Από το Κίλντερι καταγόταν ο πατέρας του και ο Μπάρι ήθελε να απολαύσει τα πλούτη του στην πατρίδα των προγόνων του. Μέλη της φαμίλιας του κάποτε κυβερνούσαν το Κίλντερι και είχαν κτίσει το συγκεκριμένο κάστρο, μα αυτό είχε γίνει πριν από πολύ καιρό, οπότε επί γενιές και γενιές το κάστρο παρέμενε άδειο και ετοιμόρροπο. Όταν πήγε στην Ιρλανδία, ο Μπάρι μου έγραφε συχνά και μου έλεγε πως με τις φροντίδες του το γκρίζο κάστρο επέστρεφε σιγά-σιγά στο αρχαίο του μεγαλείο, πως οι κισσοί σκαρφάλωναν αργά στα αποκαταστημένα τείχη του όπως τόσους αιώνες πριν και πως οι χωρικοί τον ευγνωμονούσαν, επειδή είχε ξαναφέρει τις παλιές καλές μέρες με το χρυσάφι που κουβάλησε μαζί του από την άλλη πλευρά της θάλασσας. Με τον καιρό όμως ήρθαν τα προβλήματα και οι χωρικοί όχι μόνο έπαψαν να τον ευγνωμονούν, μα κι έφυγαν μακριά από εκείνο το μέρος, λες κι ήταν καταραμένο. Μου έστειλε μια επιστολή ζητώντας μου να τον επισκεφθώ, γιατί ένιωθε μόνος μέσα στο κάστρο χωρίς κανέναν να μιλήσει πέρα από τους καινούργιους υπηρέτες και εργάτες που είχε φέρει από τον Βορρά.

Όπως μου είπε ο Μπάρι τη νύχτα που έφτασα στο κάστρο, όλα τα προβλήματα ξεκινούσαν από τον βάλτο. Είχα φτάσει στο Κίλντερι ένα καλοκαιριάτικο δειλινό, την ώρα που το χρυσάφι του ουρανού φώτιζε την πρασινάδα των λόφων και των σύδεντρων καθώς και το γαλάζιο του βάλτου, πάνω σε μια μακρινή νησίδα του οποίου ένα παράξενο αρχαίο ερείπιο έλαμπε σαν φάντασμα. Το ηλιοβασίλεμα ήταν πανέμορφο, μα οι χωρικοί του Μπάλιλαφ με είχαν ήδη προειδοποιήσει λέγοντας πως το Κίλντερι είχε γίνει καταραμένο μέρος. Έτσι, αντικρίζοντας τους ψηλούς πυργίσκους του κάστρου λουσμένους στο ηλιόφωτο, σχεδόν ανατρίχιασα. Το αυτοκίνητο του Μπάρι με είχε παραλάβει από τον σταθμό του Μπάλιλαφ, επειδή το Κίλντερι δεν έχει σιδηροδρομική σύνδεση. Οι χωρικοί απέφευγαν το αυτοκίνητο και τον οδηγό από τον Βορρά, ψιθυρίζοντάς μου με κατάχλομα πρόσωπα προειδοποιήσεις όταν έμαθαν πως πηγαίνω στο Κίλντερι. Εκείνη τη νύχτα, μετά το αντάμωμά μας, ο Μπάρι μου εξήγησε το γιατί.

Οι χωρικοί είχαν φύγει από το Κίλντερι, επειδή ο Ντένις Μπάρι σκόπευε να αποστραγγίσει τον μεγάλο βάλτο. Παρ' όλη την αγάπη του για την Ιρλανδία, η Αμερική δεν τον είχε αφήσει ανέγγιχτο και δεν του άρεσε που υπήρχε τόσος όμορφος χώρος που πήγαινε χαμένος, σε ένα μέρος το οποίο θα μπορούσε να μετατραπεί σε καλλιεργήσιμο έδαφος κι απ' όπου ήταν δυνατό να εξορυχτεί τύρφη. Οι θρύλοι και οι δεισιδαιμονίες του Κίλντερι δεν τον συγκινούσαν, γι' αυτό γέλασε όταν οι χωρικοί πρώτα αρνήθηκαν να τον βοηθήσουν και μετά, βλέποντας πως δεν άλλαξε γνώμη, τον καταράστηκαν και έφυγαν για το Μπάλιλαφ με τα λιγοστά τους υπάρχοντα. Στη θέση τους κάλεσε εργάτες από τον Βορρά και, όταν ακόμα κι οι ντόπιοι υπηρέτες του τον εγκατέλειψαν, τους αντικατέστησε με τον ίδιο τρόπο. Αλλά ο Μπάρι ένιωθε μοναξιά ανάμεσα σ' όλους αυτούς τους άγνωστους και έτσι μου είχε ζητήσει να τον επισκεφθώ.

Όταν άκουσα για τους φόβους που είχαν διώξει τους ανθρώπους μακριά από το Κίλντερι, γέλασα το ίδιο δυνατά όπως είχε γελάσει και ο φίλος μου, επειδή οι φόβοι αυτοί ήταν δίχως βάση, εξωφρενικοί και εντελώς γελοίοι. Είχαν να κάνουν με κάποιον παράλογο τρόμο για τον βάλτο κι ένα κακόβουλο πνεύμα που τον φρουρούσε, κατοικώντας στα παράξενα αρχαία χαλάσματα της νησίδας που είχα δει μέσ' στο ηλιοβασίλεμα. Υπήρχαν ιστορίες για φώτα που χόρευαν με τη χάση του φεγγαριού και ψυχρούς ανέμους τις νύχτες που έκανε ζέστη· για λευκά φαντάσματα που αιωρούνταν πάνω από τα νερά και για μια φανταστική πέτρινη πόλη κάπου βαθιά κάτω από την επιφάνεια του έλους. Όλοι συμφωνούσαν στη σημαντικότερη από τις αλλόκοτες φαντασιώσεις τους, δηλαδή πως μια κατάρα θα έπεφτε πάνω σε κείνον που θα τολμούσε να πειράξει ή να αποστραγγίσει το πελώριο, κοκκινωπό τέλμα. Υπήρχαν μυστικά, έλεγαν οι χωρικοί, που δεν έπρεπε να αποκαλυφθούν· μυστικά τα οποία παρέμεναν κρυμμένα από την εποχή που ο λοιμός είχε χτυπήσει τα παιδιά του Πάρθολαν, την εποχή των θρύλων, πριν από την καταγεγραμμένη ιστορία. Στο *Βιβλίο των Εισβολών* αναφερόταν πως εκείνοι οι γιοι των Ελλήνων ήταν όλοι θαμμένοι στο Ταλάγκτ, αλλά οι γέροντες στο Κίλντερι έλεγαν πως μια ξεχασμένη από τους πάντες πόλη την είχε διασώσει η θεά της Σελήνης, που ήταν προστάτισσά της. Έτσι, οι δασωμένοι λόφοι τη σκέπασαν άθικτη όταν οι άνθρωποι του Νεμέντ κατέβηκαν από τη Σκυθία με τα τριάντα καράβια τους.

Τέτοιου είδους παραμύθια είχαν κάνει τους χωρικούς να εγκαταλείψουν το Κίλντερι, λοιπόν, κι όταν τα άκουσα δεν απόρησα που ο Ντένις Μπάρι είχε αρνηθεί να τους δώσει σημασία. Τον ενδιέφεραν ωστόσο πολύ οι αρχαιότητες και μου πρότεινε να εξερευνήσουμε τον βάλτο με προσοχή, όταν θα τον αποστράγγιζε. Είχε επισκεφθεί τα λευκά ερείπια του μικρού νησιού αρκετές φορές, όμως παρ' όλο που η ηλικία τους ήταν εμφανώς μεγάλη και η μορφή τους δεν έμοιαζε ιδιαίτερα με τα περισσότερα από τα ερείπια της Ιρλανδίας, ήταν πολύ κατεστραμμένα για να μπορέσει να καθορίσει κανείς με βεβαιότητα την εποχή τους. Μα τώρα το έργο της αποστράγγισης ήταν έτοιμο να ξεκινήσει και οι εργάτες από τον Βορρά σύντομα θα στερούσαν από τον απαγορευμένο βάλτο τα πράσινα μούσκλια και τα κόκκινα ρείκια, αποξηραίνοντας τα μικροσκοπικά ρυάκια με τα όστρακα και τις ήσυχες γαλάζιες λιμνούλες που τις στεφάνωναν καλαμιές.

Ενώ ο Μπάρι μου διηγόταν όλα αυτά ένιωθα μεγάλη νύστα, επειδή η διαδρομή εκείνης της μέρας ήταν κουραστική κι ο οικοδεσπότης μου μού μιλούσε ήδη εδώ και πολλές ώρες μέσα στη νύχτα. Κάποιος υπηρέτης με οδήγησε στο δωμάτιό μου, το οποίο βρισκόταν σε έναν απόμακρο πύργο του κάστρου με θέα το χωριό και την πεδιάδα στη άκρη του βάλτου, καθώς και τον ίδιο τον βάλτο. Μπορούσα να δω από τα παράθυρά μου λουσμένες στο φεγγαρόφωτο τις βουβές στέγες των σπιτιών, που τα είχαν εγκαταλείψει οι χωρικοί και που τώρα στέγαζαν τους εργάτες από τον Βορρά, επίσης την ενοριακή εκκλησία με το παμπάλαιο καμπαναριό κι ακόμα πιο μακριά, στο μελαγχολικό έλος, το απόμακρο αρχαίο χάλασμα πάνω στη νησίδα να λάμπει λευκό σαν φάντασμα. Ακριβώς καθώς αποκοιμιόμουν, μου φάνηκε πως άκουσα αμυδρούς ήχους από μακριά· ήχους απίθανους και σχεδόν μουσικούς, οι οποίοι δημιούργησαν μέσα μου έναν αλλόκοτο ενθουσιασμό που χρωμάτισε τα όνειρά μου. Όταν όμως ξύπνησα το άλλο πρωί θεώρησα πως ήταν όλα ένα όνειρο, αφού τα οράματα που είχα δει ήταν πιο θαυμαστά από οποιονδήποτε ήχο φλογέρας μέσα στη νύχτα. Επηρεασμένος από τους θρύλους που είχε διηγηθεί ο Μπάρι, το μυαλό μου μέσ' στον ύπνο είχε πετάξει πάνω από μια μεγαλόπρεπη πόλη σε κάποια πράσινη κοιλάδα, που οι μαρμάρινοι δρόμοι της και τα αγάλματα, οι επαύλεις και οι ναοί, τα ανάγλυφα και οι επιγραφές, όλα αποκάλυπταν με συγκεκριμένους τόνους τη δόξα της αρχαίας Ελλάδας. Όταν διηγήθηκα το όνειρο στον Μπάρι, γελάσαμε κι οι δυο· εκείνος μάλιστα γέλασε δυνατότερα, καθώς επιπλέον ήταν εύθυμα αμήχανος με τους εργάτες που είχε φέρει από τον Βορρά. Ήταν η έκτη φορά που είχαν παρακοιμηθεί και ξυπνήσει με μεγάλη δυσκολία σαν ζαβλακωμένοι, συμπεριφερόμενοι λες και δεν είχαν ξεκουραστεί καθόλου, παρ' ότι είχαν πάει όλοι νωρίς για ύπνο το προηγούμενο βράδυ.

Εκείνο το πρωινό και μέχρι το απομεσήμερο περιπλανιόμουν μόνος στο ηλιόλουστο χωριό μιλώντας κάθε τόσο με βαριεστημένους εργάτες, γιατί ο Μπάρι ήταν απασχολημένος με τους τελικούς σχεδιασμούς του ώστε να αρχίσει το έργο της αποστράγγισης. Οι εργάτες δεν ήταν ιδιαίτερα ευδιάθετοι, επειδή οι περισσότεροι είχαν ταραχτεί από κάποια όνειρα που είδαν, τα οποία μάταια προσπαθούσαν να θυμηθούν. Τους μίλησα για το δικό μου όνειρο, αλλά εκείνοι δεν έδειξαν ενδιαφέρον ώσπου τους είπα για τους παράξενους ήχους που είχα ακούσει. Τότε με κοίταξαν με περιέργεια και εξήγησαν πως θυμούνταν κι εκείνοι κάποιους αλλόκοτους ήχους.

Το βράδυ ο Μπάρι δείπνησε μαζί μου και μου ανάγγειλε πως η αποστράγγιση θα άρχιζε σε δυο ημέρες. Χάρηκα επειδή, παρ' ότι δεν θα μου άρεσε να δω τα μούσκλια και τα ρείκια, τα μικρά ρυάκια και τις λιμνούλες να χάνονται, ένιωθα όλο μεγαλύτερο ενδιαφέρον να ανακαλύψω τα αρχαία μυστικά που μπορεί να έκρυβε η παχιά τύρφη. Εκείνη τη νύχτα, τα όνειρα με τους αυλούς και τα μαρμάρινα περιστύλια σταμάτησαν απότομα και ανησυχητικά, γιατί είδα να απλώνεται πάνω στην πόλη της κοιλάδας ο λοιμός και στη συνέχεια μια τρομακτική κατολίσθηση δασωμένων πλαγιών που κάλυψαν τα πτώματα στους δρόμους αφήνοντας αβύθιστο μόνο τον ναό της Άρτεμης στην ψηλή κορυφή, εκεί όπου η ηλικιωμένη ιέρεια της Σελήνης, η Κλεΐς, παρέμενε ψυχρή και σιωπηλή με ένα φιλντισένιο διάδημα πάνω στα ασημένια μαλλιά της.

Είπα πως ξύπνησα ξαφνικά, μέσ' στην ταραχή. Για κάμποση ώρα δεν μπορούσα να πω με βεβαιότητα αν ήμουν ξύπνιος ή κοιμόμουν, αφού ο ήχος των αυλών αντηχούσε ακόμα στριγκός στ' αφτιά μου. Μα όταν είδα στο πάτωμα τις παγερές ακτίνες του φεγγαριού και το περίγραμμα του γοτθικού παράθυρου με τα πολλά τζάμια, συμπέρανα πως θα έπρεπε να είχα ξυπνήσει και να βρισκόμουν ακόμα στο κάστρο του Κίλντερι. Ύστερα άκουσα ένα ρολόι από κάποιο μακρινό κεφαλόσκαλο να χτυπάει δύο και έτσι σιγουρεύτηκα πια πως ήμουν ξύπνιος, Ωστόσο, οι τερατώδεις ήχοι του αυλού ακούγονταν πάντα από μακριά: άγριες, αλλόκοτες μελωδίες που μου έφερναν στον νου κάποιο χορό σάτυρων στο μακρινό Μαίναλο. Καθώς δεν με άφηναν να κοιμηθώ, πετάχτηκα όρθιος μέσα στον εκνευρισμό μου και άρχισα να βηματίζω πέρα-δώθε. Μόνο κατά τύχη πήγα στο βόρειο παράθυρο και κοίταξα προς το σιωπηλό χωριό και την πεδιάδα στην άκρη του βάλτου. Δεν είχα καμιά διάθεση να κοιτάξω έξω, επειδή ήθελα να κοιμηθώ, μα οι αυλοί με βασάνιζαν κι έπρεπε να απασχολήσω το μυαλό μου με κάτι. Πώς να είχα ποτέ φανταστεί αυτό που επρόκειτο να αντικρίσω;

Εκεί, κάτω από το φεγγαρόφωτο που πλημμύριζε την πλατιά πεδιάδα, είδα ένα θέαμα που κανείς θνητός δεν θα ήταν δυνατό να δει και να ξεχάσει. Κάτω από τους ήχους αυλών από καλάμι, που αντηχούσαν πάνω από τον βάλτο, είδα να γλιστρούν σιωπηλά και αλλόκοτα ένα πλήθος από μορφές, οι οποίες ταλαντεύονταν και στροβιλίζονταν σε ένα χορό όπως εκείνος ίσως που χόρευαν οι Σικελοί προς τιμή της Δήμητρας τον παλιό καιρό κάτω από το καλοκαιρινό φεγγάρι, πλάι στην Κυάνη.[1] Η πλατιά πεδιάδα, το χρυσαφένιο φεγγαρόφωτο, οι σκιώδεις αεικίνητες μορφές και πάνω απ' όλα ο στριγκός μονότονος ήχος των αυλών δημιουργούσαν μια κατάσταση που σχεδόν με παρέλυσε· ωστόσο παρατήρησα μέσα στον φόβο μου πως οι μισοί απ' αυτούς τους ακούραστους χορευτές με τις μηχανικές κινήσεις ήταν οι εργάτες, που πίστευα πως κοιμούνταν, ενώ οι άλλοι μισοί ήταν παράξενα, αέρινα όντα ντυμένα στα λευκά, με ακαθόριστη φύση, αν και θύμιζαν χλομές, μελαγχολικές ναϊάδες από τις στοιχειωμένες πηγές του βάλτου. Ούτε κι εγώ ξέρω πόση ώρα παρακολουθούσα αυτό το θέαμα από το παράθυρο του μοναχικού πύργου, προτού πέσω ξαφνικά σε ένα λήθαργο δίχως όνειρα, από τον οποίο με ξύπνησε μονάχα το επόμενο πρωί ο ήλιος που είχε ήδη σηκωθεί ψηλά.

Η πρώτη μου παρόρμηση μόλις ξύπνησα ήταν να κοινοποιήσω τους φόβους και τις παρατηρήσεις μου στον Ντένις Μπάρι, αλλά καθώς είδα το φως να λάμπει μέσ' από το καφασωτό ανατολικό παράθυρο, ένιωσα βέβαιος πως όσα είδα δεν είχαν καμιά σχέση με την πραγματικότητα. Συχνά παραδίνομαι σε παράξενες φαντασίες, αλλά ποτέ δεν καταντώ να τις θεωρήσω αληθινές. Έτσι, στη συγκεκριμένη περίπτωση αρκέστηκα να κάνω κάποιες ερωτήσεις στους εργάτες, που είχαν αργήσει να ξυπνήσουν και δεν θυμούνταν τίποτε από την προηγούμενη νύχτα πέρα από ομιχλώδη όνειρα με διαπεραστικούς ήχους. Αυτό

1. Η Κυάνη ήταν μεγάλη πηγή κοντά στις Συρακούσες της Σικελίας, που ανέβλυσε όταν ο Άδης έκλεψε την κόρη της Δήμητρας, Περσεφόνη, και την κατέβασε από αυτό τον τόπο στον Κάτω Κόσμο. Οι Έλληνες τελούσαν εκεί ετήσιες γιορτές. (ΣτΜ)

το θέμα των αυλών που έμοιαζαν να παίζουν φαντάσματα με βασάνιζε, τόσο ώστε αναρωτήθηκα αν τα φθινοπωρινά τριζόνια είχαν εμφανιστεί πριν την ώρα τους για να αναστατώσουν τη νύχτα και να στοιχειώσουν τα όνειρα των ανθρώπων. Αργότερα την ίδια μέρα, βλέποντας τον Μπάρι στη βιβλιοθήκη του κάστρου σκυμμένο πάνω από τα σχέδια του μεγάλου έργου που επρόκειτο να ξεκινήσει την επόμενη, για πρώτη φορά αισθάνθηκα κάτι από τον φόβο που είχε διώξει μακριά τους χωριάτες. Για κάποιον άγνωστο λόγο έτρεμα στη σκέψη της αναστάτωσης του αρχαίου βάλτου και των ανήλιαγων μυστικών του, φανταζόμενος τρομακτικά θεάματα να κρύβονται κάτω από τα απροσμέτρητα βάθη της αιωνόβιας τύρφης. Καθώς μου φαινόταν ασύνετο τα μυστικά αυτά να βγουν στο φως, άρχισα να αναζητώ κάποια δικαιολογία για να εγκαταλείψω το κάστρο και το χωριό. Έφτασα στο σημείο να θίξω το θέμα στον Μπάρι, μα δεν τόλμησα να επεκταθώ όταν εκείνος άρχισε πάλι να γελάει τρανταχτά. Έτσι παρέμεινα σιωπηλός μέχρι που ο ήλιος έδυσε αστραφτερός πίσω από τους μακρινούς λόφους και το Κίλντερι έλαμψε κόκκινο και χρυσαφένιο, μέσα σε ένα φλογισμένο φως που έμοιαζε με οιωνό.

Δεν θα εξακριβώσω ποτέ αν τα γεγονότα εκείνης της νύχτας ήταν πραγματικότητα ή ψευδαίσθηση. Σίγουρα ξεπερνούν οτιδήποτε ονειρευόμαστε για τη φύση και το σύμπαν. Από την άλλη, πάλι, δεν έχω να προτείνω καμιά ερμηνεία για τις εξαφανίσεις που αποκαλύφθηκαν όταν όλα τέλειωσαν. Πήγα για ύπνο νωρίς, γεμάτος φόβο, και για πολλή ώρα δεν μπορούσα να κοιμηθώ, μέσ' στην αλλόκοτη σιωπή του πύργου. Ήταν πολύ σκοτεινά επειδή, παρ' όλο που είχε ξαστεριά, το φεγγάρι ήταν πια στη χάση του και θα ανέτελλε μονάχα κατά τις μικρές ώρες της νύχτας. Ξαπλωμένος στο κρεβάτι και συλλογίζομενος τον Ντένις Μπάρι και το τι θα πάθαινε ο βάλτος όταν θα ξημέρωνε, αισθάνθηκα μια σχεδόν μανιακή παρόρμηση να βγω μέσ' στη νύχτα, να πάρω το αυτοκίνητο του Μπάρι και να τρέξω οδηγώντας σαν τρελός στο Μπάλιλαφ, μακριά από τις απειλούμενες περιοχές. Μα πριν οι φόβοι μου αποκρυσταλλωθούν και μετατραπούν σε δράση, είχα αποκοιμηθεί και αντίκριζα ξανά στα όνειρά μου την αρχαία πόλη της κοιλάδας, παγερή και νεκρή κάτω από ένα πέπλο φριχτών σκιών.

Αυτό που μάλλον με ξύπνησε ήταν ο διαπεραστικός ήχος αυλών, όμως δεν ήταν οι αυλοί που πρόσεξα πρώτα-πρώτα όταν άνοιξα τα μάτια μου. Ήμουν ξαπλωμένος με την πλάτη προς το ανατολικό παράθυρο που είχε θέα προς τον βάλτο, απ' όπου θα ανέτελλε το φεγγάρι το οποίο βρισκόταν στη χάση του, κι έτσι περίμενα ότι θα έβλεπα το φως του να πέφτει μπροστά μου στον απέναντι τοίχο. Δεν περίμενα να δω ένα θέαμα όπως αυτό που αντίκρισα. Στην ξύλινη επένδυση του τοίχου μπρος μου πράγματι έλαμπε κάποιο φως, μα δεν ήταν φεγγαρόφωτο. Η κοκκινωπή ακτινοβολία που ξεχυνόταν από το γοτθικό παράθυρο ήταν τρομερή και διαπεραστική. Ολόκληρο το δωμάτιο ήταν λουσμένο σε μια λάμψη ισχυρή και απόκοσμη. Η άμεση αντίδρασή μου ήταν αταίριαστη σε μια τέτοια περίσταση, αλλά μονάχα στα μυθιστορήματα ενεργεί κανείς με δραστικό και προμελετημένο τρόπο. Έτσι, λοιπόν, αντί να κοιτάξω έξω προς τον βάλτο και την καινούργια πηγή φωτός, κράτησα το βλέμμα μακριά από το παράθυρο μέσα σε πανικόβλητο φόβο και φόρεσα αδέξια τα ρούχα μου, έχοντας κατά νου μια ασυγκεκριμενοποίητη ιδέα απόδρασης. Θυμάμαι πως άρπαξα το περίστροφο και το καπέλο μου, παρ' όλο που πριν η ιστορία αυτή τελειώσει τα είχα χάσει και τα δύο χωρίς να χρησιμοποιήσω το πρώτο ή να φορέσω στο κεφάλι το δεύτερο. Μετά από λίγο, όμως, η γοητεία της κόκκινης ακτινοβολίας ξεπέρασε την τρομάρα μου οπότε σύρθηκα ως το ανατολικό παράθυρο και κοίταξα έξω, ενώ ο εκνευριστικός και ακατάπαυστος ήχος των αυλών αντηχούσε στο κάστρο και σ' όλο το χωριό.

Πάνω από τον βάλτο είχε απλωθεί μια πλημμύρα εκτυφλωτικού φωτός, άλικου και δαιμονικού, που ξεχυνόταν από το παράξενο αρχαίο ερείπιο της μακρινής νησίδας. Δεν έχω λόγια να περιγράψω την όψη εκείνου του ερειπίου – θα πρέπει να είχα παραφρονήσει, γιατί το έβλεπα να υψώνεται μεγαλόπρεπο και άθικτο, εντυπωσιακό και κιονοζωσμένο, με τα μάρμαρα του θριγκού, που καθρέφτιζαν τις φλόγες, να χαράζονται στον ουρανό σαν στέγη ενός ναού σε βουνοκορφή. Οι αυλοί στρίγκλιζαν, τα τύμπανα βογγούσαν και, ενώ κοιτούσα με δέος και τρόμο, μου φάνηκε πως διέκρινα σκοτεινές μορφές ν' αναπηδούν και να διαγράφονται τερατώδεις σ' εκείνο το όραμα του μάρμαρου και της λαμπρότητας. Το αποτέλεσμα ήταν τιτάνιο, σχεδόν αδιανόητο, και θα μπορούσα να συνεχίσω να κοιτάζω αέναα εάν ο ήχος των αυλών δεν φαινόταν να δυναμώνει στ' αριστερά μου. Τρέμοντας από μια φρίκη παράξενα ανακατεμένη με έκσταση, διέσχισα το κυκλικό δωμάτιο και πήγα στο βορινό παράθυρο, απ' όπου είχα τη δυνατότητα να δω το χωριό και την πεδιάδα στην άκρη του βάλτου. Τότε τα μάτια μου γούρλωσαν πάλι με απροσμέτρητο, άγριο δέος, λες και δεν τα είχα μόλις αποστρέψει από μια σκηνή πέρ' από τα σύνορα της φύσης, και τούτο συνέβη επειδή στη φρικιαστικά κατακόκκινη πεδιάδα σάλευε μια πομπή όντων, με τρόπο που όμοιο του δεν έχω αντικρίσει παρά μόνο στους εφιάλτες μου.

Μισογλιστρώντας–μισοπετώντας στον αέρα, τα λευκοντυμένα τελώνια του βάλτου επέστρεφαν αργά στα ακίνητα νερά και τα ερείπια του νησιού, με φαντασμαγορικούς σχηματισμούς που θύμιζαν αρχαίο και μεγαλόπρεπο ιερό χορό. Τα διάφανα χέρια τους ταλαντεύονταν καθοδηγούμενα από τον απαίσιο ήχο των αθέατων αυλών, καλώντας με αλλόκοτο ρυθμό το πλήθος των εργατών οι οποίοι ακολουθούσαν σαν τα σκυλιά, με τυφλά, άνοα, αβέβαια βήματα, σαν να τους έσερνε μια ασαφής αλλά ακατανίκητη δαιμονική θέληση. Καθώς οι ναϊάδες πλησίαζαν τον βάλτο χωρίς να αλλάξουν πορεία, μια καινούργια γραμμή από άτομα που τρέκλιζαν σαν μεθυσμένα ξεπρόβαλαν από κάποια πόρτα του κάστρου, μακριά κάτω από το παράθυρό μου, διαβαίνοντας στα τυφλά από την αυλή και από το μέρος του χωριού που μεσολαβούσε ανάμεσα στο κάστρο και την πεδιάδα, για να ενωθούν τελικά με την τρεμάμενη φάλαγγα των εργατών. Παρά την απόσταση που μας χώριζε, αμέσως κατάλαβα πως ήταν οι υπηρέτες που ο φίλος μου είχε φέρει από τον Βορρά, επειδή αναγνώρισα την άσχημη και δύσκαμπτη μορφή του μάγειρα, που η γελοιότητά του είχε γίνει τώρα απερίγραπτα τραγική.

Οι αυλοί αντηχούσαν φριχτά, ενώ για άλλη μια φορά άκουγα το χτύπημα τυμπάνων από την κατεύθυνση των ερειπίων του νησιού. Ύστερα, σιωπηλά και με χάρη, οι ναϊάδες έφτασαν στο νερό και μια-μια έγιναν ένα με τον αρχαίο βάλτο, ενώ η φάλαγγα των ανθρώπων που τις ακολουθούσαν, χωρίς να κόψουν ταχύτητα, βούτηξαν πλατσουρίζοντας ξοπίσω τους και χάθηκαν σε έναν ασθενή στρόβιλο αποκρουστικών φυσαλλίδων, που μετά βίας κατάφερνα να διακρίνω κάτω από το άλικο φως. Καθώς ο τελευταίος αξιοθρήνητος άνδρας που είχε απομείνει, ο χοντρός μάγειρας, βούλιαζε βαρύς και εξαφανιζόταν στα μελαγχολικά νερά, οι αυλοί και τα τύμπανα σώπασαν κι οι εκτυφλωτικές ακτίνες από τα ερείπια έσβησαν από τη μια στιγμή στην άλλη, αφήνοντας το χωριό του ολέθρου μόνο, έρημο κάτω από τις αδύναμες ακτίνες του φεγγαριού που μόλις είχε ανατείλει.

Βρισκόμουν πια σε κατάσταση απερίγραπτου χάους. Δεν ήξερα αν ήμουν τρελός ή λογικός, κοιμισμένος ή ξύπνιος, και το μόνο που μ' έσωζε ήταν μια σπλαχνική ζάλη. Πιστεύω πως έπραξα τότε γελοία πράγματα, όπως να προσεύχομαι στην Άρτεμη, τη Λητώ, τη Δήμητρα, την Περσεφόνη και τον Πλούτωνα. Ό,τι θυμόμουν από την κλασική παιδία της νιότης μου έρχονταν στα χείλη μου, καθώς η φρίκη της κατάστασής μου ξυπνούσε μέσα μου τις πιο βαθιές δεισιδαιμονίες. Ένιωθα λες κι είχα σταθεί μάρτυρας του θανάτου ενός ολόκληρου χωριού, ξέροντας πως είχα απομείνει ολομόναχος στο κάστρο με τον Ντένις Μπάρι, το θράσος του οποίου είχε προκαλέσει τούτο τον τεράστιο όλεθρο. Καθώς τον σκεφτόμουν, νέοι τρόμοι με συντάραξαν και σωριάστηκα στο πάτωμα, όχι λιπόθυμος μα παράλυτος. Τότε ένιωσα το παγερό φύσημα από το ανατολικό παράθυρο, από το σημείο όπου είχε ανατείλει το φεγγάρι, και άρχισα να ακούω τις στριγκλιές στο κάστρο μακριά από κάτω μου. Σύντομα οι στριγκλιές είχαν πάρει μια ένταση και μια χροιά που δεν μπορώ να περιγράψω με λόγια και που μου προκαλούν λιποψυχία καθώς τις σκέφτομαι. Το μόνο που μπορώ να πω, είναι ότι προέρχονταν από κάποιον που γνώριζα ως φίλο.

Κάποτε, στη διάρκεια αυτών των συγκλονιστικών στιγμών, ο παγερός άνεμος και οι κραυγές πρέπει να με συνέφεραν, επειδή η επόμενη ανάμνησή μου είναι πως έτρεχα σαν τρελός μέσ' από σκοτεινά δωμάτια και διαδρόμους για να βγω στην αυλή, στην απαίσια νύχτα. Με βρήκαν το ξημέρωμα να περιπλανιέμαι σαν διανοητικά καθυστερημένος κοντά στο Μπάλιλαφ κι αυτό που με έκανε να χάσω εντελώς τα λογικά μου δεν ήταν κάποιο από τα φριχτά πράγματα που είχα δει ή ακούσει μέχρι τότε. Αυτό για το οποίο ψέλλιζα καθώς ο νους μου κάπου-κάπου αναδυόταν ξαφνικά από τις σκιές, ήταν δύο απίστευτα γεγονότα που συνέβησαν στη διάρκεια της φυγής μου: γεγονότα χωρίς ιδιαίτερη σημασία, τα οποία όμως στοιχειώνουν το μυαλό μου ακατάπαυστα όταν μένω μόνος σε ελώδη μέρη ή κάτω από το φεγγαρόφωτο.

Καθώς έτρεχα μακριά από το καταραμένο κάστρο ακολουθώντας τις όχθες του βάλτου, άκουσα έναν καινούργιο ήχο: συνηθισμένο, αλλά αταίριαστο με οτιδήποτε είχα ακούσει ως τότε στο Κίλντερι. Τα στάσιμα νερά, που τελευταία ήταν εντελώς στερημένα από ζωή, τώρα έβριθαν από γλοιώδεις και πελώριους βάτραχους, οι οποίοι κόαζαν στριγκά και ακατάπαυστα με φωνές που η έντασή τους ήταν παράξενα δυσανάλογη προς το μέγεθός τους. Γυάλιζαν φουσκωμένοι και πράσινοι κάτω από τις ακτίνες του φεγγαριού και έμοιαζαν να έχουν τα μάτια τους στραμμένα προς την πηγή του φωτός. Ακολουθώντας το βλέμμα ενός πολύ χοντρού και άσχημου βάτραχου, είδα το δεύτερο από τα πράγματα που με παραφρόνησαν.

Ακριβώς προς την κατεύθυνση των παράξενων αρχαίων ερείπιων της μακρινής νησίδας και του φεγγαριού που βρισκόταν στη χάση του, τα μάτια μου νόμισαν ότι διέκριναν μια ακτίνα αμυδρής, τρεμάμενης ακτινοβολίας που δεν καθρεφτιζόταν στα νερά του βάλτου. Σε τούτο το ωχρό μονοπάτι, η πυρετική φαντασία μου είδε μια αόριστη σκιά να σπαρταράει αδύναμα· έναν ασαφή ίσκιο που πάλευε σπασμωδικά σαν να τον έσερναν αθέατα δαιμονικά. Παραφρονημένος καθώς ήμουν, διέκρινα σ' αυτή την απαίσια σκιά μια τερατώδη ομοιότητα, μια αηδιαστική και απίστευτη καρικατούρα, ένα βλάσφημο αντίγραφο εκείνου που ήταν κάποτε ο Ντένις Μπάρι.

Το κυνηγόσκυλο

Στα βασανισμένα αφτιά μου αντηχεί ακατάπαυστα ένα εφιαλτικό πλατάγισμα, καθώς και ένα απόμακρο γάβγισμα σαν πελώριου κυνηγόσκυλου. Δεν είναι όνειρο και φοβάμαι πως δεν είναι καν τρέλα, εφόσον έχουν ήδη συμβεί πάρα πολλά και δεν μπορώ πια να προσφέρω στον εαυτό μου παρόμοιες σπλαχνικές αμφιβολίες.

Ο Σεν Τζον είναι ένα κατακρεουργημένο πτώμα· μονάχα εγώ ξέρω το γιατί και αυτή η γνώση με κάνει να σκέφτομαι να τινάξω τα μυαλά μου στον αέρα, εξαιτίας του φόβου πως θα κατακρεουργηθώ με τον ίδιο τρόπο. Σε σκοτεινούς και ατέρμονους διαδρόμους αρχαίας φαντασίας τρέχει η μαύρη και άμορφη Νέμεσις, που θα με οδηγήσει στην αυτοκαταστροφή.

Είθε οι ουρανοί να μας συγχωρήσουν για την ανοησία και το μακάβριο ενδιαφέρον που μας οδήγησε και τους δύο σε μια τόσο τερατώδη μοίρα! Κουρασμένοι από τις κοινοτοπίες της καθημερινότητας, όπου ακόμα και οι χαρές του έρωτα και της περιπέτειας είχαν μπαγιατέψει, ο Σεν Τζον κι εγώ ακολουθούσαμε με ενθουσιασμό κάθε αισθητικό και διανοητικό κίνημα που υποσχόταν ανάπαυλα από την αφόρητη ανία μας. Τα αινίγματα των συμβολιστών και οι εκστάσεις των προραφαηλιτών είχαν γίνει κατά καιρούς κτήματά μας, αλλά μετά από κάθε νέο ενθουσιασμό χανόταν πολύ γρήγορα το στοιχείο της έκπληξης και η έλξη που ασκούνταν πάνω μας.

Μόνο η σκυθρωπή φιλοσοφία των ντεκαντάνς μπορούσε να μας βοηθήσει, μα κι αυτή παρέμενε ισχυρή μόνο όσο αυξαίναμε σταδιακά το βάθος και τη διαβολικότητα των αναζητήσεών μας. Εντέλει, ο Μποντλέρ και ο Χούισμανς σύντομα έπαψαν να μας προσφέρουν ανατριχίλες κι έτσι απέμεινε για μας μονάχα το άμεσο ερέθισμα αφύσικων προσωπικών εμπειριών και περιπετειών. Αυτή η τρομακτική προσωπική ανάγκη ήταν που τελικά μας οδήγησε στην αποτρόπαια πορεία την οποία, μέσ' στον φόβο που νιώθω τούτη τη στιγμή, τη θίγω με ντροπή και επιφύλαξη – αυτήν τη φριχτή ακρότητα του ανθρώπινου αίσχους, τη βδελυρή πράξη της τυμβωρυχίας.

Δεν μπορώ να αποκαλύψω τις λεπτομέρειες των απαίσιων εξορμήσεών μας ή να περιγράψω έστω και ελάχιστα από τα τρόπαια που στόλιζαν το ακατονόμαστο μουσείο, το οποίο είχαμε δημιουργήσει στο μεγάλο πέτρινο σπίτι όπου ζούσαμε μαζί, μόνοι και δίχως υπηρέτες. Το μουσείο μας ήταν ένα βλάσφημο μέρος με αδιανόητο περιεχόμενο, όπου με το σατανικό γούστο νευρωτικών δεξιοτεχνών είχαμε συγκεντρώσει ένα σύμπαν φρίκης και αποσύνθεσης, για να ερεθίζουμε τις αμβλυμμένες αισθήσεις μας. Ήταν μια μυστική αίθουσα βαθιά κάτω από το έδαφος, όπου πελώριοι φτερωτοί δαίμονες σκαλισμένοι πάνω σε βασάλτη και όνυχα ξερνούσαν από τα ορθάνοιχτα στόματά τους αλλόκοτο πράσινο και πορτοκαλί φως, ενώ κρυμμένοι σωλήνες διοχέτευαν αέρα και έκαναν να σαλεύουν παχιές μαύρες κουρτίνες, πάνω στις οποίες είχαν υφανθεί αντικείμενα από οστεοφυλάκια δημιουργώντας καλειδοσκοπικούς χορούς θανάτου. Μέσα από τους σωλήνες αυτούς έβγαιναν κατά βούληση οι μυρωδιές που λαχταρούσαμε περισσότερο: μερικές φορές η ευωδιά χλομών νεκρικών κρίνων· μερικές φορές το ναρκωτικό θυμίαμα φανταστικών ανατολίτικων βωμών αφιερωμένων σε βασιλικούς νεκρούς και μερικές φορές –τρέμω τώρα που το θυμάμαι– η τρομακτική μπόχα ενός ανοιγμένου τάφου, που έκανε την ψυχή να συνταράσσεται.

Στους τοίχους εκείνης της αποκρουστικής αίθουσας υπήρχαν προθήκες με αρχαίες μούμιες, οι οποίες εναλλάσσονταν με όμορφα πτώματα τέλεια διατηρημένα μέσω της τέχνης του ταριχευτή έτσι ώστε να μοιάζουν ζωντανά, καθώς και ταφόπλακες αρπαγμένες από τα αρχαιότερα νεκροταφεία του κόσμου. Κρυστάλλινες θήκες εδώ κι εκεί περιείχαν κρανία κάθε μεγέθους και κεφάλια διατηρημένα σε διάφορα στάδια αποσύνθεσης. Έβρισκε κανείς σαπισμένα κρανία διάσημων ευγενών, αλλά και ακτινοβόλα χρυσαφένια κεφάλια πρόσφατα θαμμένων παιδιών.

Υπήρχαν επίσης αγάλματα και πίνακες με κάθε διαβολικό θέμα, κάποια απ' αυτά δημιουργημένα από τον Σεν Τζον κι από μένα. Ένα κλειδωμένο πολύπτυχο, δεμένο με επεξεργασμένο ανθρώπινο δέρμα, έκρυβε ορισμένα άγνωστα και ακατονόμαστα σχέδια τα οποία λεγόταν πως είχε δημιουργήσει ο Γκόγια, αλλά αρνιόταν να τα αναγνωρίσει ως δικά του. Υπήρχαν επίσης αποκρουστικά μουσικά όργανα, έγχορδα, πνευστά και κρουστά, πάνω στα οποία ο Σεν Τζον κι εγώ μερικές φορές παίζαμε δυσαρμονίες εξαιρετικής νοσηρότητας και δαιμονικής φρίκης. Τέλος, σε μια πληθώρα εβένινων θηκών επενδυμένων με βελούδο απλωνόταν η πιο απίθανη και απίστευτη ποικιλία λαφύρων, που η ανθρώπινη παραφροσύνη και η διαστροφή είχαν ποτέ συγκεντρώσει μέσ' από τάφους. Ειδικά για αυτήν τη συλλογή δεν πρέπει να μιλάω – δόξα τω Θεώ που είχα το θάρρος να την καταστρέψω, προτού σκεφτώ να καταστρέψω τον εαυτό μου!

Οι επιδρομές με τις οποίες είχαμε συλλέξει τους ακατονόστους θησαυρούς μας, ήταν από μόνες τους αξιομνημόνευτες καλλιτεχνικές πράξεις. Δεν ήμασταν τυχαίοι τυμβωρύχοι, μα δουλεύαμε μόνο κάτω από συγκεκριμένες συνθήκες διάθεσης, περιβάλλοντος, καιρού, εποχής και φάσεων της σελήνης. Η ασχολία μας αυτή αποτελούσε για μας την πιο εξαίσια μορφή αισθητικής έκφρασης και δίναμε στις λεπτομέρειές της σχολαστική προσοχή. Μια ακατάλληλη ώρα, ένας λανθασμένος φωτισμός ή μια αδέξια φτυαριά υγρού χώματος θα κατέστρεφε σχεδόν ολοσχερώς για μας εκείνη την εκστατική ανατριχίλα, που ακολουθούσε την εκταφή κάποιου απειλητικού και καγχάζοντος μυστικού της γης. Η αναζήτησή μας για καινούργια σκηνικά και πικάντικες συνθήκες ήταν πυρετώδης και ακόρεστη – ο Σεν Τζον ήταν πάντα ο αρχηγός, ο οποίος τελικά και μας οδήγησε στο καταραμένο σημείο που έριξε στα κεφάλια μας φριχτό κι αναπόφευκτο όλεθρο.

Από ποια κακόβουλη μοίρα παρασυρθήκαμε σ' εκείνο το τρομερό ολλανδικό νεκροταφείο; Νομίζω πως ήταν οι φήμες και οι θρύλοι σχετικά με κάποιον θαμμένο σ' αυτό εδώ και πεντακόσια χρόνια, που ήταν κι ο ίδιος τυμβωρύχος στην εποχή του και είχε κλέψει κάτι πολύ σημαντικό από ένα μεγαλόπρεπο μαυσωλείο. Θυμάμαι τη σκηνή τούτες τις τελευταίες στιγμές μου – το χλομό φθινοπωριάτικο φεγγάρι πάνω από τους τάφους να ρίχνει μακριές, φριχτές σκιές· τα τερατώδη δέντρα να γέρνουν σκυθρωπά για να συναντήσουν το παραμελημένο χορτάρι και τις φθαρμένες ταφόπλακες· τα ατέλειωτα κοπάδια των μεγαλόσωμων νυχτερίδων που πετούσαν με φόντο το φεγγάρι· την παμπάλαιη εκκλησία, καλυμμένη από κισσούς, να στρέφει ένα πελώριο δάχτυλο προς τον μελανό ουρανό· τα φωσφορίζοντα έντομα που χόρευαν σαν νεκρικές πυρές κάτω από τα έλατα σε μια μακρινή γωνιά του νεκροταφείου· τις οσμές της μούχλας, της βλάστησης και λιγότερο αναγνωρίσιμων πραγμάτων που ανακατεύονταν αδύναμα στον νυχτερινό άνεμο ο οποίος φυσούσε πάνω από μακρινούς βάλτους και θάλασσες· και, το χειρότερο απ' όλα, το απόμακρο, βαθύ γάβγισμα κάποιου γιγάντιου σκύλου που δεν μπορούσαμε να δούμε, ούτε και να καθορίσουμε το σημείο όπου βρισκόταν. Ακούγοντας το μακρινό εκείνο γάβγισμα ριγήσαμε, επειδή θυμηθήκαμε τις ιστορίες των χωρικών που έλεγαν πως κι εκείνος που ψάχναμε είχε πριν από αιώνες βρεθεί σε τούτο το ίδιο σημείο ξεσκισμένος και κατακρεουργημένος από τα νύχια και τα δόντια κάποιου ακατονόμαστου τέρατος.

Θυμάμαι πώς σκάψαμε τον τάφο του τυμβωρύχου με τα φτυάρια μας και πόσο μας ενθουσίαζε η εικόνα των εαυτών μας, του τάφου, του χλομού φεγγαριού που μας κοιτούσε από ψηλά, των τερατωδών δέντρων, των γιγάντιων νυχτερίδων, της αρχαίας εκκλησίας, των τελώνιων που χόρευαν στον αέρα, των αηδιαστικών οσμών, του νυχτερινού άνεμου ο οποίος στέναζε σιγανά και του παράξενου γαβγίσματος που ακούγαμε να έρχεται από κάποια απροσδιόριστη κατεύθυνση, για την πραγματική ύπαρξη του οποίου δεν μπορούσαμε καν να είμαστε σίγουροι.

Τελικά τα φτυάρια μας χτύπησαν σε κάποιο υλικό πιο σκληρό από το υγρό χώμα και αντικρίσαμε ένα μισοσαπισμένο μακρόστενο κιβώτιο, καλυμμένο από ορυκτές εναποθέσεις του εδάφους που για αιώνες είχε παραμείνει άσκαφτο. Το κιβώτιο είχε απίστευτα σκληρά και χοντρά τοιχώματα, αλλά ήταν πολύ παλιό κι έτσι τελικά κατορθώσαμε να το ανοίξουμε και να ατενίσουμε με ενθουσιασμό αυτό που έκρυβε μέσα του.

Ένα εντυπωσιακά μεγάλο μέρος του λειψάνου παρέμενε άθικτο, παρά το πέρασμα πεντακοσίων χρόνων. Ο σκελετός του τυμβωρύχου, αν και σε ορισμένα μέρη του είχε συνθλιφτεί από τα σαγόνια του πλάσματος που τον είχε σκοτώσει, διατηρούνταν με εκπληκτική ανθεκτικότητα και έτσι παρατηρήσαμε με χαρά το καθαρό λευκό κρανίο με τα μακριά, δυνατά δόντια και τις άδειες κόγχες, όπου κάποτε έκαιγε ένας μακάβριος πυρετός παρόμοιος με τον δικό μας. Μέσα στο φέρετρο υπήρχε κι ένα φυλαχτό παράξενης και εξωτικής τεχνοτροπίας, που προφανώς ήταν περασμένο γύρω από τον λαιμό του νεκρού. Ήταν το αλλόκοτα κατασκευασμένο αγαλματίδιο ενός συσπειρωμένου φτερωτού κυνηγόσκυλου ή σφίγγας με κυνόμορφο πρόσωπο, εξαίσια σκαλισμένο κατά το αρχαίο στυλ της Ανατολής πάνω σε ένα μικρό κομμάτι πράσινου νεφρίτη. Η έκφραση του προσώπου ήταν άκρως αποκρουστική, φανερώνοντας ταυτόχρονα θάνατο, κτηνωδία και κακία. Γύρω από τη βάση του υπήρχε μια επιγραφή με σύμβολα που ούτε εγώ ούτε ο Σεν Τζον κατορθώσαμε να αναγνωρίσουμε. Στο κάτω μέρος, ως σφραγίδα του κατασκευαστή, ήταν σκαλισμένο ένα αποκρουστικό και τρομακτικό κρανίο.

Αμέσως μόλις τα βλέμματά μας έπεσαν πάνω στο φυλαχτό, ξέραμε ήδη πως έπρεπε να γίνει δικό μας. Αυτός ο θησαυρός θα ήταν το άνομο κέρδος μας από τον παλιό τάφο. Θα το επιθυμούσαμε ακόμα κι αν δεν το αναγνωρίζαμε από την εμφάνισή του, αλλά καθώς το κοιτούσαμε καλύτερα ανακαλύψαμε πως δεν ήταν για μας κάτι εντελώς άγνωστο. Μπορεί να ήταν ξένο προς κάθε τεχνοτροπία και πολιτισμό που γνωρίζουν οι φυσιολογικοί και ισορροπημένοι αναγνώστες, μα εμείς καταλάβαμε ότι επρόκειτο για το αντικείμενο το οποίο αναφέρεται στο απαγορευμένο *Νεκρονομικόν*, του τρελού Άραβα Αμπντούλ Αλχαζρέντ· ήταν το αποτρόπαιο σύμβολο της λατρείας των πτωματοφάγων δαιμόνων από το απροσπέλαστο Λενγκ της Κεντρικής Ασίας. Αναγνωρίσαμε πολύ καλά όλα τα διαβολικά χαρακτηριστικά που περιέγραφε ο γέρο-Άραβας δαιμονολόγος· χαρακτηριστικά, όπως έγραφε, αναδυόμενα από κάποια κρυφή και υπερφυσική έκφανση των ψυχών εκείνων που τάραζαν και κατέτρωγαν τους νεκρούς.

Αρπάζοντας το πράσινο αντικείμενο από νεφρίτη, ρίξαμε μια τελευταία ματιά στο ξασπρισμένο κρανίο και τις άδειες κόγχες του κατόχου του και κλείσαμε τον τάφο ώστε να δείχνει ακριβώς όπως τον είχαμε βρει. Καθώς απομακρυνόμασταν βιαστικά με το κλεμμένο φυλαχτό στην τσέπη του Σεν Τζον, μας φάνηκε πως είδαμε τις νυχτερίδες να κατεβαίνουν κοπαδιαστά προς το χώμα που μόλις είχαμε σκάψει, σαν να αναζητούσαν σ' αυτό κάποια καταραμένη, ανόσια τροφή. Όμως το φθινοπωρινό φεγγάρι έφεγγε αδύναμο και ωχρό, για τούτο δεν μπορούσαμε να είμαστε σίγουροι. Παρόμοια επίσης, όταν σαλπάραμε την επόμενη μέρα από την Ολλανδία για την πατρίδα μας, νομίσαμε ότι ακούγαμε πέρα στο βάθος το ασθενικό, απόμακρο γαύγισμα κάποιου γιγάντιου σκύλου. Μα ο φθινοπωρινός άνεμος μουρμούριζε πένθιμα κι αδύναμα, οπότε δεν μπορούσαμε να είμαστε σίγουροι.

Δεν είχε καν περάσει μια εβδομάδα από την επιστροφή μας στην Αγγλία, όταν παράξενα πράγματα άρχισαν να συμβαίνουν. Ζούσαμε σαν ερημίτες, χωρίς φίλους και υπηρέτες, σε μερικά από τα δωμάτια μιας πολύ παλιάς έπαυλης, χτισμένης σε ένα μελαγχολικό, ακατοίκητο βαλτοτόπι. Έτσι, οι πόρτες μας σπάνια αντηχούσαν από το χτύπημα κάποιου επισκέπτη.

Μετά το ταξίδι μας στην Ολλανδία, όμως, άρχισαν να μας ενοχλούν συχνά μέσα στη νύχτα γδούποι, όχι μόνο στις πόρτες αλλά και στα παράθυρα του ορόφου καθώς και του ισογείου. Μια φορά μας φάνηκε πως είδαμε ένα μεγάλο, αδιαφανές σώμα να σκοτεινιάζει το παράθυρο της βιβλιοθήκης την ώρα που το φεγγαρόφωτο έπεφτε επάνω του κι άλλοτε νομίσαμε πως ακούσαμε κάπου κοντά ένα είδος φτερουγίσματος ή πλαταγίσματος. Σε όλες τις περιπτώσεις οι έρευνές μας δεν αποκάλυψαν τίποτα και έτσι αρχίσαμε να αποδίδουμε τα φαινόμενα στη φαντασία μας, η οποία επίσης παρέτεινε ακόμα μέσ' στ' αφτιά μας το μακρινό αλύχτισμα που μας είχε φανεί ότι ακούσαμε στο ολλανδικό νεκροταφείο. Το φυλαχτό από νεφρίτη αναπαυόταν τώρα σε μια γωνιά του μουσείου μας και μερικές φορές καίγαμε μπροστά του ένα παράξενα αρωματισμένο κερί. Είχαμε διαβάσει πολλά στο *Νεκρονομικόν* του Αλχαζρέντ σχετικά με τις ιδιότητές του, καθώς και για τη σχέση των ψυχών των νεκρών με ό,τι συμβόλιζε· κι αυτά που διαβάσαμε μας είχαν ταράξει.

Τότε, ήρθε ο τρόμος.

Τη νύχτα της 24ης Σεπτεμβρίου 19.. άκουσα ένα χτύπημα στην πόρτα του δωματίου μου. Πιστεύοντας πως ήταν ο Σεν Τζον είπα στον επισκέπτη να περάσει, μα μου απάντησε μονάχα ένα στριγκό γέλιο. Στον διάδρομο δεν υπήρχε κανείς. Όταν ξύπνησα τον Σεν Τζον, εκείνος ισχυρίστηκε πως δεν είχε ιδέα για το συμβάν και άρχισε να ανησυχεί όσο κι εγώ. Εκείνη τη νύχτα το απόμακρο αλύχτισμα, που ακουγόταν από το βαλτοτόπι, μετατράπηκε για μας σε μια βέβαιη και τρομερή πραγματικότητα.

Τέσσερις μέρες αργότερα, ενώ βρισκόμαστε και οι δυο στο κρυφό μουσείο μας, ακούστηκε ένα υπόκωφο, προσεκτικό ξύσιμο στη μοναδική πόρτα που οδηγούσε στη μυστική σκάλα της βιβλιοθήκης. Η ανησυχία μας έγινε τώρα διπλή, επειδή, πέρα από τον φόβο μας για τον άγνωστο, πάντα αγωνιούσαμε μήπως η μακάβρια συλλογή μας αποκαλυφθεί. Σβήνοντας όλα τα φώτα, προχωρήσαμε προς την πόρτα και την ανοίξαμε απότομα· τη στιγμή εκείνη αισθανθήκαμε ένα ανεξήγητο ρεύμα αέρα και ακούσαμε, σαν να απομακρυνόταν από κοντά μας, έναν παράξενο συνδυασμό θροΐσματος, γέλιου και έναρθρου λόγου. Με την πιο μαύρη ανησυχία, συνειδητοποιήσαμε πως η παντελώς ασώματη ομιλία ήταν πέρα από κάθε αμφιβολία *στην ολλανδική γλώσσα*.

Από εκεί και πέρα ζούσαμε μέσα σε τρόμο και κατάπληξη που ολοένα μεγάλωναν. Κυρίως τείναμε να παραδεχτούμε τη θεωρία πως και οι δυο μας είχαμε αρχίσει να παραφρονούμε εξαιτίας των αφύσικων διασκεδάσεών μας, αλλά μερικές φορές ικανοποιούμασταν περισσότερο δραματοποιώντας τους εαυτούς μας ως θύματα κάποιας έρπουσας και τρομερής κατάρας. Τα αλλόκοτα φαινόμενα ήταν πια τόσο συχνά ώστε αδυνατούσαμε να τα καταμετρήσουμε. Η μοναχική μας κατοικία έμοιαζε να έχει ζωντανέψει από την παρουσία κάποιας κακόβουλης οντότητας, τη φύση της οποίας δεν μας ήταν δυνατό να υποθέσουμε, και κάθε νύχτα εκείνο το δαιμονικό αλύχτισμα αντηχούσε πάνω από το ανεμοδαρμένο βαλτοτόπι ολοένα και πιο δυνατό. Στις 29 Οκτωβρίου βρήκαμε στο μαλακό χώμα κάτω από το παράθυρο της βιβλιοθήκης μια σειρά πατημασιές, που είναι εντελώς αδύνατο να περιγράψω. Μας προκάλεσαν την ίδια απορία όπως κι οι ορδές των μεγάλων νυχτερίδων, οι οποίες είχαν αρχίσει να στοιχειώνουν την έπαυλη σε άνευ προηγουμένου πλήθη που μεγάλωναν συνεχώς.

Η φρίκη έφτασε στην κορύφωσή της στις 18 Νοεμβρίου όταν ο Σεν Τζον, επιστρέφοντας μετά το πέσιμο της νύχτας από έναν απομονωμένο σιδηροδρομικό σταθμό, δέχτηκε την επίθεση κάποιου τρομερού σαρκοβόρου πράγματος που τον έκανε κομμάτια. Καθώς οι κραυγές του έφταναν ως το σπίτι, είχα τρέξει γοργά στην τρομακτική σκηνή, τόσο έγκαιρα ώστε ν' ακούσω ήχους από φτερουγίσματα και να δω ένα ασαφώς μαύρο κι ομιχλώδες πράγμα να διαγράφεται μπροστά στο φεγγάρι, που εκείνη την ώρα ανέτελλε.

Ο φίλος μου ήταν ήδη ετοιμοθάνατος την ώρα που του μίλησα κι έτσι δεν μπορούσε να απαντήσει συγκροτημένα. Το μόνο που κατάφερε, ήταν να ψελλίσει:

«Το φυλαχτό... αυτό το καταραμένο πράμα...»

Και κατέρρευσε, μια άψυχη μάζα κατασπαραγμένης σάρκας.

Τον έθαψα τα ίδια μεσάνυχτα σ' έναν από τους παραμελημένους κήπους μας, μουρμουρίζοντας πάνω από το πτώμα του μια από τις διαβολικές τελετουργίες που αγαπούσε τόσο όταν βρισκόταν στη ζωή. Καθώς απάγγελνα την τελευταία δαιμονική φράση, άκουσα από κάπου μακριά στον βάλτο το απόμακρο αλύχτισμα κάποιου πελώριου κυνηγόσκυλου. Το φεγγάρι είχε ανατείλει, μα δεν τόλμησα να κοιτάξω προς το μέρος εκείνο. Κι όταν είδα στο αμυδρά φωτισμένο βαλτοτόπι μια θαμπή σκιά να γλιστράει από ύψωμα σε ύψωμα, έκλεισα τα μάτια και ρίχτηκα μπρούμυτα στο χώμα. Όταν σηκώθηκα τρέμοντας ούτε κι εγώ ξέρω πόσο αργότερα, επέστρεψα τρεκλίζοντας στο σπίτι και άρχισα να προσκυνώ σε κατάσταση σοκ το φυλαχτό από πράσινο νεφρίτη.

Φοβόμουν πια να μείνω μόνος στο παμπάλαιο σπίτι του βάλτου κι έτσι έφυγα την επόμενη ημέρα για το Λονδίνο παίρνοντας μαζί μου το φυλαχτό, αφού πρώτα έκαψα ή έθαψα όλα τα άλλα κομμάτια της ανόσιας συλλογής του μουσείου. Τρεις νύχτες αργότερα, όμως, άκουσα ξανά το γάβγισμα και πριν από μια εβδομάδα αισθάνθηκα παράξενα μάτια να καρφώνονται επάνω μου την ώρα που σκοτείνιαζε. Ένα βράδυ, την ώρα που έκανα μια βόλτα στον Τάμεση προς την αποβάθρα της Βικτόρια για να πάρω λίγο αέρα, είδα ένα μαύρο σχήμα να σκοτεινιάζει κάποια από τις ανταναχλάσεις των φαναριών στο νερό. Ένας αέρας, πιο δυνατός από τον άνεμο εκείνης της νύχτας, φύσηξε στο πρόσωπό μου και βεβαιώθηκα πώς ό,τι είχε συμβεί στον Σεν Τζον σύντομα θα συνέβαινε και σ' εμένα.

Την επόμενη ημέρα τύλιξα προσεκτικά το φυλαχτό από πράσινο νεφρίτη και πήρα το πλοίο για την Ολλανδία. Δεν ξέρω ποιο έλεος φανταζόμουν πως θα έβρισκα επιστρέφοντας το αντικείμενο στον σιωπηλό, κοιμισμένο ιδιοκτήτη του, πάντως αισθανόμουν πως έπρεπε να δοκιμάσω οτιδήποτε θα μπορούσα να φανταστώ. Ακόμα δεν ήξερα τι ήταν το κυνηγόσκυλο και για ποιο λόγο με καταδίωκε, μα είχα πρωτοακούσει το αλύχτισμά του σε κείνο το αρχαίο νεκροταφείο και κάθε γεγονός που ακολούθησε, συμπεριλαμβανόμενου και του επιθανάτιου ψίθυρου του Σεν Τζον, συνέδεε την κατάρα με την κλοπή του φυλαχτού. Βυθίστηκα όμως στην πιο βαθιά άβυσσο απελπισίας όταν αντιλήφθηκα κάποια στιγμή πως, σε ένα πανδοχείο του Ρότερνταμ, κάποιοι κλέφτες μού είχαν στερήσει τη μοναδική μου ελπίδα σωτηρίας.

Το γάβγισμα ήταν πιο δυνατό εκείνο το βράδυ και το άλλο πρωί διάβασα πως ένα ακατονόμαστο γεγονός είχε συμβεί στη χειρότερη συνοικία της πόλης. Ο όχλος ήταν τρομοκρατημένος, επειδή σε ένα κακόφημο σπίτι είχε γίνει ένα έγκλημα πιο αποτρόπαιο απ' οποιοδήποτε άλλο μέχρι τότε σ' αυτήν τη γειτονιά. Σε ένα άθλιο άντρο ληστών μια ολόκληρη οικογένεια είχε κυριολεκτικά διαμελιστεί από κάτι άγνωστο που δεν άφησε ίχνη, ενώ όλοι οι γείτονες είχαν ακούσει ένα απόμακρο, βαθύ, επίμονο ήχο, σαν αλύχτισμα ενός πελώριου κυνηγόσκυλου.

Έτσι τελικά βρέθηκα να στέκομαι στο ανόσιο νεκροταφείο, όπου ένα χλομό χειμωνιάτικο φεγγάρι έριχνε απαίσιες σκιές και γυμνά δέντρα έσκυβαν σκυθρωπά τα κλαδιά τους για να αγγίξουν το ζαρωμένο, παγωμένο χορτάρι και τις ραγισμένες ταφόπλακες, ενώ η εκκλησία, σκεπασμένη με κισσούς, έστρεφε ένα κοροϊδευτικό δάχτυλο προς τον εχθρικό ουρανό και ο άνεμος ούρλιαζε μανιασμένα πάνω από παγωμένους βάλτους και ψυχρές θάλασσες. Το αλύχτισμα ήταν πια πολύ αδύναμο και έπαψε εντελώς καθώς, διώχνοντας μακριά ένα αφύσικα μεγάλο κοπάδι νυχτερίδων που φτερούγιζε αλλόκοτα από πάνω του, πλησίαζα τον παλιό τάφο τον οποίο είχα κάποτε συλήσει.

Δεν ξέρω για ποιο λόγο πήγα εκεί, εκτός από να προσευχηθώ ή να ψελλίσω παραλοϊσμένες ικεσίες και συγγνώμες προς το ακίνητο λευκό πράγμα που ήταν θαμμένο εκεί μέσα. Όποιος όμως κι αν ήταν ο λόγος, επιτέθηκα στο μισοπαγωμένο χώμα με μια απόγνωση εν μέρει δική μου και εν μέρει μιας κυρίαρχης θέλησης έξω από μένα. Η εκταφή ήταν πολύ πιο εύκολη απ' ό,τι περίμενα, παρ' ότι σε μια στιγμή συνέβη κάποια αλλόκοτη διακοπή, όταν ένα άσαρκο όρνεο κατέβηκε από τον ψυχρό ουρανό και άρχισε να τσιμπολογάει μανιασμένα το χώμα του τάφου, μέχρι που το σκότωσα με ένα χτύπημα του φτυαριού μου. Τελικά, έφτασα στο μισοσαπισμένο, μακρόστενο φέρετρο και σήκωσα το υγρό, σκεπασμένο από νίτρο κάλυμμα. Αυτή ήταν και η τελευταία λογική ενέργεια που τέλεσα ποτέ.

Επειδή, ζαρωμένο στο πανάρχαιο φέρετρο, σκεπασμένο από μια εφιαλτική συνοδεία πελώριων, ισχυρών, κοιμισμένων νυχτερίδων, ήταν το σκελετωμένο πράγμα που εγώ κι ο φίλος μου είχαμε ληστέψει. Δεν ήταν καθαρό και γαλήνιο, όπως το είχαμε βρει τότε, μα καλυμμένο με ξεραμένο αίμα και κομμάτια ξένης σάρκας και μαλλιών. Με κοιτούσε σαρκαστικά μέσ' από τις φωσφορίζουσες κόγχες του σαν να με αναγνώριζε και τα σαγόνια με τα κοφτερά, ματωμένα δόντια του είχαν ανοίξει σπασμωδικά, λες και κορόιδευαν τον αναπόφευκτο όλεθρό μου. Όταν βγήκε μέσ' από κείνα τ' ανοιχτά σαγόνια ένα βαθύ, σαρδόνιο αλύχτισμα όπως γιγάντιου κυνηγόσκυλου και είδα πως κρατούσε στα βρομισμένα από αίμα και σάρκα νύχια του το χαμένο, μοιραίο φυλαχτό από πράσινο νεφρίτη, ούρλιαξα μόνο κι άρχισα να τρέχω σαν τρελός, ενώ οι κραυγές μου σύντομα μετατράπηκαν σε υστερικά γέλια.

Η τρέλα καβαλάει τον αστρικό άνεμο... Νύχια και δόντια

ακονισμένα πάνω σε αμέτρητα πτώματα... Θάνατος καβάλα σε κοπάδια νυχτερίδων που πετούν από τα μαύρα ερείπια των θαμμένων ναών του Βελιάλ... Τώρα, καθώς το αλύχτισμα του νεκρού και άσαρκου εκείνου τέρατος δυναμώνει όλο περισσότερο και το ύπουλο φτερούγισμα των καταραμένων νυχτερίδων με σιμώνει όλο πιο πολύ, θα αναζητήσω με το περίστροφό μου τη λήθη, μοναδικό μου καταφύγιο απέναντι στο ανώνυμο και το ακατονόμαστο.

Φυλακισμένος με τους φαραώ

I

Το μυστήριο ελκύει το μυστύριο. Από τότε που το όνομά μου άρχισε να εμφανίζεται παντού ως εκτελεστή ανεξήγητων κατορθωμάτων, έχω πέσει πάνω σε παράξενες αφηγήσεις και γεγονότα που το επάγγελμά μου έκανε τους ανθρώπους να συνδέσουν με τα ενδιαφέροντα και τις δραστηριότητές μου. Μερικά ήταν ασήμαντα και άσχετα, κάποια είχαν σαν επακόλουθο αλλόκοτες και επικίνδυνες εμπειρίες, ενώ ορισμένα άλλα με οδήγησαν σε εκτεταμένες επιστημονικές και ιστορικές έρευνες. Για πολλά από αυτά τα ζητήματα έχω ήδη εκφραστεί και θα συνεχίσω να εκφράζομαι ελεύθερα, υπάρχει όμως κι ένα που μιλώ με μεγάλη απροθυμία γι' αυτό και που σήμερα το αφηγούμαι μόνο μετά από αφόρητη πίεση των εκδοτών του περιοδικού, οι οποίοι άκουσαν για τούτο κάποιες ασαφείς φήμες από μέλη της οικογένειάς μου.

Το ζήτημα που μέχρι τώρα απέκρυπτα έχει να κάνει με μια μη επαγγελματική επίσκεψή μου στην Αίγυπτο, πριν δεκατέσσερα χρόνια, και απόφευγα να το αναφέρω για αρκετούς λόγους. Κατ' αρχή, δεν είχα διάθεση να θίξω ορισμένα πραγματικά γεγονότα και καταστάσεις που προφανώς παραμένουν άγνωστα στους μυριάδες τουρίστες, τους επισκέπτες των πυραμίδων, και που αποκρύπτονται με μεγάλη επιμέλεια από τις αρχές του Καΐρου, οι οποίες είναι αδύνατο να τα αγνοούν εντελώς. Κατά δεύτερο λόγο, δεν θα μου άρεσε να διηγηθώ ένα συμβάν στο οποίο η δική μου ζωηρή φαντασία θα πρέπει να έπαιξε πολύ μεγάλο ρόλο. Αυτά που είδα –ή μου φάνηκε πως είδα– σίγουρα δεν συνέβησαν στην πραγματικότητα, αλλά μάλλον θα πρέπει να θεωρηθούν αποτέλεσμα των πρόσφατων μελετών μου πάνω στην αιγυπτιολογία, όπως και σε καταστάσεις που ήταν φυσικό να δημιουργηθούν στο περιβάλλον όπου βρέθηκα. Τούτα τα προϊόντα της φαντασίας μου, μεγεθυσμένα από την ταραχή που μου προκάλεσε ένα πραγματικό γεγονός αρκετά τρομερό από μόνο του, σίγουρα προκάλεσαν το αποκορύφωμα της φρίκης εκείνης της τερατώδους νύχτας, πριν από τόσα χρόνια.

Τον Ιανουάριο του 1910 μόλις είχα ολοκληρώσει μια επαγγελματική υποχρέωση στην Αγγλία και υπέγραψα συμβόλαιο για μια περιοδεία σε θέατρα της Αυστραλίας. Μια κι είχα άφθονο ελεύθερο χρόνο μέχρι την αναχώρηση, αποφάσισα να τον εκμεταλλευτώ περνώντας τον με το είδος του ταξιδιού που κυρίως με ενδιαφέρει. Έτσι, συνοδευόμενος από τη σύζυγό μου, διασχίσαμε με άνεση την Ευρώπη, φτάσαμε στη Μασσαλία και εκεί επιβιβαστήκαμε στο ατμόπλοιο *Μάλγουα*, το οποίο είχε προορισμό το Πορτ Σάιντ. Από κει ξεκινώντας σκόπευα να επισκεφθώ τις σημαντικότερες ιστορικές τοποθεσίες της κάτω Αιγύπτου, πριν αναχωρήσω τελικά για την Αυστραλία.

Το ταξίδι ήταν ευχάριστο, ζωντανεμένο από πολλά διασκεδαστικά περιστατικά σαν αυτά που συμβαίνουν σε έναν ταχυδακτυλουργό σε ώρες εκτός εργασίας. Σκόπευα, για χάρη της ηρεμίας μου, να κρατήσω την ταυτότητά μου μυστική. Προδόθηκα όμως από έναν συνάδελφο μάγο, που η δίψα του να εντυπωσιάσει τους ταξιδιώτες με κοινότυπα τεχνάσματα με έβαλε σε πειρασμό να μιμηθώ και να υπερβώ τα επιτεύγματά του, με αποτέλεσμα να καταστραφεί παντελώς το ινκόγκνιτό μου. Αυτό το αναφέρω εξαιτίας του τελικού αποτελέσματος – ενός αποτελέσματος που θα έπρεπε να είχα προβλέψει πριν αποκαλυφθώ ενώπιον μιας καραβιάς τουριστών, οι οποίοι επρόκειτο να σκορπιστούν στην κοιλάδα του Νείλου. Ό,τι τελικά πέτυχα ήταν να διαλαλούν την ταυτότητά μου σε οποιοδήποτε μέρος πήγαινα και να στερήσω από εμένα και τη σύζυγό μου όλη τη γαλήνια ανωνυμία που αναζητούσα. Ενώ ταξίδευα για να αναζητήσω αξιοπερίεργα, αναγκαζόμουν τώρα κάθε τόσο να γίνομαι ο ίδιος ένα αξιοπερίεργο θέαμα για τους άλλους!

Φτάσαμε στην Αίγυπτο αναζητώντας το γραφικό και το εντυπωσιακό, αλλά δεν βρήκαμε πολλά τέτοια πράγματα όταν τελικά το πλοίο έφτασε στο Πορτ Σάιντ και αποβίβασε τους επιβάτες του σε μικρές λέμβους. Χαμηλοί αμμόλοφοι, σημαδούρες που έπλεαν στα ρηχά νερά και μια κοινότοπη ευρωπαϊκή κωμόπολη χωρίς κανένα ενδιαφέρον πέρα από το άγαλμα του μεγάλου ντε Λεσέπς, με παρακινούσαν να αναζητήσω κάτι που να άξιζε περισσότερο τον χρόνο μας. Μετά από μια σύντομη διαβούλευση, αποφασίσαμε να προχωρήσουμε χωρίς καθυστέρηση προς το Κάιρο και τις πυραμίδες, ενώ αργότερα να μεταβούμε στην Αλεξάνδρεια για το αυστραλέζικο πλοίο και για τα όποια ελληνορωμαϊκά αξιοθέατα είχε να μας παρουσιάσει η πανάρχαια εκείνη μητρόπολη.

Η διαδρομή με τον σιδηρόδρομο ήταν αρκετά υποφερτή και απαίτησε μόνο τεσσερεσήμισι ώρες. Είδαμε μεγάλο μέρος της Διώρυγας του Σουέζ, την ακτή της οποίας ακολουθήσαμε μέχρι την Ισμαηλία, και στη συνέχεια πήραμε μια γεύση από την αρχαία Αίγυπτο όταν θαυμάσαμε από μακριά το ανακαινισμένο κανάλι γλυκού νερού του Μέσου Βασιλείου. Τελικά, αντικρίσαμε το Κάιρο να λαμπυρίζει μέσα στο σούρουπο που έπεφτε, έναν τρεμάμενο αστερισμό ο οποίος μετατράπηκε σε εκτυφλωτική λάμψη όταν σταματήσαμε στον μεγάλο Κεντρικό Σταθμό.

Αλλ' ακόμα μια φορά μας περίμενε η απογοήτευση, αφού ό,τι βλέπαμε ήταν ευρωπαϊκό εκτός από τα ρούχα και τα πλήθη. Ένα συνηθισμένο μετρό κατέληγε σε μια πλατεία γεμάτη από άμαξες, αγοραία αυτοκίνητα και τρόλεϊ, πλημμυρισμένη από ηλεκτρικά φώτα που έλαμπαν πάνω σε ψηλά κτήρια. Το θέατρο, στο οποίο μάταια είχα ζητήσει να παίξω και όπου αργότερα βρέθηκα ως θεατής, είχε πρόσφατα μετονομαστεί σε «Αμερικανικό Κοσμογράφο». Όταν, μετά από διαδρομή με ένα ταξί σε πλατιούς και καλοφτιαγμένους δρόμους, βρεθήκαμε στο ξενοδοχείο Σέφερντ μέσα στις τέλειες ανέσεις του εστιατορίου, των ανελκυστήρων και γενικότερα της αγγλοαμερικανικής πολυτέλειας, η μυστηριώδης Ανατολή και το απώτατο παρελθόν φαίνονταν πολύ-πολύ μακρινά.

Η επόμενη ημέρα, ωστόσο, μας βύθισε με υπέροχο τρόπο στην ατμόσφαιρα από τις *Χίλιες και μια νύχτες*. Στα ελικοειδή σοκάκια και ανάμεσα στα εξωτικά οικοδομήματα του Καΐρου, η Βαγδάτη του Χαρούν αλ Ρασίντ φαινόταν να ξαναζωντανεύει. Καθοδηγούμενοι από τον *Μπέντεκέρ* μας,[2] κινηθήκαμε ανατολικά από τους Κήπους του Εζμπεκιέχ κατά μήκος του Μούσκι αναζητώντας τη συνοικία των ντόπιων και σύντομα πέσαμε στα χέρια ενός φωνακλά τσιτσερόνε, ο οποίος –ανεξάρτητα από τις εξελίξεις που ακολούθησαν αργότερα– σίγουρα ήταν κορυφή στη δουλειά του.

Μόνο αργότερα συνειδητοποίησα πως θα έπρεπε να είχα ζητήσει από το ξενοδοχείο έναν ξεναγό με επίσημη άδεια. Εκείνος ο σχετικά καθαρός τύπος, με το ξυρισμένο πρόσωπο και την παράξενα υπόκωφη φωνή, έμοιαζε με φαραώ και αποκαλούσε τον εαυτό του «Αμπντούλ Ρεΐς ελ Ντρογκμάν». Φαινόταν να ασκεί μεγάλη εξουσία πάνω στους υπόλοιπους του είδους του. Αργότερα, βέβαια, η αστυνομία ισχυρίστηκε πως δεν τον γνώριζε, παρατηρώντας πως το «Ρεΐς» είναι ένας τίτλος για οποιοδήποτε άτομο με κάποια εξουσία, ενώ το «Ντρογκμάν» δεν ήταν τίποτα περισσότερο από μια αδέξια εκδοχή της λέξης που σήμαινε τον αρχηγό μιας τουριστικής ομάδας, τον *δραγουμάνο*.

Ο Αμπντούλ μας ξενάγησε σε θαυμαστά μέρη που μέχρι τότε είχαμε μονάχα ονειρευτεί ή διαβάσει σε βιβλία. Το Παλιό Κάιρο έμοιαζε από μόνο του σαν παραμύθι κι όνειρο – λαβύρινθοι στενών σοκακιών πλημμυρισμένων με αρωματισμένα μυστικά· καφασωτά μπαλκόνια και σαχνισιά που έμοιαζαν σχεδόν να συναντιούνται πάνω από τους λιθόστρωτους δρόμους· ποτάμια ανθρώπων πλημμυρισμένα από ήχους παράξενων κραυγών, χτυπήματα καμτσικιών, τριξίματα κάρων, κουδουνίσματα νομισμάτων και γκαρίσματα γαϊδουριών· καλειδοσκόπια από πολύχρωμους χιτώνες, πέπλα, τουρμπάνια και φέσια· νερουλάδες και δερβίσηδες, σκύλοι και γάτες, μάντεις και μπαρμπέρηδες· και πάνω απ' όλα το κλαψούρισμα των τυφλών ζητιάνων που ζάρωναν μέσ' σε εσοχές των τοίχων και το μελωδικό κάλεσμα των μουεζίνηδων, από μιναρέδες που υψώνονταν λεπτεπίλεπτοι σε έναν ουρανό με βαθύ, απαράλλαχτο παντού γαλάζιο.

2. Διάσημοι ταξιδιωτικοί οδηγοί, που εξέδιδε ο γερμανικός εκδοτικός οίκος Baedecker. (ΣτΜ)

Τα σκεπαστά και πιο ήρεμα παζάρια δεν ήταν λιγότερο δελεαστικά. Μπαχαρικά, αρώματα, λιβάνι, χαλιά, μετάξια και μπρούντζος – ο γέρο-Μαχμούτ Σουλεϊμάν καθισμένος σταυροπόδι ανάμεσα στις μπουκάλες του με το κολλώδες περιεχόμενο, ενώ φλύαροι νεαροί κοπανούσαν σπόρους σιναπιού μέσ' σ' ένα γουδί καμωμένο από το κιονόκρανο κάποιου αρχαίου κλασικού κίονα, ρωμαϊκό, κορινθιακού ρυθμού, φερμένο ίσως από τη γειτονική Ηλιούπολη, όπου στάθμευε μια από τις τρεις αιγυπτιακές λεγεώνες του Αυγούστου. Η αρχαιότητα ανακατευόταν με τον εξωτισμό. Ύστερα ήταν τα τζαμιά και το μουσείο – τα είδαμε όλα, προσπαθώντας να μην αφήσουμε την αραβική μας ονειροφαντασία να υποκύψει εξαρχής στη σκοτεινότερη γοητεία της φαραωνικής Αιγύπτου, που προσέφεραν οι ανεκτίμητοι θησαυροί του μουσείου. Αυτό θα ήταν το αποκορύφωμα και επί του παρόντος επικεντρώναμε το ενδιαφέρον μας στις μεσαιωνικές σαρακηνές δόξες των χαλιφών, που τα μεγαλόπρεπα τζαμιά-μαυσωλεία τους δημιουργούν μια απαστράπτουσα, παραμυθένια νεκρόπολη στις παρυφές της αραβικής ερήμου.

Τελικά, ο Αμπντούλ μας οδήγησε μέσω της Σαρίας Μοχάμεντ Άλι στο παμπάλαιο τέμενος του σουλτάνου Χασάν και την περιτριγυρισμένη από πύργους Μπαμπέλ Αζάμπ, πέρα από την οποία σκαρφαλώνει το πέρασμα με τα απότομα τείχη που οδηγεί στην ισχυρή ακρόπολη του ίδιου του Σαλαδίνου, χτισμένη με ογκόλιθους ξεχασμένων πυραμίδων. Ήταν ηλιοβασίλεμα όταν αναρριχηθήκαμε σ' εκείνο τον απόκρημνο βράχο, κάναμε τον γύρο του σύγχρονου τεμένους του Μοχάμεντ Άλι και αντικρίσαμε από το απότομο παραπέτο το μυστηριώδες Κάιρο – ολόχρυσο με τους σκαλιστούς θόλους του, τους αιθέριους μιναρέδες του και τους ανθισμένους κήπους του.

Μακριά στον ορίζοντα υψωνόταν ο μεγάλος ρωμαϊκός θόλος του νέου Μουσείου και ύστερ' από αυτόν, πέρα από τον μυστηριώδη κίτρινο Νείλο, πατέρα χιλιετιών και δυναστειών, παραμόνευαν οι απειλητικές άμμοι της Λιβυκής Ερήμου, που κυμάτιζαν ιριδίζοντας φορτωμένοι από το κακό μιας αρχαίας, απόκρυφης γνώσης.

Ο κόκκινος ήλιος έγειρε στη δύση του, φέρνοντας την ανελέτη ψύχρα του αιγυπτιακού σούρουπου. Καθώς αιωρήθηκε για μια στιγμή στο χείλος του κόσμου σαν τον αρχαίο θεό της Ηλιούπολης, τον Ρα-Χαρακχτέ, τον Ήλιο του Ορίζοντα, είδαμε να διαγράφεται στο σκουροκόκκινο ολοκαύτωμα το μαύρο περίγραμμα των πυραμίδων της Γκίζας – πανάρχαιοι τάφοι που είχαν ήδη ηλικία χιλίων χρόνων όταν ο Τουταγχαμών ανέβαινε στον χρυσό του θρόνο στις μακρινές Θήβες. Τότε καταλάβαμε πως είχαμε δει αρκετά από το σαρακηνό Κάιρο και πως έπρεπε να γευτούμε τα βαθύτερα μυστήρια της αρχέγονης Αιγύπτου – το μαύρο Κεμ του Ρα και του Άμμωνα, της Ίσιδας και του Όσιρη.

Το άλλο πρωί επισκεφθήκαμε τις πυραμίδες επιβαίνοντας σε μια ανοιχτή άμαξα. Περάσαμε από το νησί Τσιζερέχ με τα ογκώδη δέντρα *λεμπέκ* και τη μικρή αγγλική γέφυρα στη δυτική ακτή του. Κατεβήκαμε τον δρόμο της όχθης ανάμεσα σε μεγάλες σειρές από λεμπέκ, προσπερνώντας τον αχανή ζωολογικό κήπο για να φτάσουμε στο προάστιο της Γκίζας, όπου μια νέα γέφυρα είχε πρόσφατα χτιστεί οδηγώντας στο Κάιρο. Από εκεί στραφήκαμε προς την ενδοχώρα παίρνοντας τη Σαρία ελ Χαράμ, διασχίσαμε μια περιοχή όλο αρδευτικά αυλάκια με ακίνητα νερά και άθλια χωριά ντόπιων και τελικά αντικρίσαμε να υψώνονται μπροστά μας τα αντικείμενα του προορισμού μας, σκίζοντας την ομίχλη της αυγής και δημιουργώντας ανεστραμμένα είδωλα στους νερόλακκους πλάι στον δρόμο. Όπως έλεγε και ο Ναπολέων στους στρατιώτες του, πραγματικά σαράντα αιώνες μας κοιτούσαν από εκεί ψηλά.

Ο δρόμος άρχισε να ανηφορίζει απότομα, μέχρι που εντέλει φτάσαμε στο σημείο μεταφοράς ανάμεσα στον σταθμό του τρόλεϊ και το ξενοδοχείο Μένα Χάους. Ο Αμπντούλ Ρεΐς, που με μεγάλη επιδεξιότητα αγόρασε τα εισιτήριά μας για τις πυραμίδες, φαινόταν να γνωρίζει καλά τους συγκεντρωμένους, θορυβώδεις και ενοχλητικούς βεδουίνους, οι οποίοι κατοικούσαν σε ένα τρισάθλιο κοντινό χωριό από καλύβια καμωμένα με λάσπη και έπεφταν σαν τσιμπούρια πάνω σε κάθε ταξιδιώτη. Αφού κατάφερε να τους κρατήσει με μεγάλη αξιοπρέπεια σε απόσταση, εξασφάλισε για μας ένα θαυμάσιο ζευγάρι καμήλες, ενώ ο ίδιος καβάλησε ένα γαϊδούρι, αναθέτοντας την καθοδήγηση των ζώων μας σε μια ομάδα ανδρών και αγοριών που κόστιζαν περισσότερο απ' ό,τι δικαιολογούσε η χρησιμότητά τους. Παρ' ότι η απόσταση που διανύσαμε ήταν τόσο μικρή ώστε δεν χρειάζονταν καμήλες, δεν μετανιώσαμε καθόλου που προσθέσαμε στην εμπειρία μας κι αυτό το μπελαλίδικο μεταφορικό μέσο της ερήμου.

Οι πυραμιδες είναι χτισμένες πάνω σε ένα βραχώδες οροπέδιο και η συγκεκριμένη ομάδα έχει κατασκευαστεί πλάι στο βορειότερο από μια σειρά βασιλικών και αριστοκρατικών κοιμητηρίων, σε κάποια γειτονιά της εξαφανισμένης πρωτεύουσας Μέμφιδας, που βρισκόταν άλλοτε στην ίδια όχθη του Νείλου κάπως νοτιότερα της Γκίζας και που άκμασε ανάμεσα στο 3400 και το 2000 π.Χ. Η μεγαλύτερη πυραμίδα, η οποία βρίσκεται κοντά στον σύγχρονο δρόμο, είχε κατασκευαστεί από τον βασιλιά Χέοπα ή Χούφου γύρω στο 2800 π.Χ. και το ύψος της ξεπερνά τα 150 μέτρα. Νοτιοδυτικά βρίσκεται η Δεύτερη Πυραμίδα, χτισμένη μια γενιά αργότερα από τον βασιλιά Χεφρήνα, η οποία, παρ' ότι ελαφρά μικρότερη, μοιάζει μεγαλύτερη επειδή έχει κατασκευαστεί σε ψηλότερο έδαφος, ενώ ακόμα πιο πέρα υψώνεται η σημαντικά μικρότερη Τρίτη Πυραμίδα, του βασιλιά Μυκερίνου, χτισμένη γύρω στο 2700 π.Χ. Κοντά στο χείλος του οροπεδίου και ανατολικά της Δεύτερης Πυραμίδας, με ένα πρόσωπο πιθανώς αλλοιωμένο ώστε να σχηματίζει ένα κολοσσιαίο πορτρέτο του Χεφρήνα, του βασιλικού αναστυλωτή της, βρίσκεται η τερατώδης Σφίγγα, βουβή, σαρκαστική και με σοφία που ανάγεται σε εποχές πέρα από την ανθρωπότητα και τη μνήμη της.

Μικρότερες πυραμίδες καθώς και τα ερείπια άλλων πιο μικρών υπάρχουν σε αρκετά σημεία, ενώ ολόκληρο το οροπέδιο είναι διάσπαρτο από τους τάφους αξιωματούχων που δεν ανήκαν στη βασιλική γενιά. Αυτοί οι τελευταίοι αρχικά επικαλύπτονταν από *μασταμπάδες*, παγκοειδή οικοδομήματα χτισμένα πάνω από βαθιά ταφικά φρεάτια, όπως αυτά που βρίσκονται και σε άλλα νεκροταφεία της Μέμφιδας και αντιπροσωπεύονται από τον τάφο του Περνέμπ στο Μητροπολιτικό Μουσείο της Νέας Υόρκης. Στην Γκίζα, ωστόσο, όλα τα ορατά αυτά σημάδια έχουν σαρωθεί από τον χρόνο και τη λεηλασία, με αποτέλεσμα μόνο τα φρεάτια που είναι σκαμμένα μέσα στον συμπαγή βράχο, είτε γεμάτα πια με άμμο είτε καθαρισμένα από τους αρχαιολόγους, να παραμένουν για να μαρτυρούν την πρότερη ύπαρξή τους. Συνδεδεμένος με κάθε τάφο ήταν ένας ναΐσκος, όπου οι ιερείς και οι συγγενείς προσέφεραν τροφή και προσευχές στο αιωρούμενο *κα*, δηλαδή τη ζωτική αρχή του νεκρού. Στους μικρότερους τάφους οι ναΐσκοι εμπεριέχονταν στους πέτρινους μασταμπάδες ή τις υπερδομές, μα τα νεκρικά ιερά των πυραμίδων όπου βρίσκονταν θαμμένοι οι φαραώ ήταν ξεχωριστοί ναοί, ο καθένας στα ανατολικά της αντίστοιχης πυραμίδας, και συνδέονταν μέσω κάποιου διαδρόμου με ένα ογκώδες πρόπυλο στο χείλος του βραχώδους οροπεδίου.

Ο πρόναος που οδηγεί στη Δεύτερη Πυραμίδα, σχεδόν θαμμένος στην άμμο, χάσκει κάτω από το έδαφος στα νοτιοδυτικά της Σφίγγας. Η παράδοση επιμένει να τον αποκαλεί «Ναό της Σφίγγας»· κι ίσως δίκαια να ονομάζεται έτσι αν η Σφίγγα πράγματι παριστάνει τον Χεφρήνα, τον κατασκευαστή της Δεύτερης Πυραμίδας. Υπάρχουν δυσάρεστοι θρύλοι σχετικά με το πρόσωπο που είχε η Σφίγγα πριν από τον Χεφρήνα – όμως όποια κι αν ήταν τα αρχικά χαρακτηριστικά της ο μονάρχης τα αντικατέστησε με τα δικά του, ώστε οι άνθρωποι να μπορούν να αντικρίζουν τον κολοσσό χωρίς φόβο.

Σ' εκείνο τον μεγάλο πρόναο βρέθηκε και το σκαλισμένο σε διορίτη, φυσικού μεγέθους άγαλμα του Χεφρήνα, το οποίο βρίσκεται σήμερα στο Μουσείο του Καΐρου. Ένα άγαλμα μπροστά στο οποίο είχα σταθεί με δέος. Δεν είμαι σίγουρος αν το οικοδόμημα έχει πια ανασκαφεί εξ ολοκλήρου, μα το 1910 το μεγαλύτερο μέρος του ήταν θαμμένο, με την είσοδο κλειδαμπαρωμένη στη διάρκεια της νύχτας. Τις αρχαιολογικές εργασίες είχαν αναλάβει Γερμανοί και ο πόλεμος ή κάποια άλλα γεγονότα ίσως να τους σταμάτησαν. Θα έδινα πολλά, εν όψει της εμπειρίας μου και ορισμένων φημών που διαδίδονται από τους βεδουίνους αλλά είναι άγνωστες στο Κάιρο ή διαψεύδονται, για να μάθω τι συνέβη σε σχέση με κάποιο συγκεκριμένο φρεάτιο μιας λοξής σήραγγας, μέσα στην οποία αγάλματα φαραώ βρέθηκαν σε μια παράξενη αντιπαράθεση με αγάλματα μπαμπουίνων.

Ο δρόμος που διασχίσαμε πάνω στις καμήλες μας εκείνο το

πρωί, έστριβε απότομα προσπερνώντας το ξύλινο αστυνομικό τμήμα, το ταχυδρομείο, το φαρμακείο και τα καταστήματα στα αριστερά, ώσπου στρεφόταν προς τα νοτιοανατολικά ανεβαίνοντας το βραχώδες οροπέδιο και φέρνοντάς μας πρόσωπο με πρόσωπο με την υπήνεμη μεριά της Μεγάλης Πυραμίδας. Περάσαμε μπροστά από κυκλώπειες πέτρες, κάναμε τον γύρο της ανατολικής πλευράς και αντικρίσαμε μια κοιλάδα με μικρότερες πυραμίδες, πέρα από τις οποίες ο αιώνιος Νείλος άστραφτε στην Ανατολή και η αιώνια έρημος λαμπύριζε στη Δύση. Οι τρεις μεγάλες πυραμίδες δέσποζαν πια πολύ κοντά μας, η μεγαλύτερη στερημένη από την εξωτερική της επίστρωση κι αποκαλύπτοντας τους πελώριους ογκόλιθούς της, ενώ οι άλλες δύο διατηρούσαν εδώ κι εκεί το καλοφτιαγμένο επικάλυμμα που τις έκανε στις μέρες τους λείες και ομοιόμορφες.

Μετά από κάποια απόσταση κατευθυνθήκαμε προς τη Σφίγγα και καθίσαμε σιωπηλοί κάτω από το τρομερό, αόμματο βλέμμα της. Πάνω στον πελώριο πέτρινο κόρφο της διακρίναμε αμυδρά το έμβλημα του Ρα-Χαρακχτέ, του οποίου είδωλο θεωρήθηκε η Σφίγγα σε μια κατοπινή δυναστεία· και παρ' ότι η άμμος κάλυπτε τη δέλτο ανάμεσα στα γιγάντια πέλματα, θυμηθήκαμε ό,τι είχε χαράξει επάνω της ο Τούθμωσις Δ΄ και το όνειρο που είχε δει όταν ήταν ακόμα πρίγκιπας. Τότε ακριβώς το χαμόγελο της Σφίγγας μας προκάλεσε μια αόριστη απέχθεια, κάνοντάς μας να διερωτηθούμε σχετικά με τους θρύλους για υπόγεια περάσματα σκαμμένα κάτω από το τερατώδες πλάσμα, τα οποία οδηγούσαν σε βάθη που κανείς δεν θα τολμούσε να διανοηθεί – βάθη που συνδέονταν με μυστήρια αρχαιότερα από τη δυναστειακή Αίγυπτο κι είχαν μια σκοτεινή σχέση με τους αφύσικους, ζωοκέφαλους θεούς του αρχαίου νειλοτικού πανθέου. Για όλα αυτά αναρωτιόμουν αόριστα, έχοντας απορίες των οποίων η φριχτή σημασία για πολλές ώρες ακόμη δεν επρόκειτο να αποκαλυφθεί.

Καθώς κι άλλοι τουρίστες άρχισαν να καταφθάνουν, προχωρήσαμε προς το πνιγμένο από την άμμο ιερό της Σφίγγας, πενήντα μέτρα προς τα νοτιοανατολικά, στο σημείο που προηγουμένως ανέφερα, τη μεγάλη πύλη που οδηγεί στον νεκρικό ναό της Δεύτερης Πυραμίδας του οροπεδίου. Το μεγαλύτερο μέρος του ήταν ακόμα θαμμένο και, παρ' όλο που ξεπεζέψαμε και κατεβήκαμε μέσ' από ένα σύγχρονο πέρασμα μέχρι τον αλαβάστρινο διάδρομό του και την αίθουσα με τους κίονες, διαισθανόμουν πως ο Αμπντούλ και ο τοπικός Γερμανός υπεύθυνος δεν μας είχαν δείξει ακόμη όσα ήταν να δούμε.

Κατόπιν κάναμε τον συνηθισμένο γύρο του οροπεδίου των πυραμίδων εξετάζοντας τη Δεύτερη Πυραμίδα και τα περίεργα ερείπια του νεκρικού ναού της στα ανατολικά, την Τρίτη Πυραμίδα και τους μικροσκοπικούς νότιους δορυφόρους της, τον ερειπωμένο ανατολικό ναό, τους πέτρινους τάφους και τις σήραγγες της Τέταρτης και Πέμπτης Δυναστείας, καθώς και τον περίφημο Τύμβο του Κάμπελ, που το όλο σκιές φρεάτιό του κατεβαίνει κάθετα για δεκαοχτώ μέτρα και καταλήγει σε μια τρομακτική σαρκοφάγο, την οποία κάποιος από τους καμηλιέρηδες που μας συνόδευαν, μετά από μια ιλιγγιώδη κάθοδο κρεμασμένος από ένα σκοινί, είχε απαλλάξει από την άμμο που τη σκέπαζε.

Ακούσαμε φωνές από τη Μεγάλη Πυραμίδα, όπου οι βεδουίνοι πολιορκούσαν μια ομάδα τουριστών με προσφορές για ταχύτητα σε ατομικές διαδρομές ανάβασης και κατάβασης. Λέγεται πως το ρεκόρ για μια τέτοια άνοδο και κάθοδο είναι τα επτά λεπτά, αλλά πολλοί λάγνοι σεΐχηδες και γιοι σεΐχηδων μας διαβεβαίωναν πως μπορούσαν να μειώσουν αυτό τον χρόνο στα πέντε λεπτά, αν κάποιος τους παρότρυνε με το απαραίτητο μπαξίσι. Δεν πήραν αυτή την παρότρυνση, εφόσον εμείς αφήσαμε τον Αμπντούλ να μας ανεβάσει ο ίδιος χαρίζοντάς μας μια θέα ανεπανάληπτου μεγαλείου, η οποία περιλάμβανε όχι μόνο το μακρινό και λαμπερό Κάιρο με τη στεφανωμένη του ακρόπολη και τον ορίζοντα των χρυσοπόρφυρων λόφων, αλλά και όλες τις πυραμίδες της περιοχής της Μέμφιδας από το Αμπού Ροάς στον Βορρά μέχρι το Ντασούρ στον Νότο. Η κλιμακωτή πυραμίδα της Σακάρα, που σημαδεύει την εξέλιξη από τον χαμηλό *μασταμπά* στην αληθινή πυραμίδα, ξεχώριζε ολοκάθαρη και γοητευτική στον αμμώδη ορίζοντα. Κοντά σε αυτό το μεταβατικό μνημείο βρέθηκε ο φημισμένος τάφος του Περνέμπ, περισσότερο από τετρακόσια μίλια μακριά από τη βραχώδη κοιλάδα των Θηβών όπου κοιμόταν ο Τουταγγχαμών. Και πάλι αναγκάστηκα να σωπάσω εξαιτίας του απόλυτου δέους. Η προοπτική μιας τέτοιας αρχαιότητας και τα μυστικά που έμοιαζε να κρύβει το καθένα απ' αυτά τα πολιά μνημεία, με πλημμύριζαν με σεβασμό και αίσθηση απεραντοσύνης που τίποτε άλλο δεν μου έχει προκαλέσει ποτέ άλλοτε.

Κουρασμένοι από την ανάβασή μας και αηδιασμένοι από τους φορτικούς βεδουίνους, των οποίων οι ενέργειες έμοιαζαν να αψηφούν κάθε κανόνα καλαισθησίας, παραλείψαμε την επίπονη είσοδο στα στενά εσωτερικά περάσματα οποιασδήποτε από τις πυραμίδες, αν και είδαμε αρκετούς από τους πιο σκληροτράχηλους τουρίστες έτοιμους να διακινδυνέψουν την ασφυξία για να συρθούν με τα τέσσερα μέσα στο πελώριο μνημείο του Χέοπα. Όταν είχαμε πια διώξει και καλοπληρώσει τους ντόπιους σωματοφύλακές μας και επιστρέψαμε κάτω από τον απογευματινό ήλιο στο Κάιρο μαζί με τον Αμπντούλ Ρεΐς, μισομετανιώσαμε για τούτη την παράλειψή μας. Υπήρχαν τόσες συναρπαστικές φήμες για τις χαμηλότερες στοές των πυραμίδων, που δεν αναφέρονταν στους ταξιδιωτικούς οδηγούς· περάσματα τα οποία είχαν μπλοκαριστεί βιαστικά και κρυφτεί από ορισμένους κρυψίνοες αρχαιολόγους, που τα είχαν ανακαλύψει και αρχίσει να τα εξερευνούν.

Ασφαλώς, τέτοιου είδους διαδόσεις ήταν ουσιαστικά αναπόδεικτες. Πάντως, σου προκαλούσε πριέργεια το πόσο αυστηρή ήταν η απαγόρευση στους επισκέπτες να μπαίνουν στις πυραμίδες στη διάρκεια της νύχτας ή να επισκέπτονται τις χαμηλότερες σήραγγες και την κρύπτη της Μεγάλης Πυραμίδας. Ίσως σε αυτή την τελευταία περίπτωση οι αρχές να φοβόντουσαν περισσότερο τις ψυχολογικές επιπτώσεις – από την αίσθηση του επισκέπτη πως βρίσκεται χωμένος κάτω από έναν γιγάντιο κόσμο συμπαγούς πέτρας, συνδεδεμένος με τη ζωή που γνώριζε μέσω ενός απλού σωλήνα, όπου μπορεί να συρθεί μονάχα με τα τέσσερα και που οποιοδήποτε ατύχημα ή κακοβουλία θα μπορούσε να τον φράξει. Το θέμα αυτό φαινόταν τόσο αλλόκοτο και δελεαστικό, ώστε αποφασίσαμε να επισκεφθούμε ξανά με την πρώτη ευκαιρία το οροπέδιο των πυραμίδων. Για μένα, η ευκαιρία αυτή ήρθε πολύ νωρίτερα απ' ό,τι περίμενα.

Εκείνο το βράδυ, επειδή τα μέλη της παρέας μας ένιωθαν κάπως κουρασμένα μετά το φορτωμένο πρόγραμμα της μέρας, πήγα μόνος μου με τον Αμπντούλ Ρεΐς να κάνω μια βόλτα στη γραφική αραβική συνοικία. Αν και την είχα δει στη διάρκεια της μέρας, ήθελα να παρατηρήσω τα σοκάκια και τα παζάρια της με το σούρουπο, όταν οι πλούσιες σκιές και οι θαμπές λάμψεις των φώτων θα έκαναν ακόμα μεγαλύτερη τη γοητεία και την ψευδαίσθηση του παραμυθιού. Τα πλήθη των ντόπιων είχαν κάπως αραιώσει μα παρέμεναν θορυβώδη και πολυάριθμα, όταν έπεσα πάνω σε μια παρέα βεδουίνων που γλεντούσαν στο Σουκέν Ναχαζίν, την αγορά των χαλκωματάδων. Αυτός που φαινόταν για αρχηγός τους, ένας αυθάδης νεαρός με έντονα χαρακτηριστικά και φέσι ριγμένο υπεροπτικά στο πλάι, μας πρόσεξε και αναγνώρισε, προφανώς χωρίς μεγάλη φιλικότητα, τον ικανό αλλά ομολογουμένως υπεροπτικό και σαρκαστικό οδηγό μου.

Ίσως να τον δυσαρεστούσε, σκέφτηκα, εκείνη η αλλόκοτη αναπαραγωγή του αχνού χαμόγελου της Σφίγγας, που με κάποια ενόχληση παρατηρούσα κι εγώ συχνά στον Αμπντούλ ή ίσως πάλι δεν του άρεσε η υπόκωφη, σαν από τάφο, χροιά της φωνής του. Όπως και να 'χει, η ανταλλαγή ύβρεων στη μητρική τους γλώσσα έγινε πολύ άγρια και, πριν περάσει πολλή ώρα ο Αλί Ζιζ, όπως άκουσα να ονομάζει ο Αμπντούλ τον τύπο όταν δεν τον αποκαλούσε με πολύ χειρότερα ονόματα, άρχισε να τραβάει βίαια την κελεμπία του συνοδού μου, πράξη που ανταποδόθηκε γρήγορα οδηγώντας σε έναν βίαιο καβγά κατά τον οποίο και οι δυο αντίπαλοι έχασαν τα απαραβίαστα και ιερά καλύμματα της κεφαλής τους, έτσι ώστε το πράγμα θα μπορούσε να έχει ακόμα πιο άσχημη συνέχεια αν δεν έμπαινα στη μέση να τους χωρίσω με το ζόρι.

Η παρέμβασή μου, από την οποία στην αρχή και οι δυο πλευρές φάνηκαν να ενοχλούνται, πέτυχε τελικά να φέρει μια ανακωχή. Κι οι δυο αντίπαλοι συγκράτησαν κακόκεφα την οργή τους, τακτοποίησαν τα ρούχα τους και, με ξαφνική αλλά επίσημη αξιοπρέπεια, έκλεισαν μεταξύ τους μια παράξενη συμφωνία τιμής, που σύντομα έμαθα πως αποτελούσε πανάρχαιο έθιμο στο Κάιρο: σκόπευαν να ξεκαθαρίσουν τις διαφορές τους με έναν νυχτερινό αγώνα πυγμαχίας στην κορυφή της Μεγάλης Πυραμίδας, μια ώρα μετά την αναχώρηση και του τελευταίου νυχτερινού περιηγητή. Κάθε μονομάχος θα έφερνε μια ομάδα μαρτύρων κι ο αγώνας θα ξεκινούσε τα μεσάνυχτα, διενεργούμενος σε γύρους κατά τον πιο πολιτισμένο δυνατό τρόπο.

Όλος αυτός ο σχεδιασμός ερέθισε το ενδιαφέρον μου. Ο ίδιος ο αγώνας υποσχόταν να είναι μοναδικός και θεαματικός, ενώ η σκέψη της πανάρχαιας πυραμίδας που δέσποζε πάνω στο προκατακλυσμιαίο οροπέδιο της Γκίζας κάτω από το φεγγάρι στη χάση του, κατά τις μικρές ώρες της νύχτας, έκανε τη φαντασία μου να οργιάζει. Ο Αμπντούλ με δέχτηκε αμέσως στη δική του ομάδα μαρτύρων κι έτσι εκείνες τις πρώτες βραδινές ώρες τον συνόδεψα σε διάφορα καταγώγια στις πιο κακόφημες περιοχές της πόλης, κυρίως νοτιοανατολικά του Εζμπεκιέχ, απ' όπου συγκέντρωσε μια επίλεκτη και εντυπωσιακή ομάδα από εύθυμους μαχαιροβγάλτες, για να τους έχει ως κοινό στον πυγμαχικό αγώνα του.

Λίγο μετά τις εννιά η ομάδα μας, καβάλα σε γαϊδούρια που έφεραν βασιλικά ή τουριστικά ονόματα όπως «Ραμσής», «Μαρκ Τουέν», «Τζ.Π. Μόργκαν», και «Μινεχάχα», περάσαμε μέσα από λαβυρινθώδη σοκάκια, τόσο ανατολίτικου όσο και δυτικού στυλ, διασχίσαμε τον λασπωμένο και γεμάτο πλεούμενα Νείλο από τη γέφυρα των μπρούντζινων λιονταριών και συνεχίσαμε τριποδίζοντας φιλοσοφημένα ανάμεσα στα λεμπέκ του δρόμου προς την Γκίζα. Η διαδρομή μάς πήρε λίγο παραπάνω από δυο ώρες και προς το τέρμα της συναντήσαμε τους τελευταίους τουρίστες που επέστρεφαν, χαιρετίσαμε το στερνό τρόλεϊ που γύριζε στην πόλη και απομείναμε μόνοι με τη νύχτα, το παρελθόν και το χλομό φεγγάρι.

Ύστερα είδαμε τις τεράστιες πυραμίδες στην άκρη της λεωφόρου, λουσμένες από μια αμυδρή αταβιστική απειλητικότητα την οποία δεν είχα παρατηρήσει στη διάρκεια της μέρας. Ακόμα και η μικρότερη απ' αυτές ανέδυε κάποια υπόνοια φρίκης – μήπως σ' αυτήν δεν είχαν θάψει ζωντανή τη βασίλισσα Νίτωκρι κατά την Έκτη Δυναστεία, τη δολοπλόκο βασίλισσα Νίτωκρι η οποία είχε κάποτε προσκαλέσει όλους τους εχθρούς της σε συμπόσιο σε έναν ναό κάτω από το επίπεδο του Νείλου και τους είχε πνίξει ανοίγοντας τους αγωγούς του νερού; Θυμήθηκα πως οι Άραβες ψιθύριζαν πολλά για τη Νίτωκρι και απέφευγαν την Τρίτη Πυραμίδα στη διάρκεια κάποιων φάσεων της σελήνης. Ο Τόμας Μουρ θα πρέπει να σκεφτόταν αυτήν, όταν έγραψε κάτι που μουρμούριζαν οι βαρκάρηδες της Μέμφιδας:

Νύμφη υποχθόνια κατοικεί
ανάμεσα σε ανήλιαγα πετράδια
μακριά απ' του ήλιου τις αχτίδες,
η κόρη αυτή της πυραμίδας!

Παρ' όλο που φτάσαμε νωρίς, ο Αλί Ζιζ και η ομάδα του φαίνεται πως είχαν καταφτάσει ακόμη νωρίτερα, εφόσον είδαμε τις σκιές των γαϊδουριών τους να διαγράφονται στο οροπέδιο της ερήμου, στο Καφρέλ Χαράμ. Είχαμε βλέπετε τραβήξει προς εκείνο τον άθλιο αραβικό οικισμό αντί να ακολουθήσουμε τον κανονικό δρόμο προς το Μένα Χάους, όπου κάποιοι από τους υπναράδες και αναποτελεσματικούς αστυνομικούς ίσως να μας έβλεπαν και να μας σταματούσαν. Από αυτό το σημείο, όπου βρόμικοι βεδουίνοι στάβλιζαν τις καμήλες και τα γαϊδούρια τους μέσα στους πέτρινους τάφους των αυλικών του Χεφρήνα, ανεβήκαμε βαδίζοντας ανάμεσ' από βράχια και πάνω σε άμμο προς τη Μεγάλη Πυραμίδα, στις φαγωμένες από τον χρόνο πλευρές της οποίας οι Άραβες όρμησαν με ανυπομονησία κι όπου ο Αμπντούλ Ρεΐς μου προσέφερε βοήθεια στο ανέβασμα, πράγμα που εγώ δεν χρειαζόμουν.

Όπως γνωρίζουν οι περισσότεροι ταξιδιώτες, η αρχική κορυφή αυτού του οικοδομήματος έχει προ πολλού διαβρωθεί, αφήνοντας μια αρκετά επίπεδη εξέδρα με έκταση γύρω στα δώδεκα τετραγωνικά μέτρα. Πάνω σ' αυτή την αλλόκοτη κορυφή σχηματίστηκε ένα τετράγωνο ριγκ και μέσα σε μερικά λεπτά το σαρδόνιο φεγγάρι της ερήμου κοιτούσε από ψηλά έναν αγώνα ο οποίος, αν δεν ήταν αυτή που ήταν η γλώσσα του κοινού, θα μπορούσε να διεξαγόταν σε κάποια μικρή αθλητική λέσχη της Αμερικής. Καθώς παρακολουθούσα, ένιωθα πως δεν έλειπαν και κάποιες από τις λιγότερο επιθυμητές δικές μας συνήθειες, αφού κάθε χτύπημα, προσποίηση ή αμυντική κίνηση φώναζε στο αρκετά έμπειρο μάτι μου για έναν αγώνα στημένο. Όλα τέλειωσαν γρήγορα και, παρ' όλες τις διαφωνίες μου σχετικά με τις μεθόδους που είχαν ακολουθηθεί, αισθάνθηκα ένα είδος περηφάνιας αφεντικού όταν ο Αμπντούλ Ρεΐς ανακηρύχθηκε νικητής.

Η συμφιλίωση επήλθε απίστευτα γρήγορα και, μέσ' στα τραγούδια, τις διαχυτικότητες και το πιοτό που ακολούθησε, δυσκολευόμουν να πιστέψω πως είχε προηγηθεί καβγάς. Το περίεργο ήταν πως εγώ φαινόμουν να είμαι το επίκεντρο της προσοχής κι όχι οι δυο ανταγωνιστές. Από τα λιγοστά Αραβικά που ήξερα, κατάλαβα πως συζητούσαν τις επαγγελματικές μου εμφανίσεις και τις αποδράσεις μου από κάθε είδους δεσμά και φυλακίσεις, με έναν τρόπο που έδειχνε όχι μόνο εντυπωσιακές γνώσεις γύρω από το πρόσωπό μου, αλλά επίσης μια ξεκάθαρη εχθρότητα και δυσπιστία για τα κατορθώματά μου στις αποδράσεις. Λίγο-λίγο, άρχισα να συνειδητοποιώ πως η αρχαία μαγεία της Αιγύπτου είχε αφήσει πολλά στοιχεία πίσω της και πως απομεινάρια μιας παράξενης μυστικής γνώσης καθώς και του τελετουργικού μιας ιερατικής λατρείας είχαν επιβιώσει λαθραία μεταξύ των φελάχων, σε τέτοιο βαθμό ώστε να τίθενται σε αμφιβολία και να αντιμετωπίζονται με εχθρότητα οι ικανότητες ενός παράξενου *χαγουί* ή μάγου. Σκέφτηκα πόσο πολύ ο Αμπντούλ Ρεΐς, ο οδηγός μου με την υπόκωφη φωνή, έμοιαζε με αρχαίο Αιγύπτιο ιερέα ή φαραώ, ή με μειδιούσα Σφίγγα, και άρχισα να απορώ.

Ξαφνικά έγινε κάτι που μέσ' σε μια στιγμή απέδειξε πόσο σωστοί ήταν οι συλλογισμοί μου και με έκανε να βλαστημήσω την βλακεία με την οποία είχα αποδεχτεί τα γεγονότα εκείνης της νύχτας ως οτιδήποτε άλλο εκτός από το ψεύτικο και κακόβουλο «στημένο» σκηνικό που μου αποκαλυπτόταν τώρα. Χωρίς καμιά προειδοποίηση, σίγουρα ανταποκρινόμενοι σε κάποιο ανεπαίσθητο σινιάλο από τον Αμπντούλ, ολόκληρη η συμμορία των βεδουίνων έπεσε επάνω μου· εμφανίζοντας από κάπου βαριά σκοινιά, με έδεσαν γρήγορα πιο σφιχτά απ' όσο με είχαν δέσει οποιαδήποτε στιγμή της ζωής μου, είτε πάνω στη σκηνή είτε έξω απ' αυτήν.

Στην αρχή αντιστάθηκα, μα σύντομα συνειδητοποίησα πως

κανείς δεν μπορεί να τα βάλει μονάχος με μια συμμορία είκοσι και περισσότερων γεροδεμένων βάρβαρων. Τα χέρια μου βρέθηκαν δεμένα πίσω από την πλάτη μου, τα γόνατά μου λυγισμένα όσο περισσότερο γινόταν και οι καρποί κι οι αστράγαλοί μου κολλημένοι ο ένας στον άλλο με σφιχτά δεσμά. Έχωσαν ένα φίμωτρο στο στόμα μου που παραλίγο να με πνίξει και έδεσαν σφιχτά τα μάτια μου με ένα μαντίλι. Μετά, καθώς μερικοί από τους Άραβες με σήκωσαν στους ώμους και άρχισαν να κατεβαίνουν την πυραμίδα ταρακουνώντας με, άκουσα τις ειρωνίες του πρώην ξεναγού μου, του Αμπντούλ, ο οποίος με περιέπαιζε και με σάρκαζε με την υπόκωφη φωνή του, διαβεβαιώνοντάς με πως σύντομα θα έθετα τις «μαγικές δυνάμεις» μου στην υπέρτατη δοκιμασία – πράγμα που θα εξαφάνιζε γοργά οποιαδήποτε αλαζονεία είχα ενδεχομένως αποκτήσει μετά από τους θριάμβους μου πάνω στις δοκιμασίες στις οποίες είχα υποβληθεί σε Αμερική και Ευρώπη. Μου υπενθύμισε πως η Αίγυπτος ήταν πολύ αρχαία, γεμάτη εσώτερα μυστήρια και αρχέγονες δυνάμεις που ούτε καν μπορούσαν να συλλάβουν οι σημερινοί ειδικοί, των οποίων οι επινοήσεις πάντα αποτύχαιναν να με κρατήσουν παγιδευμένο.

Δεν ξέρω πόσο μεγάλη ήταν η απόσταση που διασχίσαμε κατά τη μεταφορά μου, ούτε προς ποια κατεύθυνση πήγαμε· οι περιστάσεις εναντιώνονταν στη διαμόρφωση οποιασδήποτε ακριβούς κρίσης για τούτο. Ξέρω ωστόσο πως η απόσταση δεν θα πρέπει να ήταν μεγάλη, αφού εκείνοι που με κουβαλούσαν δεν βιάστηκαν ούτε στιγμή, ενώ με κράτησαν στον αέρα για ένα εντυπωσιακά σύντομο χρονικό διάστημα. Αυτή η συντομία με κάνει να απορώ και ταυτόχρονα να ανατριχιάζω όταν συλλογίζομαι τώρα πια την Γκίζα και το οροπέδιο της – γιατί υποθέτω πως το μέρος όπου βρέθηκα ήταν πολύ κοντά στους τουριστικούς προορισμούς που συνηθίζονταν τότε και που θα πρέπει να συνηθίζονται ακόμα.

Το δαιμονικά αφύσικο στο οποίο αναφέρομαι, δεν μου έγινε αντιληπτό εξαρχής. Οι απαγωγείς μου, αφού με απόθεσαν πάνω σε μια επιφάνεια που αισθάνθηκα πως ήταν άμμος κι όχι πέτρα, μου πέρασαν κατόπιν ένα σκοινί γύρω από το στήθος και με έσυραν μερικά μέτρα μέχρι ένα ακανόνιστο άνοιγμα στο έδαφος, μέσα στο οποίο τελικά με κατέβασαν χωρίς πολλές ευγένειες. Για ένα χρονικό διάστημα το οποίο μου φάνηκε να διαρκεί αιώνες, το σώμα μου χτυπούσε πάνω στις πέτρινες, ανώμαλες πλευρές ενός στενού αγωγού, που φαντάστηκα πως ήταν κάποιο από τα πολυάριθμα ταφικά φρεάτια του οροπεδίου, ώσπου το τρομερό, σχεδόν απίστευτο βάθος μου στέρησε κάθε αντίληψη του χώρου.

Η φρίκη της εμπειρίας γινόταν μεγαλύτερη κάθε δευτερόλεπτο που περνούσε. Το γεγονός πως μια κατάβαση μέσα στον συμπαγή βράχο θα ήταν δυνατό να διαρκέσει τόσο πολύ χωρίς να καταλήξω στον ίδιο τον πυρήνα του πλανήτη ή πως σκοινί καμωμένο από άνθρωπο θα μπορούσε να είναι τόσο μακρύ ώστε να με κατεβάσει σε, απ' ό,τι φαινόταν, απύθμενα βάθη της γης, αποτελούσαν αντιλήψεις τόσο τερατώδεις, ώστε μου ήταν ευκολότερο να αμφιβάλλω για τις ταραγμένες αισθήσεις μου παρά να τις παραδεχτώ. Ακόμα και τώρα αμφιβάλλω, εφόσον γνωρίζω πόσο απατηλή μπορεί να είναι η αίσθηση του χρόνου όταν κάποιος βρίσκεται σε τέτοια κατάσταση· είμαι όμως απόλυτα σίγουρος πως διατήρησα τα λογικά μου και πως δεν προσέθεσα κάποια δημιουργήματα της φαντασίας μου σε μια κατάσταση αρκετά αποτρόπαιη από μόνη της ώστε να προκαλέσει ένα είδος εγκεφαλικής ψευδαίσθησης, που δεν απέχει και πολύ από την πραγματική παραίσθηση.

Μα δεν ήταν αυτή η αιτία της πρώτης μου λιποθυμίας. Η συγκλονιστική δοκιμασία μου εξελισσόταν σωρευτικά και την απαρχή των κατοπινών μου τρόμων αποτέλεσε μια πολύ αισθητή αύξηση του ρυθμού κατάβασης. Κατέβαζαν πια πολύ γρήγορα το απίστευτα μακρύ σκοινί και το σώμα μου ξυνόταν άσχημα πάνω στις τραχιές και ασφυκτικά στενές πλευρές του φρεατίου, καθώς έπεφτα με ταχύτητα προς τα κάτω. Τα ρούχα μου είχαν κουρελιαστεί και αισθανόμουν το αίμα να αργοκυλάει, ενώ ο πόνος μου ολοένα μεγάλωνε. Τα ρουθούνια μου δέχτηκαν κι αυτά την επίθεση μιας αόριστης απειλής: μια οσμή υγρασίας και κλεισούρας εντελώς άσχετη με οτιδήποτε είχα μυρίσει ως τότε, με ανεπαίσθητες πινελιές μπαχαρικών και θυμιάματος που της προσέδιδαν ένα στοιχείο εμπαιγμού.

Τότε επήλθε ο πνευματικός κατακλυσμός. Ήταν κάτι τρομερό πέρα από κάθε περιγραφή, εφόσον το βίωσα καθολικά με την ψυχή μου έτσι ώστε να μην μπορώ να το περιγράψω στις λεπτομέρειές του. Ήταν η έκσταση του εφιάλτη και το αποκορύφωμα της δαιμονικότητας. Όλα έγιναν εντελώς ξαφνικά σε μια διαβολική αποκάλυψη – τη μια στιγμή βυθιζόμουν γεμάτος αγωνία στο στενό πηγάδι με τα μυριάδες δόντια και την άλλη αιωρούμουν με φτερά νυχτερίδας στις αβύσσους της Κόλασης. Έπεφτα σαν βαρίδι μέσα σε απροσμέτρητα κενά ψυχρού αιθέρα και με κομμένη ανάσα ένιωθα να με ρουφούν ναδίρ αχόρταγων και ιλιγγιωδών κενών... Δοξάζω τον Θεό επειδή μέσα στο έλεός του έριξε στη λήθη τις Ερινύες που ξέσκιζαν τον νου μου με τα γαμψά τους νύχια, απειλώντας να ξεχαρβαλώσουν τα λογικά μου! Αυτή η ανάπαυλα, όσο σύντομη κι αν ήταν, μου έδωσε τη δύναμη και το λογικό να υπομείνω τις ακόμη μεγαλύτερες εξαχνώσεις συμπαντικού πανικού που επρόκειτο να ακολουθήσουν.

II

Ανέκτησα τις αισθήσεις μου πολύ σταδιακά, μετά την απόκοσμη διαδρομή μου στο πηχτό σκοτάδι. Η διαδικασία ήταν απερίγραπτα οδυνηρή, χρωματισμένη από απίθανα όνειρα στα οποία καθρεφτιζόταν η κατάσταση του δεμένου και φιμωμένου κορμιού μου. Τα όνειρα ήταν πολύ διαυγή την ώρα που τα ζούσα, αλλά έγιναν θαμπά στη μνήμη μου σχεδόν αμέσως μετά και σύντομα έγιναν ασαφή περιγράμματα στο περιθώριο των τρομερών γεγονότων –αληθινών ή φανταστικών– που ακολούθησαν. Ονειρεύτηκα πως βρισκόμουν παγιδευμένος κάτω από ένα πελώριο και φριχτό πόδι θηρίου, ένα κιτρινωπό, τριχωτό πόδι με πέντε νυχωτά δάχτυλα που είχε ξεπροβάλει από το έδαφος για να με ξεσχίσει και να με παρασύρει στα βάθη. Όταν συλλογίστηκα σε μια στιγμή τι θα μπορούσε να ήταν αυτό το πόδι, μου ήρθε η σκέψη πως ανήκε στην ίδια την Αίγυπτο. Στο όνειρό μου ανακάλεσα στη μνήμη μου τα γεγονότα των προηγούμενων ημερών και είδα τον εαυτό μου να παρασύρεται, να παγιδεύεται λίγο-λίγο, ανεπαίσθητα και ύπουλα, από το διαβολικό πνεύμα της αρχαίας μαγείας του Νείλου· ενός πνεύματος το οποίο υπήρχε στην Αίγυπτο πριν από τον ανθρώπο και θα συνεχίζει να ζει εκεί κι όταν ο άνθρωπος θα έχει πάψει πια να υπάρχει.

Αντίκρισα τη φρίκη και τη δαιμονική αρχαιότητα της Αιγύπτου, τη μακάβρια σχέση που είχε ανέκαθεν με τους τάφους και τους ναούς των νεκρών. Είδα φασματικές πομπές ιερέων με κεφάλια ταύρων, γερακιών, γάτων και πουλιών· φασματικές πομπές που βάδιζαν ακατάπαυστα σε υπόγειους λαβύρινθους μεσ' από τιτάνια προπύλαια, με τα οποία συγκρινόμενος ο άνθρωπος μοιάζει με μύγα, προσφέροντας ακατονόμαστες θυσίες σε απερίγραπτους θεούς. Πέτρινοι κολοσσοί περπατούσαν μέσ' σε ατέρμονη νύχτα, οδηγώντας κοπάδια από μορφάζουσες αθρωπόμορφες σφίγγες σε ακτές ατέλειωτων, ασάλευτων ποταμών πίσσας. Πίσω απ' όλ' αυτά μπορούσα να διακρίνω την άσβεστη κακία της αρχέγονης νεκρομαντείας, μαύρης και άμορφης, να ψαχουλεύει άπληστα στο σκοτάδι και να προσπαθεί να πνίξει το πνεύμα που είχε τολμήσει να τη μιμηθεί κι έτσι να την περιπαίξει.

Στο ληθαργωμένο μυαλό μου μορφοποιήθηκε μια όπερα διαβολικού μίσους και καταδίωξης, καθώς είδα τη μαύρη ψυχή της Αιγύπτου να με ξεχωρίζει και να με καλεί με σιγανούς ψίθυρους· με προσκαλούσε και με δελέαζε παρασύροντάς με μέσω της λαμπρότητας και του μεγαλείου της σαρακηνής της επιφάνειας, αλλά τραβώντας με συνεχώς προς τα κάτω, στις πανάρχαιες κατακόμβες και στη φρίκη της *νεκρής* και αβυσσαλέας φαραωνικής καρδιάς της.

Κατόπιν τα πρόσωπα του ονείρου πήραν ανθρώπινη όψη και είδα τον οδηγό μου, Αμπντούλ Ρεΐς, με στολή βασιλιά και με τον χλευασμό της Σφίγγας στα χαρακτηριστικά του. Κατάλαβα πως αυτά τα χαρακτηριστικά ανήκαν στον Χεφρήνα τον Μέγα, ο οποίος οικοδόμησε τη Δεύτερη Πυραμίδα, έβαλε να σκαλίσουν το πρόσωπο της Σφίγγας έτσι ώστε να μοιάζει με το δικό του και έχτισε τον τιτάνιο εκείνο πρόναο, που τους μυριάδες διαδρόμους του οι αρχαιολόγοι πιστεύουν πως έχουν ξεθάψει μέσ' από τη μυστηριώδη άμμο και τη βουβή πέτρα. Αντίκρισα το μακρύ, λεπτό, άκαμπτο χέρι του Χεφρήνα· το ίδιο που είδα στο άγαλμα από διορίτη, στο Μουσείο του Καΐρου, και που το είχαν ανακαλύψει στον τρομερό πρόναο. Αναρωτήθηκα γιατί δεν είχα ουρλιάξει τότε που το πρωτοπαρατήρησα στον Αμπντούλ Ρεΐς... Εκείνο το χέρι! Ήταν απαίσια παγερό και με συνέθλιβε· είχε το κρύο και την αποπνικτική αίσθηση της σαρκοφάγου... Την ανατριχίλα και την αποπνικτικότητα των αμνημόνευτων χρόνων της Αιγύπτου... Ήταν η ίδια η νυχτοσκέπαστη Αίγυπτος των νεκροπόλεων... Εκείνο το κίτρινο πόδι κτήνους... Και ψιθύριζαν τόσα πράγματα για τον Χεφρήνα...

Σ' αυτό το σημείο άρχισα να συνέρχομαι – ή τουλάχιστον βρέθηκα σε μια κατάσταση λιγότερο απόλυτη από εκείνη του λήθαργου που μόλις είχε προηγηθεί. Θυμήθηκα τον αγώνα στην κορυφή της πυραμίδας, τους προδοτικούς βεδουίνους και την επίθεσή τους, την τρομακτική μου κατάβαση με το σκοινί μέσα σε ατέλειωτα πέτρινα βάθη, την πτώση και βύθισή μου σε ένα παγερό κενό γεμάτο από οσμές αρωμάτων κι αποσύνθεσης. Αντιλήφθηκα πως τώρα βρισκόμουν πάνω σε ένα υγρό πέτρινο δάπεδο και πως τα δεσμά μου με έδεναν ακόμα με αμείωτη δύναμη. Έκανε πολύ κρύο και μου φάνηκε πως διέκρινα ένα αδύναμο ρεύμα βρομερού αέρα που με χτυπούσε. Τα ξεγδάρματα και οι μελανιές που είχα υποστεί από τα ανώμαλα τοιχώματα του πέτρινου φρεατίου με πονούσαν τρομερά και ο πόνος αυτός μετατράπηκε σε τσούξιμο ή κάψιμο από κάποια ιδιότητα του αδύναμου ρεύματος, έτσι ώστε ακόμα κι η απλή προσπάθειά μου να γυρίσω το κορμί μου ανάσκελα ήταν αρκετή για να διαπεράσει ολόκληρο το κορμί μου με απερίγραπτη αγωνία.

Καθώς γύριζα, αισθάνθηκα ένα τράβηγμα από πάνω μου και συμπέρανα πως το σκοινί με το οποίο με είχαν κατεβάσει έφτανε ακόμα μέχρι την επιφάνεια. Δεν είχα ιδέα αν οι Άραβες το κρατούσαν και τώρα στα χέρια τους, ούτε γνώριζα πόσο βαθιά μέσα στη γη βρισκόμουν. Ήξερα πως το σκοτάδι γύρω μου ήταν σχεδόν απόλυτο, αφού καμιά ακτίνα φεγγαρόφωτου δεν διαπερνούσε το μαντίλι που έδενε τα μάτια μου. Από την άλλη, δεν εμπιστευόμουν τις αισθήσεις μου τόσο ώστε να δεχτώ ως απόδειξη εξαιρετικά μεγάλου βάθους την αίσθηση της τεράστιας χρονικής διάρκειας που μου είχε φανεί πως διάρκεσε η κατάβασή μου.

Γνωρίζοντας πως, αν μη τι άλλο, βρισκόμουν σε έναν χώρο αρκετά μεγάλο, στον οποίο είχα φτάσει απευθείας από την επιφάνεια μέσω ενός ανοίγματος στην πέτρα, υπέθεσα με κάποια αμφιβολία πως η φυλακή μου ίσως να ήταν ο θαμμένος Ναός του Χεφρήνα, ο Ναός της Σφίγγας, ίσως κάποιοι βαθύτεροι διάδρομοι που οι οδηγοί δεν μου είχαν δείξει στη διάρκεια της πρωινής μου επίσκεψης, από τους οποίους θα μπορούσα εύκολα να ξεφύγω και να βρώ τον δρόμο μέχρι την αμπαρωμένη είσοδο. Θα ήταν μια περιπλάνηση σε έναν αληθινό λαβύρινθο, όχι χειρότερο όμως από εκείνους των οποίων την έξοδο είχα κατορθώσει να βρω στο παρελθόν.

Το πρώτο βήμα ήταν να απελευθερωθώ από τα δεσμά μου, το φίμωτρο και το μαντίλι που μου έκλεινε τα μάτια. Ήξερα πως αυτό δεν θα ήταν δύσκολο, αφού πιο επιδέξιοι από εκείνους τους Άραβες είχαν δοκιμάσει πολλά είδη δεσμών πάνω μου στη διάρκεια της μεγάλης και πολυκύμαντης καριέρας μου του ταχυδακτυλουργού, αλλά κανείς δεν είχε καταφέρει να εξουδετερώσει τις μεθόδους μου.

Μετά σκέφτηκα πως οι Άραβες ίσως να περίμεναν στην έξοδο για να μου επιτεθούν, αν υπήρχαν ενδείξεις μιας πιθανής απόδρασής μου από τα σκοινιά που με έδεναν, πράγμα που θα το καταλάβαιναν αμέσως εφόσον αισθάνονταν δυνατές κινήσεις του σκοινιού που ενδεχομένως κρατούσαν ακόμα. Αυτό, ασφαλώς, θα συνέβαινε αν ήταν αλήθεια πως ο τόπος της φυλακής μου ήταν πράγματι ο Ναός της Σφίγγας, του Χεφρήνα. Το άνοιγμα της οροφής, όπου κι αν βρισκόταν, σίγουρα δεν θα έπρεπε να είναι μακριά από την κανονική, σύγχρονη είσοδο κοντά στη Σφίγγα· θα έπρεπε, μάλιστα, να βρίσκεται κοντά στην επιφάνεια, αφού η συνολική έκταση των επισκέψιμων από τους τουρίστες στοών δεν είναι καθόλου μεγάλη. Δεν είχα παρατηρήσει κανένα τέτοιο άνοιγμα στη διάρκεια της πρωινής μου επίσκεψης, μα ήξερα πως δύσκολα διακρίνεις τέτοιου είδους πράγματα μεσ' στην αεικίνητη άμμο.

Όλα αυτά τα σκεφτόμουν παραμένοντας ζαρωμένος και δεμένος πάνω στο πέτρινο δάπεδο, έτσι ώστε σχεδόν ξέχασα τη φρίκη της αβυσσαλέας κατάβασης και της τρομερής πτώσης που μόλις πρόσφατα με είχαν ρίξει σε λιποθυμία. Η σκέψη μου ήταν μονάχα πώς να ξεγελάσω τους Άραβες και έτσι αποφάσισα να ελευθερωθώ όσο γινόταν πιο γρήγορα, αποφεύγοντας οποιοδήποτε δυνατό τράβηγμα του σκοινιού θα μπορούσε να προδώσει μια αποτελεσματική ή ακόμα και προβληματική απόπειρά μου για απελευθέρωση.

Αυτό, όμως, ήταν κάτι που ευκολότερα το αποφάσιζες παρά το πετύχαινες. Μερικές προκαταρκτικές δοκιμές κατέστησαν ολοφάνερο πως ελάχιστα θα κατόρθωνα να επιτύχω δίχως να κινηθώ ζωηρά. Δεν ξαφνιάστηκα όταν, μετά από μια ιδιαίτερα ισχυρή προσπάθεια, άρχισα να αισθάνομαι τις κουλούρες του σκοινιού που έπεφτε να στοιβάζονται πάνω μου και γύρω μου. Μάλλον οι βεδουίνοι είχαν αισθανθεί τις κινήσεις μου και άφησαν την άκρη του σκοινιού, τρέχοντας το δίχως άλλο στην κανονική είσοδο του ναού για να με περιμένουν με δολοφονικές διαθέσεις.

Η προοπτική αυτή δεν ήταν καθόλου ευχάριστη, μα είχα περάσει άλλοτε και χειρότερα χωρίς να γογγύξω, οπότε δεν επρόκειτο να γογγύξω και τώρα. Πρώτα έπρεπε να απελευθερωθώ απ' όλα τα δεσμά μου και μετά να βασιστώ στην εξυπνάδα μου για να αποδράσω από τον ναό σώος και αβλαβής. Είναι παράξενο πόσο απόλυτα πίστευα πια πως βρισκόμουν στον αρχαίο Ναό του Χεφρήνα πλάι στη Σφίγγα, σε μικρή μόνο απόσταση από την επιφάνεια του εδάφους.

Αυτή η πεποίθηση διαλύθηκε και κάθε αρχικός φόβος του αφύσικου βάθους και του δαιμονικού μυστηρίου ξαναφούντωσε, από ένα γεγονός το οποίο διευρυνόταν ολοένα σε φρίκη και σημασία την ώρα που εγώ κατέστρωνα μέσ' στο μυαλό μου το σοφό σχέδιό μου. Είπα πως το σκοινί έπεφτε και σωριαζόταν γύρω μου. Τώρα έβλεπα πως συνέχιζε να στοιβάζεται, για χρόνο που θα ήταν αδύνατος για ένα σκοινί φυσιολογικού μήκους. Η ταχύτητα της πτώσης του μεγάλωσε και μετατράπηκε σε πραγματική κατολίσθηση, σχηματίζοντας έναν λόφο στο πάτωμα και μισοθάβοντάς με κάτω από τις κουλούρες του που πολλαπλασιάζονταν γοργά. Γρήγορα θάφτηκα εντελώς και πάσχιζα να ανασάνω καθώς το σκοινί με σκέπαζε και με έπνιγε.

Ενώ οι αισθήσεις μου απειλούσαν και πάλι να με εγκαταλείψουν, προσπάθησα απεγνωσμένα να αντιπαλέψω μια απειλή που φαινόταν αναπόφευκτη. Δεν ήταν μόνο πως είχα βασανιστεί πέρα από τα όρια της ανθρώπινης αντοχής – δεν ήταν μόνο πως η ζωή και η ανάσα συνθλίβονταν αργά μέσα μου – ήταν η γνώση του τι σήμαινε εκείνο το αφύσικο μήκος του σκοινιού και η συνειδητοποίηση των άγνωστων, απροσμέτρητων αβύσσων υπεδάφους που έπρεπε αυτήν τη στιγμή να με περιτριγυρίζουν. Συμπέρανα πως η ατέλειωτη κατάβαση κι η πτώση μου μέσα στο φρεάτιο θα έπρεπε να ήταν αληθινά, πράγμα που σήμαινε ότι ήμουν πεσμένος σε κάποιον ακατονόμαστο, σπηλαιώδη κόσμο κοντά στον πυρήνα του πλανήτη. Μια τέτοια ξαφνική επιβεβαίωση του απόλυτου τρόμου ήταν αβάσταχτη και για δεύτερη φορά βυθίστηκα σε μια σπλαχνική λήθη.

Όταν μιλώ για λήθη, δεν εννοώ πως δεν έβλεπα όνειρα. Αντίθετα, η απουσία μου από τον συνειδητό κόσμο σημαδεύτηκε από οράματα της πιο απερίγραπτης φρίκης. Θεέ μου! Μακάρι να μην είχα ασχοληθεί τόσο πολύ με την αιγυπτιολογία πριν επισκεφθώ τούτη τη χώρα, που είναι η πηγή κάθε σκοταδιού και τρόμου! Ενώ αυτή η δεύτερη περίοδος λιποθυμίας ξαναγέμιζε το κοιμισμένο μου μυαλό με ανατριχιαστικές σκέψεις του τόπου και των αρχαίων μυστικών του, από κάποια καταραμένη σύμπτωση τα όνειρά μου στράφηκαν προς τις πανάρχαιες, ντόπιες αντιλήψεις για τους νεκρούς, για τα ταξίδια της ψυχής και του σώματος πέρα απ' αυτούς τους μυστηριώδεις τύμβους, οι οποίοι είναι περισσότερο κατοικίες παρά τάφοι. Θυμήθηκα μέσα σε όνειρα που είναι καλό το ότι τα έχω πια ξεχάσει, την ιδιαίτερη και περίτεχνη κατασκευή των αιγυπτιακών μαυσωλείων καθώς και τα μοναδικά, τρομακτικά δόγματα που την καθόριζαν.

Το μόνο που συλλογίζονταν εκείνοι οι άνθρωποι, ήταν ο θάνατος κι οι νεκροί. Πίστευαν σε μια πλήρη ανάσταση του σώματος, πράγμα που τους έκανε να το μουμιοποιούν με απελπισμένη φροντίδα, διατηρώντας όλα τα ζωτικά του όργανα κοντά στο πτώμα, στα λεγόμενα κανωπικά αγγεία. Εκτός από το σώμα πίστευαν και σε δυο άλλα στοιχεία, την ψυχή, η οποία μετά το ζύγισμά της και την έγκριση του Όσιρη πήγαινε να κατοικήσει στη χώρα των μακάρων, και το ασαφές, μυστηριώδες *κα* ή ζωτική αρχή, το οποίο περιπλανιόταν στον πάνω και στον κάτω κόσμο με τρομερό τρόπο, προσπαθώντας κατά καιρούς να ξαναμπεί στο ταριχευμένο σώμα, καταβροχθίζοντας τις προσφορές τροφής που έφερναν ιερείς και ευλαβείς συγγενείς στον νεκρικό ναό και μερικές φορές –όπως έλεγαν οι φήμες– μπαίνοντας στη μούμια ή στο ξύλινο ομοίωμα που ήταν πάντα θαμμένο πλάι του και βγαίνοντας έξω από τον τάφο για να τελέσει ιδιαίτερα αποκρουστικές πράξεις.

Επί χιλιάδες χρόνια τα σώματα αυτά παρέμεναν μέσα σε πολυτελείς σαρκοφάγους, κοιτάζοντας τυφλά προς τα πάνω όταν δεν τα επισκεπτόταν το *κα*, προσμένοντας τη μέρα κατά την οποία ο Όσιρις θα αποκαθιστούσε μέσα τους τόσο το *κα* όσο και την ψυχή, και θα έβγαζε τις άκαμπτες λεγεώνες των νεκρών από τους βυθισμένους οίκους του ύπνου. Αυτή έμελλε να είναι μια ένδοξη αναγέννηση – όμως δεν εγκρίνονταν όλες οι ψυχές, ούτε όλοι οι τάφοι παρέμεναν ασύλητοι και έτσι έπρεπε κανείς να περιμένει ορισμένα τερατώδη *λάθη* και διαβολικά *αφύσικα*. Ακόμα και στις μέρες μας οι Άραβες μιλούν χαμηλόφωνα για ανόσιες συγκεντρώσεις και αρρωστημένη λατρεία σε ξεχασμένες αβύσσους του κάτω κόσμου, τόπους που μόνο τα φτερωτά, αόρατα *κα* και οι άψυχες μούμιες μπορούν να επισκέπτονται και να επιστρέφουν άθικτα.

Ίσως οι πιο τρομακτικοί θρύλοι που παγώνουν το αίμα είναι αυτοί που μιλούν για ορισμένα διεστραμμένα κατασκευάσματα του εκφυλισμένου ιερατείου – *σύνθετες μούμιες* δημιουργημένες από την τεχνητή ένωση ανθρώπινων κορμών και μελών με κεφάλια ζώων, κατά μίμηση των πρεσβύτερων θεών. Σε όλα τα στάδια της αιγυπτιακής ιστορίας τα ιερά ζώα μουμιοποιούνταν, έτσι ώστε οι ιεροί ταύροι, γάτες, ίβιδες, κροκόδειλοι και τα παρόμοια να μπορέσουν μια μέρα να αναστηθούν σε έναν καλύτερο κόσμο. Όταν όμως το ιερατείο εκφυλίστηκε πια, τα μέλη του άρχισαν να αναμειγνύουν άνθρωπο και ζώο στην ίδια μούμια – εφόσον τώρα μέσ' στην παρακμή τους δεν καταλάβαιναν πια τα δικαιώματα και τα προνόμια του *κα* και της ψυχής.

Το τι απέγιναν τούτες οι σύνθετες μούμιες είναι κάτι που δεν έχει ειπωθεί –τουλάχιστον δημόσια– και το βέβαιο είναι πως κανείς αιγυπτιολόγος δεν ανακάλυψε ποτέ κάποια απ' αυτές. Οι φήμες των Αράβων είναι υπερβολικές και δεν μπορεί κανείς να βασιστεί επάνω τους. Αφήνουν να υπονοηθεί πως ο Χεφρήν –αυτός που έχτισε τη Σφίγγα, τη Δεύτερη Πυραμίδα και τον ναό της εισόδου της– ζει βαθιά κάτω από τη γη παντρεμένος με την απέθαντη βασίλισσα Νίτωκρι, κυβερνώντας μούμιες που δεν είναι ούτε άνθρωποι ούτε ζώα.

Αυτά ακριβώς –δηλαδή τον Χεφρήνα, τη σύντροφό του και τους αλλόκοτους στρατούς των υβριδικών νεκρών– ονειρεύτηκα, και χαίρομαι που οι ακριβείς μορφές του ονείρου έχουν πια σβήσει από τη μνήμη μου. Η πιο φριχτή εικόνα σχετιζόταν με ένα αόριστο ερώτημα που είχα θέσει στον εαυτό μου την προηγούμενη ημέρα, όταν παρατηρούσα από κοντά εκείνο το πελώριο, σκαλισμένο αίνιγμα της ερήμου και αναρωτιόμουν με ποια άγνωστα βάθη θα μπορούσε να συνδέεται μυστικά ο ναός που βρισκόταν κοντά του. Αυτό το ερώτημα, τόσο αθώο και τυχαίο τότε, πήρε στο όνειρό μου μια σημασία μανιακής και υστερικής παραφροσύνης... *Ποιο ήταν το πελώριο και απεχθές αφυσικό, που αναπαρίστανε αρχικά η Σφίγγα;*

Η δεύτερη αφύπνισή μου, εάν επρόκειτο για αφύπνιση, αποτελεί μια ανάμνηση τόσο φριχτή ώστε τίποτε άλλο στη ζωή μου –εκτός από κάτι που συνέβη στη συνέχεια– δεν μπορεί να συγκριθεί μαζί του. Θυμήθηκα πως είχα χάσει τις αισθήσεις μου θαμμένος κάτω από έναν καταρράχτη σκοινιού, του οποίου το απέραντο μήκος αποκάλυπτε το απίστευτο βάθος στο οποίο βρισκόμουν. Τώρα, καθώς οι αισθήσεις μου επέστρεφαν, κατάλαβα πως όλο εκείνο το βάρος έλειπε· γυρίζοντας ανάσκελα συνειδητοποίησα πως, παρ' όλο που ήμουν ακόμα δεμένος, φιμωμένος και με τα μάτια κλειστά, *κάποιος είχε αφαιρέσει εντελώς το βουνό του σκοινιού που με είχε πνίξει.* Η σημασία αυτής της κατάστασης, ασφαλώς, αποτιμήθηκε σταδιακά από το μυαλό μου. Ακόμα κι έτσι, όμως, νομίζω πως θα είχα λιποθυμήσει ξανά, εάν τότε πια δεν είχα φτάσει σε μια τέτοια κατάσταση συναισθηματικής εξάντλησης τέτοιας ώστε κανένας καινούργιος τρόμος δεν θα μπορούσε να κάνει τα πράγματα χειρότερα. Ήμουν μόνος μαζί με... *τι;*

Πριν προλάβω να βασανίσω τον εαυτό μου με περαιτέρω

σκέψεις ή να κάνω νέες προσπάθειες για να ξεφύγω από τα δεσμά μου, μια ακόμη κατάσταση μου αποκαλύφθηκε. Πόνοι τους οποίους δεν ένιωθα προηγουμένως διαπερνούσαν τα χέρια και τα πόδια μου, τα οποία ήταν καλυμμένα με άφθονο ξεραμένο αίμα, πολύ περισσότερο από εκείνο που θα μπορούσε να βγει από τα προηγούμενα κοψίματα και γδαρσίματά μου. Το στήθος μου φαινόταν κι αυτό τρυπημένο σε εκατό σημεία, λες και το τσιμπολογούσε κάποιο διαβολικό, πελώριο πουλί με μακρύ ράμφος. Σίγουρα το πλάσμα που είχε αφαιρέσει το σκοινί ήταν εχθρικό και είχε αρχίσει να προκαλεί τρομερές πληγές στο κορμί μου, μέχρι τη στιγμή που κάτι το υποχρέωσε να σταματήσει. Τότε ήταν που ένιωσα ακριβώς το αντίθετο απ' αυτό που θα περίμενε κανείς: αντί να βυθιστώ σε ένα απύθμενο πηγάδι απόγνωσης, πήρα καινούργιο θάρρος για να αναλάβω δράση. Γιατί τώρα πια οι δυνάμεις του κακού ήταν χειροπιαστές, όπως αυτές που ένας ατρόμητος άνθρωπος θα ήταν δυνατό να αντιμετωπίσει στα ίσα.

Παίρνοντας κουράγιο από τούτη τη σκέψη, δοκίμασα και πάλι τα δεσμά μου χρησιμοποιώντας την τέχνη μιας ολόκληρης ζωής για να ελευθερωθώ, όπως τόσο συχνά έκανα κάτω από τη λάμψη των προβολέων και μέσ' στα χειροκροτήματα του πλήθους. Οι γνώριμες λεπτομέρειες της διαδικασίας απόδρασης άρχισαν να απασχολούν το μυαλό μου, τόσο ώστε, τώρα που το μακρύ σκοινί είχε εξαφανιστεί, παραλίγο να επιστρέψω στην αρχική μου πεποίθηση πως όλα τα φριχτά πράγματα που είχα δει ήταν τελικά παραισθήσεις, πως ποτέ δεν είχε υπάρξει κανένα τρομερό πηγάδι, ούτε απύθμενη άβυσσος και ατέλειωτο σκοινί. Μήπως τελικά βρισκόμουν στον Ναό του Χεφρήνα πλάι στη Σφίγγα και οι Άραβες είχαν έρθει μουλωχτά για να με βασανίσουν, την ώρα που ήμουν πεσμένος και ανήμπορος εκεί; Σε κάθε περίπτωση, έπρεπε να απελευθερωθώ. Αν στεκόμουν όρθιος, ελεύθερος από τα δεσμά μου, δίχως το φίμωτρο και με τα μάτια λυμένα ώστε να πιάσουν οποιαδήποτε αναλαμπή φωτός τυχόν ερχόταν από οποιαδήποτε κατεύθυνση, τότε πραγματικά θα το απολάμβανα να αντιμετωπίσω διαβολικούς και ύπουλους εχθρούς!

Δεν ξέρω πόση ώρα χρειάστηκε για ν' απαλλαγώ από τα δεσμά μου. Θα πρέπει να μου πήρε περισσότερο απ' ότι στις παραστάσεις μου, επειδή ήμουν τραυματισμένος, εξουθενωμένος και με τα νεύρα σμπαραλιασμένα από τις εμπειρίες που είχα περάσει. Όταν τελικά ελευθερώθηκα, παίρνοντας βαθιές ανάσες από τον παγερό, υγρό αέρα με τις διαβολικές οσμές, ακόμα χειρότερες τώρα που μου έρχονταν χωρίς να υπάρχει το παραπέτασμα του φίμωτρου και του μαντιλιού, ανακάλυψα πως ήμουν πολύ μουδιασμένος και κουρασμένος για να κινηθώ αμέσως. Έτσι έμεινα ξαπλωμένος για ένα απροσδιόριστο χρονικό διάστημα, προσπαθώντας να τεντώσω ένα κορμί ταλαιπωρημένο και χτυπημένο, πασχίζοντας να εντοπίσω κάποια αχτίδα φωτός η οποία θα μου έδινε κάποια ιδέα για το πού βρισκόμουν.

Σιγά-σιγά ανέκτησα τη δύναμη και την ελαστικότητα του κορμιού μου, αλλά τα μάτια μου δεν έβλεπαν τίποτα. Καθώς σηκωνόμουν τρεκλίζοντας κοίταξα προσεκτικά προς κάθε κατεύθυνση, μα το μόνο που συνάντησε το βλέμμα μου ήταν ένα σκοτάδι το ίδιο βαθύ όπως κι όταν τα μάτια μου ήταν κλειστά. Δοκίμασα να κινήσω τα πόδια μου, γεμάτα ξεραμένο αίμα κάτω από το κουρελιασμένο παντελόνι μου, και ανακάλυψα πως μπορούσα να περπατήσω. Μα δεν αποφάσιζα προς τα πού να κινηθώ. Δεν έπρεπε να βαδίσω στην τύχη, γιατί τότε ίσως να απομακρυνόμουν από την έξοδο που αναζητούσα απελπισμένα. Σταμάτησα, λοιπόν, για να παρατηρήσω τη διαφορά στο ψυχρό, υγρό ρεύμα αέρα με την οσμή του νάτρου, το οποίο ούτε μια στιγμή δεν είχα πάψει να αισθάνομαι. Θεωρώντας την πηγή του ως την πιθανή είσοδο σε κείνη την άβυσσο, προσπάθησα να παραμείνω στραμμένος προς αυτή την κατεύθυνση κι άρχισα να περπατώ σταθερά προς τα κει.

Είχα μαζί μου ένα κουτί με σπίρτα, ακόμα κι έναν μικρό ηλεκτρικό φακό, μα ασφαλώς οι τσέπες των αναποδογυρισμένων και κουρελιασμένων ρούχων μου είχαν προ πολλού αδειάσει από κάθε βαρύ αντικείμενο. Καθώς περπατούσα προσεκτικά μέσ' στο σκοτάδι, το ρεύμα του αέρα γινόταν ολοένα πιο δυνατό αλλά και πιο βρομερό, μέχρι που τελικά άρχισα να πιστεύω πως δεν ήταν τίποτε λιγότερο από έναν απαίσιο ατμό που ξεχυνόταν από κάποιο άνοιγμα, όπως ο καπνός του τζίνι από τον αμφορέα του ψαρά στο ανατολίτικο παραμύθι. Ανατολή... Αίγυπτος... Πραγματικά, τούτη η σκοτεινή κοιτίδα του πολιτισμού ήταν μια πηγή απερίγραπτων τρόμων και θαυμάτων!

Όσο περισσότερο σκεφτόμουν τη φύση του υπόγειου ανέμου, τόσο μεγάλωνε η ανησυχία μου· κι αυτό επειδή, παρ' όλο που αρχικά αναζητούσα την πηγή του ως μια έμμεση έστω ένδειξη του έξω κόσμου, τώρα συνειδητοποιούσα ξεκάθαρα πως μια τέτοια απαίσια εκπομπή δεν θα ήταν δυνατό να έχει την παραμικρή μίξη ή σχέση με τον καθαρό αέρα της Λιβυκής Ερήμου, μα θα έπρεπε να είναι κάτι που ξερνούσαν διαβολικά βάραθρα, τα οποία οδηγούσαν σε ακόμα μεγαλύτερο βάθος. Περπατούσα, λοιπόν, προς λάθος κατεύθυνση!

Μετά από μια στιγμή περισυλλογής, αποφάσισα να μην ξαναγυρίσω πίσω. Μακριά από το ρεύμα του αέρα δεν θα είχα κανένα σημάδι προσανατολισμού, εφόσον το σχετικά ομαλό πέτρινο δάπεδο δεν διέθετε ούτε καν το παραμικρό διακριτικό χαρακτηριστικό. Αν όμως πήγαινα κόντρα στο παράξενο ρεύμα, σίγουρα θα έφτανα σε κάποιο είδος ανοίγματος απ' όπου ίσως θα κατάφερνα να βρω τον δρόμο μου, προχωρώντας παράλληλα με τα τοιχώματα μέχρι την άκρη εκείνης της κυκλώπειας αίθουσας, μέσα στην οποία μου ήταν αδύνατον να προσανατολιστώ. Καταλάβαινα βέβαια πως υπήρχε περίπτωση να αποτύχω. Διέκρινα πως αυτό το μέρος δεν συμπεριλαμβανόταν στο κομμάτι του Ναού του Χεφρήνα που γνώριζαν οι τουρίστες. Συλλογίστηκα πως η συγκεκριμένη αίθουσα ίσως να ήταν άγνωστη ακόμη και στους αρχαιολόγους, και πως οι ερευνητικοί, κακόβουλοι Άραβες που με παγίδεψαν την είχαν ανακαλύψει κατά τύχη. Αν τα πράγματα ήταν έτσι, υπήρχε τώρα κάποια έξοδος διαφυγής που να οδηγούσε σε αναγνωρίσιμα μέρη ή στον έξω κόσμο;

Αλλά τι ενδείξεις είχα πως βρισκόμουν στον ναό της Σφίγγας; Για μια στιγμή, οι πιο τρελές μου θεωρίες επέστρεψαν και ξανασκέφτηκα το ζωηρό μείγμα τον εμπειριών μου – κατάβαση, κρέμασμα στο κενό, το σκοινί, τα τραύματά μου, τα όνειρα που αλήθευαν. Μήπως η ζωή μου είχε τελειώσει; Ή μήπως θα αποτελούσε ευσπλαχνία για μένα αν πράγματι πέθαινα τούτη τη στιγμή; Δεν κατόρθωσα να δώσω απάντηση σε αυτά τα ερωτήματα, μα συνέχισα απλά τον δρόμο μου μέχρι που η Μοίρα με έριξε στη λήθη για μια τρίτη φορά.

Αυτήν τη φορά δεν είδα όνειρα, γιατί το συμβάν έγινε τόσο ξαφνικά ώστε μου στέρησε κάθε σκέψη, συνειδητή ή υποσυνείδητη. Παραπατώντας σε ένα σκαλί που δεν περίμενα να συναντήσω μπροστά μου, σε ένα σημείο όπου το δύσοσμο ρεύμα του αέρα ήταν πια αρκετά δυνατό για να με σπρώχνει προς τα πίσω, κατρακύλησα μέσ' στο σκοτάδι σε μια σκάλα με πελώρια σκαλοπάτια που οδηγούσαν προς τα κάτω, σε ένα κενό το οποίο μου φάνηκε απύθμενο.

Το γεγονός ότι μπόρεσα να αναπνεύσω ξανά, αποτελεί τιμή για την εγγενή ζωτικότητα ενός υγιούς ανθρώπινου οργανισμού. Συχνά, ανακαλώντας στον νου αυτήν τη νύχτα, νιώθω μια παράξενη επιθυμία να γελάσω με τις επαναλαμβανόμενες διαλείψεις της συνειδητότητας – διαλείψεις των οποίων η αλληλουχία μού θύμιζε τα χοντροκομμένα κινηματογραφικά μελό εκείνης της εποχής. Είναι πιθανό, ασφαλώς, οι επαναλαμβανόμενες διαλείψεις να μη συνέβησαν ποτέ και όλα τα στοιχεία εκείνου του υπόγειου εφιάλτη να ήταν απλώς όνειρα ενός μακρόχρονου κώματος, το οποίο ξεκίνησε με το σοκ της κατάβασής μου στην άβυσσο και τέλειωσε με το θεραπευτικό βάλσαμο του καθαρού αέρα και του ανατέλλοντος ήλιου, που με βρήκαν ξαπλωμένο στην άμμο της Γκίζας, μπροστά στο σαρδόνιο, λουσμένο από την αυγή πρόσωπο της Μεγάλης Σφίγγας.

Προτιμώ να πιστεύω σε αυτήν τη δεύτερη εξήγηση όσο μπορώ, οπότε χάρηκα ιδιαίτερα όταν η αστυνομία μου είπε πως η καγκελωτή πόρτα στον Ναό του Χεφρήνα είχε βρεθεί ανοιχτή και πως, πράγματι, σε μια γωνιά του θαμμένου ακόμη κομματιού του κτηρίου υπήρχε ένα αρκετά μεγάλο όρυγμα. Χάρηκα επίσης όταν οι γιατροί διέγνωσαν πως τα τραύματά μου ήταν μονάχα αυτά που θα περίμενε κανείς μετά την αρπαγή μου, το δέσιμο, το κατέβασμα με το σκοινί, την πάλη με τα δεσμά μου, μια μικρή πτώση –ίσως σε κάποιο κοίλωμα της εσωτερικής κιονοστοιχίας του ναού–, του σουρσίματος μέχρι την εξωτερική καγκελόπορτα, τη διαφυγή μου κι όλες αυτές τις εμπειρίες: μια πραγματικά καθησυχαστική διάγνωση. Κι όμως, ξέρω πως κάτω από την επιφάνεια πρέπει να κρύβονται κι άλλα πράγματα. Η αλλόκοτη κάθοδός μου είναι μια ανάμνηση πολύ ισχυρή για να την απορρίψω, ενώ είναι επίσης πολύ περίεργο που κανείς στην αστυνομία δεν κατάφερε ποτέ να εντοπίσει κανέναν άνθρωπο που να ταιριάζει με την περιγραφή του οδηγού μου, του Αμπντούλ Ρεΐς του δραγουμάνου, του οδηγού με τη φωνή σαν από τάφο, που είχε τη μορφή και το χαμόγελο του βασιλιά Χεφρήνα.

Παρέκκλινα όμως από την αφήγησή μου – ίσως με τη μάταιη ελπίδα πως θα απέφευγα να μιλήσω για το τελευταίο γεγονός· ένα γεγονός που σχεδόν σίγουρα ήταν παραίσθηση. Μα υποσχέθηκα να αφηγηθώ τα πάντα και ποτέ δεν αθετώ τις υποσχέσεις μου. Όταν ανέκτησα –ή μου φάνηκε πως ανέκτησα– τις αισθήσεις μου μετά την πτώση μου στη μαύρη πέτρινη σκάλα, βρέθηκα ολομόναχος στο σκοτάδι όπως και πριν. Ο δύσοσμος άνεμος, που ήταν αρκετά άσχημος ως τότε, τώρα είχε γίνει πραγματικά αηδιαστικός· είχα όμως πια αρκετά εξοικειωθεί μ' αυτόν, ώστε να μπορώ να τον υπομένω στωικά. Ζαλισμένος, άρχισα να απομακρύνομαι έρποντας από το σημείο από το οποίο ερχόταν η μπόχα και με τα ματωμένα χέρια μου ψηλάφισα τις τεράστιες πλάκες ενός κολοσσιαίου δάπεδου. Κάποια στιγμή το κεφάλι μου χτύπησε πάνω σε ένα σκληρό αντικείμενο κι όταν το έψαυσα κατάλαβα πως ήταν η βάση ενός κίονα – ενός κίονα απίστευτου μεγέθους, η επιφάνεια του οποίου ήταν καλυμμένη από γιγάντια ανάγλυφα ιερογλυφικά, αντιληπτά με έντονο τρόπο στην αφή μου.

Συνεχίζοντας να περπατώ με τα τέσσερα, συναντούσα μονάχα άλλες τιτάνιες κολόνες που απείχαν αδιανόητες αποστάσεις η μια από την άλλη· τότε ξαφνικά η προσοχή μου αποσπάστηκε από τη συνειδητοποίηση κάποιου πράγματος το οποίο θα πρέπει να αφουγκραζόμουν αφηρημένα πολλή ώρα πριν το αντιληφθώ συνειδητά.

Από κάποιο ακόμα βαθύτερο χάος στα έγκατα της γης αναδύονταν *ήχοι*, μετρημένοι και ακριβείς, που όμοιούς τους δεν είχα ακούσει ποτέ πριν. Ένιωσα διαισθητικά πως ήταν πανάρχαιοι και σίγουρα τελετουργικοί. Η μεγάλη μου αγάπη για την αιγυπτιολογία με έσπρωξε να τους συσχετίσω με τον αυλό, τη σαμβύκη,[3] το σείστρο και το τύμπανο. Στους ρυθμικούς αυλισμούς, τα κροταλίσματα και τους τυμπανισμούς τους αισθάνθηκα ένα είδος τρόμου πέρα από τους γνωστούς τρόμους της γης – κάτι ξέχωρο από τον προσωπικό φόβο, που εκφραζόταν ως ενα είδος αντικειμενικού οίκτου για τον πλανήτη μας, ο οποίος μπορούσε να περικλείνει στα βάθη του τόση φρίκη όση κρυβόταν πίσω από εκείνες τις αιγιπανικές[4] κακοφωνίες. Οι ήχοι δυνάμωσαν και αισθάνθηκα πως με πλησίαζαν. Κι ύστερα –μακάρι οι θεοί όλων των πανθέων μαζί να φυλάξουν τα αφτιά μου ώστε να μην ξανακούσω τέτοιο πράγμα– άρχισα να ακούω αχνά και μακρινά τις μελαγχολικές, αργές πατημασιές κάποιων όντων.

Ήταν φριχτό πως πατημασιές τόσο ανόμοιες μεταξύ τους συνδυάζονταν σε έναν τόσο τέλειο ρυθμό. Εκπαίδευση χιλιάδων ανόσιων ετών θα πρέπει να κρυβόταν πίσω από το βάδισμα τούτων των πιο μυστικών τεράτων της γης... Πλαταγίσματα, κροταλίσματα, βηματισμοί, κυλίσματα, βρόντοι, σουρσίματα... Κι όλα τούτα κάτω από την απαίσια παραφωνία εκείνων των χλευαστικών μουσικών οργάνων. Κι ύστερα –ο Θεός να κρατά την ανάμνηση των αραβικών μύθων μακριά από τον νου μου!– οι μούμιες δίχως ψυχές... Ο τόπος συνάντησης των περιπλανώμενων... Οι ορδές των καταραμένων νεκρών φαραώ σαράντα αιώνων... Οι *σύνθετες* μούμιες, που τις οδηγούσαν σε βαθύτατες σήραγγες από όνυχα ο βασιλιάς Χεφρήν και η Νίτωκρις, η απέθαντη βασίλισσά του...

Τα ρυθμικά βήματα πλησίαζαν – ο ουρανός ας με φυλάξει από εκείνο τον ήχο των ποδιών, των πελμάτων, των οπλών, των πτερυγίων και των νυχιών που άρχιζαν πια να ξεχωρίζουν με κάθε λεπτομέρεια! Πέρα από αχανείς εκτάσεις ανήλιαγου δα-

---

3. Είδος έγχορδου μουσικού οργάνου ασιατικής ή αιγυπτιακής προέλευσης, που έμοιαζε με άρπα και, σύμφωνα με τον Αριστοφάνη, ήταν το αγαπημένο όργανο των Ελλήνων στην εποχή του. (ΣτΜ)

4. Ο Αιγίπαν ήταν ελληνική θεότητα που κάποιες φορές ταυτιζόταν με τον Πάνα και άλλες παρουσιάζεται ως γιος του Δία και της Αίγας. Ήταν κι αυτός τραγοπόδαρος και λέγεται πως ο Δίας τον μεταμόρφωσε τελικά στον αστερισμό του Αιγόκερω. (ΣτΜ)

πέδου, μια σπίθα φωτός τρεμόπαιξε στον δύσοσμο άνεμο κι εγώ κρύφτηκα πίσω από την τεράστια περιφέρεια μιας κυκλώπειας κολόνας, ώστε να ξεφύγω για λίγο από τη φρίκη που πλησίαζε με μυριάδες πόδια προς το μέρος μου, ανάμεσα σε γιγάντιες κιονοστοιχίες απάνθρωπου τρόμου και επίφοβης αρχαιότητας. Τα λαμπυρίσματα αυξήθηκαν και ο ρυθμικός μα παράφωνος ήχος των βημάτων έγινε τόσο δυνατός που με αρρώσταινε. Στο τρεμάμενο, πορτοκαλί φως αποκαλύφθηκε ένα σκηνικό τέτοιου λίθινου μεγαλείου, ώστε ξεροκατάπια από ένα δέος που υπερνίκησε τον φόβο και την απέχθειά μου. Αντίκρισα βάσεις κιόνων που το μέσο τους έφτανε ψηλότερα από κει όπου μπορούσε να δει το ανθρώπινο μάτι... Βάσεις απλών στύλων που κάθε ένας τους θα έπρεπε να έκανε τον Πύργο του Άιφελ να φαίνεται νάνος μπροστά του... Ιερογλυφικά σκαλισμένα από αδιανόητα χέρια σε σπήλαια όπου το φως της μέρας δεν ήταν τίποτα περισσότερο από έναν μακρινό θρύλο...

Δεν ήθελα να κοιτάξω τα πράματα που έρχονταν. Πήρα όμως τελικά αυτή την απελπισμένη απόφαση καθώς άκουγα τις αρθρώσεις τους που κροτάλιζαν και τα βαριά νιτρώδη αγκομαχητά που ξεχώριζαν πάνω από τη νεκρική μουσική και τις νεκρικές πατημασιές. Ήταν ευχής έργο που δεν μιλούσαν... αλλά, Θεέ! *Οι δαυλοί τους είχαν αρχίσει να ρίχνουν σκιές στην επιφάνεια των πελώριων κιόνων. Ιπποπόταμοι δεν θα έπρεπε να έχουν ανθρώπινα χέρια και να κρατούν δαυλούς... Άνθρωποι δεν θα έπρεπε να έχουν κεφάλια κροκοδείλων...*

Προσπάθησα να στρέψω το κεφάλι αλλού μα οι σκιές, οι ήχοι και η μπόχα βρίσκονταν παντού. Τότε, ενθυμούμενος κάτι που συνήθιζα μέσα στους εφιάλτες οι οποίοι με βασάνιζαν μικρό, άρχισα να επαναλαμβάνω στον εαυτό μου:

«Είναι μονάχα ένα όνειρο! Είναι μονάχα ένα όνειρο!»

Μα δεν ωφελούσε και το μόνο που μου απέμενε πια να κάνω ήταν να κλείσω τα μάτια και να προσευχηθώ... Αυτό τουλάχιστον νομίζω πως έκανα, γιατί κανείς δεν μπορεί ποτέ να είναι σίγουρος σε τέτοια οράματα – και επιμένω πως δεν είναι δυνατό να επρόκειτο για κάτι άλλο εκτός από όραμα. Αναρωτιόμουν αν θα ξανανέβαινα ποτέ στον πάνω κόσμο και μερικές φορές άνοιγα φευγαλέα τα μάτια μου για να δω αν θα αντιλαμβανόμουν τίποτε άλλο πέρα από τον άνεμο που μύριζε αποσύνθεση και μυρωδικά, τους κίονες με τις αθέατες κορυφές και τις θαυματοτροπικές,[5] τερατώδεις σκιές της αφύσικης φρίκης. Τώρα πια η λάμψη από πλήθος δαυλούς που τριζοβολούσαν ήταν έντονη και, εκτός κι αν εκείνο το κολασμένο μέρος δεν είχε καθόλου τοίχους, αργά ή γρήγορα θα κατόρθωνα σίγουρα να εντοπίσω κάποιο όριο ή σύνορο. Όμως αναγκάστηκα να κλείσω τα μάτια μου πάλι όταν συνειδητοποίησα πόσα από εκείνα τα όντα είχαν συγκεντρωθεί – και όταν είδα ένα απ' αυτά να περπατά επίσημα και σταθερά, *χωρίς να διαθέτει σώμα πάνω από τη μέση.*

Ένα δαιμονικό γουργούρισμα ή επιθανάτιος ρόγχος αντιλάλησε εν χορώ σχίζοντας την ατμόσφαιρα –την ατμόσφαιρα οστεοφυλάκειου τη δηλητηριασμένη από αναθυμιάσεις νάφθας και πίσσας– από την απέθαντη λεγεώνα των βλάσφημων υβρίδιων. Τα μάτια μου άνοιξαν διεστραμμένα κι αντίκρισαν για μια στιγμή ένα θέαμα που κανένα ανθρώπινο πλάσμα δεν θα ήταν δυνατό ποτέ να φανταστεί χωρίς φόβο, πανικό και σωματική εξουθένωση. Τα όντα είχαν σχηματίσει τελετουργικά μια φάλαγγα, που βάδιζε αντίθετα με τη φορά του δύσοσμου άνεμου και το φως των δαυλών αποκάλυπτε τα σκυφτά κεφάλια τους – όσων δηλαδή διέθεταν κεφάλια. Τελούσαν λατρευτικές κινήσεις μπροστά σε ένα μεγάλο μαύρο χάσμα που ξερνούσε μπόχα και επεκτεινόταν μέχρι πιο πέρα από το σημείο όπου έφτανε η ματιά, στις δύο πλευρές του οποίου υπήρχαν δυο γιγάντιες σκάλες με κορυφές που χάνονταν ψηλά στις σκιές. Μια απ' αυτές ήταν σίγουρα η σκάλα απ' όπου είχα κατρακυλήσει.

Οι διαστάσεις του χάσματος ήταν ανάλογες με κείνες των κιόνων – ένα συνηθισμένο σπίτι θα χανόταν μέσα του και οποιοδήποτε μέσου μεγέθους δημόσιο κτήριο θα μπορούσε άνετα να χωρέσει στο εσωτερικό του. Ήταν ένας χώρος τόσο τεράστιος, ώστε μόνο στρέφοντας το κεφάλι κατόρθωνε κανείς να διατρέξει τα όριά του... Τόσο γιγάντιος, τόσο απίστευτα μαύ-

5. Θαυματοτρόπιο: μια από τις απλές οπτικές συσκευές που δημιούργησε ο Άγγλος γιατρός Τζον Πάρις το 1825 και βασιζόταν στο φαινόμενο του μετεικάσματος, αποτελώντας έναν πρόδρομο του κινηματογράφου. (ΣτΜ)

ρος και τόσο δύσοσμος... Μέσα σε κείνο τον χασμώμενο Πολύφημο τα όντα πετούσαν αντικείμενα, ως θυσία ή θρησκευτική προσφορά προφανώς, αν έκρινε κανείς από τις τελετουργικές κινήσεις τους. Ο Χεφρήν ήταν επικεφαλής, ο σαρκαστικός βασιλιάς Χεφρήν *ή ο πρώην οδηγός μου Αμπντούλ Ρεΐς*, εστεμμένος με χρυσό ψεντ,[6] ψέλνοντας ακατάπαυστα με την υπόκωφη φωνή του, φωνή νεκρού. Πλάι του ήταν γονατιστή η πανέμορφη βασίλισσα Νίτωκρις, που βλέποντάς την στιγμιαία από το πλάι παρατήρησα ότι το μισό της πρόσωπο ήταν φαγωμένο από τα ποντίκια ή από πτωματοφάγους δαίμονες. Έκλεισα πάλι τα μάτια μόλις είδα τι αντικείμενα πετούσαν ως προσφορές στο δυσώδες άνοιγμα ή ίσως στην τοπική θεότητα που κατοικούσε εκεί.

Κρίνοντας από την επίσημη τελειότητα τούτης της διαδικασίας, συμπέρανα ότι η κρυμμένη θεότητα θα ήταν ιδιαίτερα σημαντική. Να ήταν ο Όσιρις ή η Ίσις, ο Ώρος ή ο Άνουβις, ή κάποιος άγνωστος Θεός των Νεκρών, ανώτερος απ' όλους τους άλλους; Υπήρχε ένας θρύλος πως τρομεροί βωμοί και κολοσσιαία αγάλματα είχαν υψωθεί για έναν Άγνωστο, πριν ακόμα οι γνωστοί θεοί αρχίσουν να λατρεύονται...

Καθώς προσπαθούσα να βρω την αποφασιστικότητα για να παρακολουθήσω την αφοσιωμένη, νεκρική λατρεία εκείνων των ακατονόμαστων όντων, μια σκέψη διαφυγής ήρθε αστραπιαία στον νου μου. Η αίθουσα ήταν μισοσκότεινη και οι κίονες πλημμυρισμένοι στις σκιές. Τώρα που όλα τα μέλη του εφιαλτικού πλήθους ήταν απορροφημένα από την τρομακτική τους τελετουργία, ίσως κατάφερνα να κινηθώ κρυφά μέχρι το τέρμα μιας από τις σκάλες και να ανεβώ απαρατήρητος, βασιζόμενος στην τύχη και στη δεξιότητα για να με οδηγήσουν στις πάνω αίθουσες. Δεν ήξερα πού βρισκόμουν, ούτε ήθελα να ασχοληθώ μ' αυτό το ζήτημα, ενώ για μια στιγμή μου φάνηκε σχεδόν γελοίο να σχεδιάζω στα σοβαρά μια απόδραση από κάτι που γνώριζα πως ήταν όνειρο. Μήπως εντέλει βρισκόμουν σε κάποια κρυφή αίθουσα του Ναού του Χεφρήνα, την ύπαρξη της οποί-

6. Το ψηλό διπλό στέμμα των Αιγύπτιων φαραώ, που συμβόλιζε την ενωμένη Άνω και Κάτω Αίγυπτο. (ΣτΜ)

ας κανείς δεν υποπτευόταν – του ναού εκείνου που γενιές και γενιές επέμεναν να αποκαλούν Ναό της Σφίγγας; Παρ' ότι δεν ήμουν σίγουρος για τούτο, πήρα την απόφαση να επιστρέψω στη ζωή και στη συνειδητότητα, αν το μυαλό και το σώμα μου μπορούσαν να με μεταφέρουν ως εκεί.

Έρποντας με την κοιλιά άρχισα το αγωνιώδες ταξίδι μου προς τη βάση της αριστερής σκάλας, η οποία φαινόταν η πιο προσπελάσιμη από τις δύο. Δεν έχω τη δύναμη να περιγράψω τις λεπτομέρειες και τις αισθήσεις εκείνης της μετακίνησης, αλλά μπορεί κανείς να τις υποθέσει εάν συλλογιστεί τι θεάματα έπρεπε να παρακολουθώ ολοένα προσπαθώντας να αποφύγω τον εντοπισμό, κάτω από τις διαβολικές φλόγες των δαυλών που τρεμόσβηναν από τον άνεμο. Η βάση της σκάλας ήταν σε μακρινό σημείο όπως ήδη ανέφερα, χαμένη στις σκιές, και κατέβαινε ολόισια χωρίς καμπύλες από ιλιγγιώδες ύψος μέχρι το κεφαλόσκαλο πάνω από το τιτάνιο χάσμα. Έτσι, κατά τα τελευταία στάδια του σουρσίματός μου οδηγήθηκα σε αρκετή απόσταση μακριά από το δύσοσμο κοπάδι, αν και το θέαμα συνέχιζε να με ανατριχιάζει ακόμα κι όταν βρισκόταν πια μακριά στα δεξιά μου.

Τελικά κατόρθωσα να φτάσω στα σκαλοπάτια και άρχισα να ανεβαίνω. Παρέμενα κολλητά στον τοίχο, όπου έβλεπα τις πιο αποτρόπαιες διακοσμήσεις, βασίζοντας την ελπίδα μου για ασφάλεια στην απορρόφηση και στο εκστατικό ενδιαφέρον που έδειχναν τα τέρατα προς το δυσώδες άνοιγμα και τα ανόσια αντικείμενα τροφής τα οποία πετούσαν από το χείλος του. Η σκάλα ήταν πελώρια και απότομη, καμωμένη από τεράστια, λαξευμένα κομμάτια πορφυρίτη σαν να προοριζόταν για τα πόδια κάποιου γίγαντα, κι η ανάβαση φαινόταν κυριολεκτικά ατέλειωτη. Ο φόβος μήπως με εντοπίσουν και ο πόνος που είχε επιφέρει η νέα κόπωση στις πληγές μου συνδυάστηκαν, έτσι ώστε αυτό το ανέβασμα με τα τέσσερα να αποτελεί τώρα μια αληθινά οδυνηρή ανάμνηση. Αρχικά σκόπευα, μόλις θα έφτανα στο κεφαλόσκαλο, να συνεχίσω αμέσως με την ανάβαση οποιασδήποτε νέας σκάλας ξεκινούσε από κει, χωρίς να σταματήσω για να ρίξω μια τελευταία ματιά στα νεκρά βδελύγματα που χειρονομούσαν και προσκυνούσαν κάπου είκοσι ή είκοσι πέντε μέτρα από κάτω μου. Αλλά μια ξαφνική επανάληψη εκείνου του βροντερού ομαδικού ρόγχου και του γουργουρίσματος, που ακούστηκε καθώς κόντευα να φτάσω στην κορυφή της σκάλας και που έδειχνε από τον τελετουργικό ρυθμό του πως δεν ήταν αντίδραση εξαιτίας του εντοπισμού μου, μ' έκαναν να κοντοσταθώ και να κοιτάξω κλεφτά πάνω από το παραπέτο.

Τα τέρατα επευφημούσαν κάτι που είχε ξεπροβάλει από το δύσοσμο χάσμα για να αρπάξει τις διαβολικές τροφές που του προσφέρονταν. Ακόμα κι από το ύψος απ' όπου το έβλεπα, φαινόταν βαρύ και πελώριο. Ήταν κάτι κιτρινωπό και τριχωτό, που τιναζόταν με έναν νευρικό τρόπο. Είχε περίπου το μέγεθος ενός μεγάλου ιπποπόταμου, μα το σχήμα του ήταν παράξενο. Δεν φαινόταν να διαθέτει λαιμό, αλλά πέντε τριχωτά κεφάλια ξεπηδούσαν το ένα κολλητά στο άλλο από έναν περίπου κυλινδρικό κορμό. Το πρώτο ήταν πολύ μικρό, το δεύτερο μέτριο, το τρίτο και το τέταρτο ίσα μεταξύ τους και μεγαλύτερα από τα προηγούμενα, ενώ το πέμπτο ήταν μάλλον μικρό παρ' ότι όχι όσο το πρώτο.

Από τα κεφάλια αυτά τινάχτηκαν παράξενες άκαμπτες προεκτάσεις, οι οποίες κάρφωσαν πεινασμένα τις υπερβολικά μεγάλες ποσότητες ακατονόμαστης τροφής που είχαν τοποθετηθεί μπροστά στο άνοιγμα. Κάποιες στιγμές το ον πεταγόταν προς τα έξω και άλλες χανόταν μεσ' στη φωλιά του με έναν πολύ αλλόκοτο τρόπο. Τούτες οι κινήσεις του ήταν τόσο ανεξήγητες, ώστε κοιτούσα σαν υπνωτισμένος και ευχόμουν να έβγαινε λιγάκι περισσότερο από το σπηλαιώδες άντρο του, που ανοιγόταν από κάτω μου.

Και πράγματι *βγήκε... Βγήκε*, και το θέαμα με έκανε να γυρίσω και ν' αρχίσω να ανεβαίνω τρέχοντας μέσα στο σκοτάδι τα σκαλιά της δεύτερης σκάλας, που ανοιγόταν ψηλότερα μπροστά μου. Έτρεχα στα τυφλά δίχως να με καθοδηγεί ούτε η όραση ούτε η λογική σκαρφαλώνοντας απίθανα σκαλοπάτια, κάθετες σκάλες και κεκλιμένα επίπεδα που θα πρέπει πάντα να τα παραπέμπω στον κόσμο των ονείρων, αφού δεν έχει υπάρξει ποτέ καμιά επιβεβαίωση της ύπαρξής τους. Θα πρέπει να ήταν ένα όνειρο, αλλιώς η αυγή δεν θα με έβρισκε ποτέ να ανασαίνω πάνω στην άμμο της Γκίζας, κάτω από το σαρδόνιο, φωτισμένο από το λυκαυγές πρόσωπο της Μεγάλης Σφίγγας.

Η Μεγάλη Σφίγγα! Θεέ! – Εκείνο το επιπόλαιο ερώτημα που είχα θέσει στον εαυτό μου το χτεσινό, ηλιόλουστο πρωί: Τι πελώριο και αποκρουστικό αφύσικο αναπαρίστανε αρχικά η Σφίγγα;

Καταραμένο να είναι το θέαμα, είτε το είδα σε όνειρο είτε όχι, που μου αποκάλυψε τον υπέρτατο τρόμο – τον άγνωστο Θεό των Νεκρών ο οποίος γλείφει τα πελώρια κοψίδια του μέσα σε μια άβυσσο που κανείς δεν υποπτεύεται, απαίσια κοψίδια που του προσφέρουν άψυχα και απίθανα όντα τα οποία κανονικά δεν θα έπρεπε να υφίστανται. Το πεντακέφαλο τέρας που είχε εμφανιστεί... Το πεντακέφαλο τέρας το μεγάλο σαν ιπποπόταμος... Το πεντακέφαλο τέρας – *και ύστερα το πλάσμα που το τέρας αυτό δεν ήταν παρά μόνο ένα γαμψώνυχο πόδι του...*

Πάντως επέζησα, και ξέρω πως ήταν μονάχα ένα όνειρο.

Ίβιδος

...όπως αναφέρει ο Ίβιδος
στο περίφημο βιβλίο του Βίοι των Ποιητών.

Από μια φοιτητική μελέτη

Η εσφαλμένη ιδέα πως ο Ίβιδος είναι ο συγγραφέας των *Βίων* συναντάται τόσο συχνά, ακόμη και μεταξύ εκείνων που ισχυρίζονται ότι κατέχουν κάποιο βαθμό καλλιέργειας, ώστε αξίζει να επισημανθεί και να διορθωθεί. Θα έπρεπε να είναι ευρύτερα γνωστό ότι το έργο αυτό έχει γραφτεί από τον Κφ. Το αριστούργημα του Ίβιδου, από την άλλη πλευρά, είναι το περίφημο *Ό.π.*, όπου αποκρυσταλλώνονται οριστικά όλα τα σημαντικά ρεύματα της ελληνορωμαϊκής έκφρασης – και μάλιστα με θαυμαστή οξυδέρκεια, παρά την εντυπωσιακά ύστερη χρονική περίοδο κατά την οποία έγραψε ο Ίβιδος. Υπάρχει η λανθασμένη φήμη –που πολύ συχνά αναπαραγόταν στα σύγχρονα βιβλία πριν το μνημειώδες *Geschichte der Ostrogothen in Italien*,[7] του φον Σβάινκοπφ– πως ο Ίβιδος ήταν ένας εκρωμαϊσμένος Βισιγότθος από την ορδή του Ατάουλφου, η οποία εγκαταστάθηκε στην Πλακεντία γύρω στο 410 μ.Χ. Θα πρέπει, όμως, να τονιστεί με κάθε έμφαση το αντίθετο. Ο φον Σβάινκοπφ, αλλά και ο Λίτλγουικ κι ο Μπετενουάρ μετά απ' αυτόν, έχουν αποδείξει αδιάψευστα πως τούτη η εντυπωσιακή, μεμονωμένη προσωπικότητα ήταν ένας αυθεντικός Ρωμαίος. Τουλάχιστον τόσο αυθεντικός, όσο θα ήταν δυνατό να γεννήσει αυτή η εκφυ-

7. Γερμανικά στο πρωτότυπο: *Ιστορία των Οστρογότθων στην Ιταλία.* (ΣτΜ)

λισμένη και νόθα περίοδος – για τον οποίο θα μπορούσε να ισχύει εκείνο που είπε ο Γκίμπον για τον Βοήθιο, δηλαδή πως «*Ήταν ο τελευταίος που ο Κάτων ή ο Τούλιος*[8] *θα αναγνώριζαν ως συμπατριώτη τους*». Ανήκε και αυτός, όπως κι ο Βοήθιος και σχεδόν όλοι οι επιφανείς άνδρες της εποχής του, στο μεγάλο γένος των Ανικίων και μπορούσε να ανάγει τις ρίζες του με μεγάλη ακρίβεια και αυταρέσκεια στους σπουδαίους ήρωες της δημοκρατίας. Το πλήρες όνομά του, μακρύ και πομπώδες σύμφωνα με τη συνήθεια μιας εποχής κατά την οποία είχε χαθεί η τριώνυμη απλότητα της κλασικής ρωμαϊκής ονοματολογίας, ήταν, σύμφωνα με τον φον Σβάινκοπφ, Γάιος Ανίκιος Μάγκνος Φούριος Καμίλος Αιμιλιανός Κορνήλιος Βαλέριος Πομπήιος Ιούλιος Ίβιδος, παρ' ότι ο Λίτλγουικ απορρίπτει το *Αιμιλιανός* και προσθέτει το *Κλαύδιος Δεκιοφουνιανός*· ενώ ο Μπετενουάρ διαφωνεί ριζικά, δίνοντας ως πλήρες όνομα το Μάγκνος Φούριος Καμίλος Αυρήλιος Αντωνίνος Φλάβιος Ανίκιος Πετρώνιος Βαλεντινιανός Αίγιδος Ίβιδος.

Ο διαπρεπής κριτικός και βιογράφος γεννήθηκε το έτος 486, λίγο μετά την ανατροπή της ρωμαϊκής κυριαρχίας στη Γαλατία από τον Κλόβι. Η Ρώμη και η Ραβέννα φιλονικούν για την τιμή της γέννησής του, πάντως βέβαιο είναι πως έλαβε τη ρητορική και φιλοσοφική του παιδεία στις σχολές των Αθηνών – για την έκταση της καταστροφής των οποίων από τον Θεοδόσιο, έναν αιώνα νωρίτερα, οι επιπόλαιοι μελετητές υπερβάλλουν χονδροειδέστατα. Το 512, κάτω από τη συνετή βασιλεία του Οστρογότθου Θεοδώριχου, τον συναντάμε ως διδάσκαλο της ρητορικής στη Ρώμη, ενώ το 516 γίνεται ύπατος μαζί με τον Πομπίλιο Νουμάντιο Βόμβαστο Μαρκελλίνο Ντεοδαμνάτο. Μετά τον θάνατο του Θεοδώριχου το 526 ο Ίβιδος αποσύρεται από τη δημόσια ζωή, για να συνθέσει το φημισμένο έργο του (του οποίου το καθαρό κικερόνιο ύφος είναι εξίσου αξιοσημείωτο ως περίπτωση επιστροφής στο κλασικό στυλ όσο κι οι στίχοι του Κλαύδιου Κλαυδιανού, που άκμασε έναν αιώνα πριν από τον Ίβιδο). Αργότερα όμως ανακλήθηκε στην πολι-

---

8. Εννοεί τον Ρωμαίο φιλόσοφο και πολιτικό Μάρκο Τούλιο Κικέρωνα. (ΣτΜ)

τική δράση μέσα σε σκηνές πομπώδους μεγαλείου, για να αναλάβει τον ρόλο του βασιλικού ρήτορα στην αυλή του Θευδάτου, ανιψιού του Θεοδώριχου.

Μετά τον σφετερισμό της εξουσίας από τον Ουιττίγγη, ο Ίβιδος έπεσε σε δυσμένεια και για κάποιο καιρό παρέμεινε φυλακισμένος. Μα, σύντομα, με τον ερχομό του βυζαντινού στρατού κάτω από τις διαταγές του Βελισάριου, αποκαταστάθηκε και φορτώθηκε τιμές. Στη διάρκεια της πολιορκίας της Ρώμης υπηρέτησε με γενναιότητα στον στρατό των υπερασπιστών και στη συνέχεια ακολούθησε τους αετούς του Βελισάριου στην Άλμπα, το Πόρτο και το Τσεντουμτσέλε. Μετά την πολιορκία του Μιλάνου από τους Φράγκους, ο Ίβιδος επέλεξε να συνοδεύσει τον πολυμαθή επίσκοπο Δάτιο στην Ελλάδα και κατέλυσε μαζί του στην Κόρινθο κατά το έτος 539. Γύρω στο 541 μετακόμισε στην Κωνσταντινούπολη, όπου και απόλαυσε κάθε είδους αυτοκρατορική εύνοια από τον Ιουστινιανό όσο και από τον Ιουστίνο Β΄. Οι αυτοκράτορες Τιβέριος και Μαυρίκιος τον τίμησαν ιδιαίτερα στα γεράματά του και συνεισέφεραν πολύ στο να μείνει το όνομά του αθάνατο – ειδικά ο Μαυρίκιος, ο οποίος ευχαριστιόταν πολύ να ανάγει τις ρίζες του οικογενειακού του δέντρου στην αρχαία Ρώμη, παρά το γεγονός ότι είχε γεννηθεί στην Αραβισσό της Καππαδοκίας. Ο Μαυρίκιος ήταν εκείνος ο οποίος, κατά τα εκατοστά πρώτα γενέθλια του ποιητή, εξασφάλισε την υιοθέτηση του έργου του ως εγχειρίδιου στις σχολές της αυτοκρατορίας, μια τιμή που βάρυνε μοιραία πάνω στην συναισθηματική κατάσταση του υπερήλικα ρήτορα, ο οποίος έσβησε ειρηνικά στην κατοικία του κοντά στον ναό της Αγίας Σοφίας, την έκτη ημέρα πριν τις Καλένδες του Σεπτεμβρίου του έτους 587 μ.Χ., κατά το 102ο έτος της ηλικίας του.

Τα λείψανά του, παρά την αναστάτωση που επικρατούσε στην Ιταλία, μεταφέρθηκαν στη Ραβέννα για ταφή αλλά, έχοντας θαφτεί στο προάστιο του Κλάσε, υπέστησαν εκταφή και γελοιοποίηση από τον Λομβαρδό δούκα του Σπολέτο, ο οποίος προσέφερε το κρανίο στον βασιλιά Αυθάριο για να το χρησιμοποιεί ως κύπελλο προπόσεων. Το κρανίο του Ίβιδου αποτέλεσε έκτοτε ένα κειμήλιο που περνούσε με υπερηφάνεια από βασιλιά σε βασιλιά της δυναστείας των Λομβαρδών. Μετά την άλωση της Παβίας από τον Καρλομάγνο το 774, ο μεθυσμένος Ντεζιντέριος το άρπαξε και το μετέφερε στην εφοδιοπομπή του Φράγκου κατακτητή. Λέγεται πως από το δοχείο αυτό ο πάπας Λέων πήρε το βασιλικό χρίσμα, μέσω του οποίου τον νομάδα-ήρωα τον μετέβαλλε σε αυτοκράτορα της Αγίας Ρωμαϊκής Αυτοκρατορίας. Ο Καρλομάγνος μετέφερε το κρανίο του Ίβιδου στην πρωτεύουσά του Αιξ και λίγο μετά το δώρισε στον Σάξονα δάσκαλό του Αλκουίνο, μετά τον θάνατο του οποίου, το 804, τούτο πέρασε στους συγγενείς του που ζούσαν στην Αγγλία.

Ο Γουλιέλμος ο Κατακτητής το ανακάλυψε σε μια κρύπτη κάποιου αβαείου, όπου το είχε τοποθετήσει η ευσεβής οικογένεια του Αλκουίνου –θεωρώντας πως ανήκε σε έναν άγιο που είχε εξολοθρεύσει με θαύμα τους Λομβαρδούς μέσω των προσευχών του– και τίμησε το αρχαίο αυτό λείψανο. Ακόμη και οι σκληροτράχηλοι στρατιώτες του Κρόμβελ, όταν κατέστρεψαν το αβαείο του Μπάλιλαφ στην Ιρλανδία το 1650 –όπου είχε μεταφερθεί μυστικά από έναν αφοσιωμένο παπιστή το 1539, όταν ο Ερρίκος Η΄ διέταξε τη διάλυση των αγγλικών μονών–, αρνήθηκαν να καταστρέψουν ένα τόσο αξιοσέβαστο λείψανο.

Το πήρε στην κατοχή του ο στρατιώτης Διάβασέ-με-και-Θρήνησε Χόπκινς, ο οποίος μετά από λίγο το αντάλλαξε με τον Αναπαύσου-εν-Ιεχωβά Σταμπς για μιας λίρας καπνό της Νέας Βιρτζίνιας. Ο Σταμπς, πριν στείλει τον γιο του Ζοροβάβελ να αναζητήσει την τύχη του στη Νέα Αγγλία το 1661 –επειδή δεν θεωρούσε το κλίμα της Παλινόρθωσης κατάλληλο για έναν ευσεβή νεαρό μικροκτηματία–, του έδωσε να πάρει μαζί του το κρανίο του αγίου Ίβιδου –ή μάλλον του «αδελφού Ίβιδου», επειδή απεχθανόταν οτιδήποτε παπικό– ως φυλαχτό. Όταν άραξε στο Σάλεμ, ο Ζοροβάβελ, αφού έχτισε μια ευπρεπή κατοικία κοντά στη βρύση της πόλης, το απόθεσε στο μπαούλο του πλάι στην καμινάδα. Ωστόσο, δεν είχε παραμείνει εντελώς ανεπηρέαστος από την επιρροή της Παλινόρθωσης. Έχοντας λοιπόν εθιστεί στα τυχερά παιχνίδια, έχασε το κρανίο στα χαρτιά από κάποιον Επαινετό Ντέξτερ, έναν επισκέπτη από το Πρόβιντενς.

Η κάρα βρισκόταν στην κατοικία των Ντέξτερ στο βορινό τμήμα της πόλης κοντά στη σημερινή διασταύρωση των οδών

Νορθ Μέιν και Όλνεϊ, όταν στις 30 Μαρτίου 1676 έγινε η επιδρομή του Κανοντσέτ, κατά τη διάρκεια του Πολέμου του βασιλιά Φίλιππου, και ο οξύνους φύλαρχος, αναγνωρίζοντάς την παρευθύς ως ένα αξιοσέβαστο αντικείμενο μοναδικής αξίας, την απέστειλε σαν σύμβολο συμμαχίας σε μια φρατρία των Πεκουότ στο Κονέκτικατ, με τους οποίους βρισκόταν σε διαπραγματεύσεις. Στις 4 Απριλίου συνελήφθη από τους αποίκους και λίγο αργότερα εκτελέστηκε, μα η σεβάσμια κάρα του Ίβιδου συνέχισε τις περιπλανήσεις της.

Οι Πεκουότ, εξουθενωμένοι από κάποιον πρόσφατο πόλεμο, δεν μπορούσαν πια να στείλουν βοήθεια στους χτυπημένους Ναραγκανσέτ. Κατά το 1680 ένας Ολλανδός έμπορος γουναρικών από το Όλμπανι, ο Πέτρους βαν Σάακ, αγόρασε το διακεκριμένο κρανίο για το ταπεινό ποσό των δύο χρυσών φλουριών, εφόσον είχε αναγνωρίσει την αξία του από μια μισοσβησμένη επιγραφή σκαλισμένη σε λομβαρδική γραφή (η παλαιογραφία, όπως εξάγεται από τούτο, ήταν μια από τις κυριότερες ασχολίες των εμπόρων γουναρικών της Νέας Ολλανδίας κατά τον δέκατο έβδομο αιώνα).

Δυστυχώς, το λείψανο έκλεψε από τον βαν Σάακ το 1683 ένας Γάλλος έμπορος, ο Ζαν Γκρενιέ, ο οποίος, μέσα στον παπικό ζήλο του, αναγνώρισε σ' αυτό τα χαρακτηριστικά εκείνου που είχε διδαχθεί ήδη από την αγκαλιά της μητέρας του να τιμά ως άγιο Ίβιδο. Φλογισμένος από ευσεβή οργή επειδή ένας προτεστάντης είχε στην κατοχή του ένα τέτοιο άγιο λείψανο, ο Γκρενιέ έλειωσε μια νύχτα το κεφάλι του βαν Σάακ με ένα πελέκι και διέφυγε στον Βορρά με το λάφυρό του. Αλλά πολύ σύντομα τον λήστεψε και τον σκότωσε ο μιγάς περιπλανώμενος ληστής Μισέλ Σαβάρ, ο οποίος και πήρε το κρανίο –παρ' όλο που ο αναλφαβητισμός του τον εμπόδιζε να το αναγνωρίσει– για να το προσθέσει στη συλλογή του από παρόμοια, πιο προσφάτως κομμένα αντικείμενα.

Μετά τον θάνατό του το 1701 ο μιγάς γιος του Πιερ το αντάλλαξε με διάφορα πράγματα με κάποιους απεσταλμένους της φυλής Σακς και Αλεπούδες, με αποτέλεσμα να ανακαλυφθεί μια γενιά αργότερα έξω από τη σκηνή του αρχηγού από τον Τσαρλς ντε Λανγκλάντ, ιδρυτή του εμπορικού σταθμού στο

Γκριν Μπέι του Ουισκόνσιν. Ο ντε Λανγκλάντ αντιμετώπισε το ιερό αυτό αντικείμενο με τον πρέποντα σεβασμό και το πήρε στην κατοχή του πληρώνοντας ως λύτρα πολλές γυάλινες χάντρες. Μετά την εποχή του, η κάρα πέρασε από πολλά ακόμη χέρια σε καταυλισμούς κοντά στο στενότερο σημείο της λίμνης Βινεμπάγκο και σε φυλές που κατοικούσαν γύρω από τη λίμνη Μεντότα, μέχρι που τελικά, στις αρχές του δέκατου ένατου αιώνα, κατέληξε σε κάποιον Σολομόν Ζινό, έναν Γάλλο, στον νέο εμπορικό σταθμό του Μιλγουόκι στον ποταμό Μενομινί και την όχθη της λίμνης Μίτσιγκαν.

Αργότερα το απέκτησε ο Ζακ Καμπός, ένας άλλος άποικος. Το 1850 το έχασε σε μια παρτίδα σκακιού ή πόκερ με κάποιον νεοφερμένο ονόματι Χανς Τσίμερμαν. Αυτός το χρησιμοποιούσε ως μπιροκανάτα, μέχρι που μια μέρα, επηρεασμένος από το περιεχόμενό του, του ξέφυγε και κύλησε από τη βεράντα του σπιτιού του μέχρι το μονοπάτι του λιβαδιού μπροστά του, όπου και έπεσε μέσα στο λαγούμι ενός κυνόμυος, με αποτέλεσμα να είναι αδύνατον να το ανακαλύψει και να το πάρει πάλι στην κατοχή του όταν τελικά ανέκτησε τις αισθήσεις του.

Έτσι, επί γενεές, η αγία κάρα του Γάιου Ανίκιου Μάγκνου Φούριου Καμίλου Αιμιλιανού Κορνήλιου Βαλέριου Πομπήιου Ιούλιου Ίβιδου, ύπατου της Ρώμης, ευνοούμενου αυτοκρατόρων και άγιου της Καθολικής Εκκλησίας, βρισκόταν κρυμμένη στο υπέδαφος μιας αναπτυσσόμενης πόλης. Στην αρχή τη λάτρευαν με σκοτεινές τελετουργίες οι κυνόμυες, οι οποίοι διέκριναν σ' αυτήν μια θεότητα σταλμένη από τον πάνω κόσμο, μα στη συνέχεια παραμελήθηκε φριχτά καθώς η ράτσα εκείνη των απλοϊκών και άτεχνων κατασκευαστών λαγουμιών υπέκυψε στην επέλαση των Άριων κατακτητών. Εμφανίστηκαν υπόνομοι, αλλά πέρασαν δίπλα από το κρανίο. Χτίστηκαν κατοικίες –2303 στον αριθμό ή και περισσότερες– και τελικά, μια μοιραία νύχτα, συνέβη κάτι τρομερό. Η μυστηριώδης Φύση, μέσ' σε έναν σπασμό πνευματικής έκστασης όπως ο αφρός από το αρχαίο ποτό της περιοχής, ισοπέδωσε τα υψηλά και εξύψωσε τα ταπεινά – και ιδού! Στη ροδαλή αυγή, οι κάτοικοι του Μιλγουόκι ξύπνησαν και βρήκαν ένα από τα λιβάδια τους να έχει μετατραπεί σε οροπέδιο! Η τρομερή εκείνη αναστάτωση του εδάφους ήταν τεράστια και είχε πλήθος επιπτώσεις.[9] Υποχθόνια μυστήρια, κρυμμένα για καιρούς, βγήκαν επιτέλους στο φως. Κι εκεί, πάνω στη δημοσιά που είχε σκιστεί στα δυο, κείτονταν ξασπρισμένο και γαλήνιο, με αδιάφορη, ιερή και υπατική μεγαλοπρέπεια το θολωτό κρανίο του Ίβιδου!

9. Πιθανότατα ο συγγραφέας αναφέρεται στον μεγάλο σεισμό που συγκλόνισε την πόλη του Μιλγουόκι το 1906. (ΣτΜ)

ΤΟ ΒΙΒΛΙΟ ΤΟΥ
Χ.Φ. ΛΑΒΚΡΑΦΤ
Ο ΙΣΚΙΟΣ ΠΑΝΩ ΑΠΟ ΤΟ ΙΝΣΜΟΥΘ
ΦΩΤΟΓΡΑΦΗΘΗΚΕ
ΑΠΟ ΤΟΝ ΝΤΙΜΗ ΚΑΡΡΑ,
ΤΥΠΩΘΗΚΕ ΣΤΗΝ
ΗΛΙΟΤΥΠΟ ΑΕΒΕ
ΚΑΙ Η ΒΙΒΛΙΟΔΕΣΙΑ ΕΓΙΝΕ
ΣΤΗΝ «ΑΔΕΛΦΟΙ ΣΤΡΑΤΗ ΟΕ»
ΓΙΑ ΛΟΓΑΡΙΑΣΜΟ
ΤΩΝ ΕΚΔΟΣΕΩΝ «ΑΙΟΛΟΣ»
ΤΟΝ ΙΟΥΛΙΟ ΤΟΥ 2011.

Χ.Φ. ΛΑΒΚΡΑΦΤ
Ο ΑΡΧΟΝΤΑΣ ΤΗΣ ΦΑΝΤΑΣΙΑΣ

ΑΡΘΟΥΡ ΜΑΧΕΝ

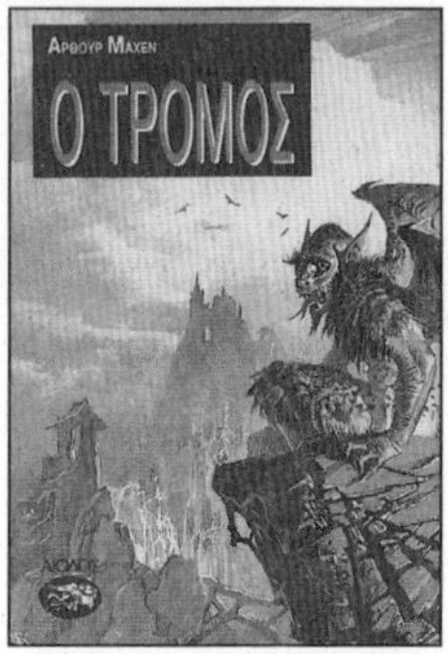

ΛΟΡΔΟΣ ΝΤΑΝΣΑΝΙ

ΝΤΟΝΑΛΝΤ ΤΑΪΣΟΝ

ΡΟΜΠΕΡΤ ΛΟΥΙΣ ΣΤΗΒΕΝΣΟΝ

ΡΟΜΠΕΡΤ Γ. ΤΣΕΪΜΠΕΡΣ

ΓΚΟΥΣΤΑΒ ΜΕΪΡΙΝΚ

ΚΛΑΡΚ ΑΣΤΟΝ ΣΜΙΘ

ΟΡΑΤΙΟΣ ΟΥΟΛΠΟΛ

ΡΟΜΠΕΡΤ ΧΑΟΥΑΡΝΤ

ΟΓΚΑΣΤ ΝΤΕΡΛΕΘ

ΟΥΙΛΙΑΜ ΧΟΝΤΖΣΟΝ

ΑΡΘΟΥΡ ΚΛΑΡΚ & ΣΤΕΦΕΝ ΜΠΑΞΤΕΡ

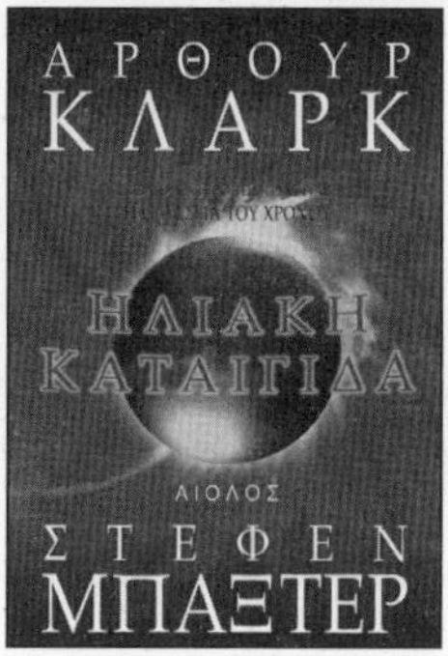

ΣΤΕΦΕΝ ΜΠΑΞΤΕΡ

ΝΤΟΝΑΛΝΤ ΤΑΪΣΟΝ